Céu sem estrelas

Iris Figueiredo

Céu sem estrelas

SEGUINTE

Copyright © 2018 by Iris Figueiredo

O selo Seguinte pertence à Editora Schwarcz S.A.

As citações originais utilizadas nesta edição foram retiradas de *A redoma de vidro*, de Sylvia Plath (Trad. de Chico Mattoso. São Paulo: Biblioteca Azul, 2014); *A cor púrpura*, de Alice Walker (Trad. de Betúlia Machado, Maria José Silveira e Peg Bodelson. Rio de Janeiro: José Olympio, 2016); *Os diários de Sylvia Plath: 1950-1962* (Trad. de Celso Nogueira. Rio de Janeiro: Biblioteca Azul, 2017).

Grafia atualizada segundo o Acordo Ortográfico da Língua Portuguesa de 1990, que entrou em vigor no Brasil em 2009.

CAPA Alceu Chiesorin Nunes
ILUSTRAÇÃO DE CAPA Malena Flores
IMAGENS DE MIOLO Shutterstock
PREPARAÇÃO Lígia Azevedo
REVISÃO Érica Borges Correa e Renato Potenza Rodrigues

Dados Internacionais de Catalogação na Publicação (CIP)
(Câmara Brasileira do Livro, SP, Brasil)

Figueiredo, Iris
   Céu sem estrelas / Iris Figueiredo. — 1ª ed. — São Paulo : Seguinte, 2018.

   ISBN 978-85-5534-069-7

   1. Ficção — Literatura juvenil I. Título.

18-15788   CDD-028.5

Índice para catálogo sistemático:
1. Ficção : Literatura juvenil 028.5

Iolanda Rodrigues Biode — Bibliotecária — CRB-8/10014

8ª reimpressão

Todos os direitos desta edição reservados à
EDITORA SCHWARCZ S.A.
Rua Bandeira Paulista, 702, cj. 32
04532-002 — São Paulo — SP
Telefone: (11) 3707-3500
www.seguinte.com.br
contato@seguinte.com.br

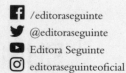

/editoraseguinte
@editoraseguinte
Editora Seguinte
editoraseguinteoficial

A todos aqueles que não conseguem enxergar as estrelas.

Já é duro o bastante tentar levar a vida sem ser maluco.
Alice Walker, *A cor púrpura*

Prólogo

CECÍLIA

Quando eu era criança, adorava ficar procurando fuscas azuis na rua.

Ai de quem estivesse distraído perto de mim — um soco no braço e pronto, voava para longe. Nunca soube dosar minha força muito bem.

Por um bom tempo, disseram que eu era forte. Não só por ter um ótimo gancho de direita, mas também porque ocupava espaço. Eu era grande e gorda, então as pessoas me chamavam de "fortinha".

Eu não me sentia forte. Demorei muito tempo até encontrar minha própria força.

Parte 1

Pesquisar

MARÇO	**1.8 da Ceci** Privado • Evento
10	Organizadores
	Iasmin Campanati
	Cecília Souza

Horário
20h30

Local
Cuervo Bar
e Restaurante

Aos 18 você já pode beber, dirigir e ser presa — não necessariamente nessa ordem! É hora de comemorar a maioridade da Cecília em grande estilo! Consumação + couvert por conta de cada um. Esperamos vocês!

Comparecerei

3 comentários

Participe da discussão

 Cecília Souza · um dia atrás
Quero deixar claro que só estou fazendo isso por obrigação.
∧ | ∨ Responder • Compartilhar ›

 Iasmin Campanati · um dia atrás
Você vai amar ser o centro das atenções por um dia.
∧ | ∨ Responder • Compartilhar ›

 Cecília Souza · um dia atrás
Ainda não acredito que concordei com isso...
∧ | ∨ Responder • Compartilhar ›

CONFIRMARAM PRESENÇA

 Rachel Nakamura

 Stephanie Rios

 Juliano Silva

 Pedro Souza

NÃO COMPARECERÃO

 Bernardo Campanati

INTERESSADOS

 Taís Souza

I

CECÍLIA

Não dava para acreditar no que estava acontecendo. Olhei em volta à procura de uma câmera escondida, qualquer sinal de que as últimas semanas tinham sido uma piada de mau gosto e que encarar a Marlene — ou Maléfica — era apenas o desfecho da grande pegadinha que minha vida se tornara. Mas era óbvio que não havia câmeras escondidas. Assim como todos os outros desastres recentes estrelados por mim mesma, a situação era real.

Só havia um motivo para ser convocado ao Calabouço, e todo mundo sabia disso. Chamávamos a salinha nos fundos da loja assim porque era apertada, claustrofóbica, e as pessoas recebiam sua sentença de morte lá. O pequeno escritório improvisado pela gerente ganhara esse nome muito antes de eu começar a trabalhar na *Papel & Letras*, uma livraria charmosa, porém atolada em dívidas, localizada no primeiro piso de um dos únicos shoppings da cidade.

A ansiedade me fez roer as unhas do polegar, uma mania péssima que havia adquirido ainda criança. Maléfica me olhava com reprovação, e me perguntei se meus maus hábitos figuravam na lista de motivos para estar sentada à sua frente, prestes a receber o pior presente de aniversário de todos os tempos.

Nos meses anteriores, minha vida parecia uma grande produção da Shonda Rhimes, com dramas, desgraças e reviravoltas para ninguém botar defeito.

Preciso desse emprego, repetia para mim mesma. *Ela é malvada, mas não chega a tanto. Ninguém demitiria uma funcionária no dia do aniversário.*

Mas ela não tinha recebido o apelido de Maléfica à toa.

O sorriso de Marlene era desconcertante, preso em seus lábios de forma artificial e levemente assustadora. Mais cedo naquele mesmo dia, ela havia me dado os parabéns. Eu nem imaginava que horas depois estaria sentada em sua sala, esperando que ordenasse que cortassem minha cabeça, no melhor estilo Rainha de Copas.

— Cecília, acho que você deve imaginar por que te chamei até aqui.

Àquela altura eu já não tinha mais unhas e mordiscava o sabugo. Minha aparência provavelmente estava pior que o normal, mas era demais para processar. Me fiz de desentendida, porque não queria assumir que sabia o motivo de ter sido chamada para um tête-à-
-tête.

Eu podia apostar que Stephanie e Juliano estavam empoleirados do outro lado da porta, fingindo trabalhar enquanto tentavam ouvir a conversa dentro do cubículo.

— O contrato? — perguntei, com um otimismo que beirava o ridículo. Tinha lido em um volume da seção de autoajuda que quando permanecíamos positivos diante de uma situação era muito mais fácil que os outros correspondessem às nossas expectativas.

Eu era uma funcionária temporária. No fim de novembro, tinha sido admitida como "colaboradora" — odiava essa palavra — para ajudar com as vendas de fim de ano. Permaneci por causa do período de volta às aulas, quando mães desesperadas e crianças com mãozinhas ávidas por arrancar páginas de romances do Mario Vargas Llosa corriam pela livraria desembestadas. Ao fim do expediente, passávamos boa parte do tempo recolhendo os livros que haviam sido abandonados nos cantos da livraria por clientes que não tinham nada para fazer além de bagunçar nossa organização.

Mas meu contrato estava prestes a expirar. Eu nutria uma esperança inútil de que seria renovado. Era uma boa funcionária, vendia mais que a maioria dos livreiros ali, e meu único defeito era ler todos os livros jovens adultos que chegavam quando tinha um tempinho livre.

— Mais ou menos. Quer dizer, é sobre o contrato, mas... — Marlene parecia nervosa. Ela ajeitou os óculos, que haviam escorregado para a ponta do nariz de tucano, como fazia sempre que estava prestes a dar um sermão. Por reflexo, eu a imitei e ajeitei meus próprios óculos. Felizmente ela não percebeu, senão era capaz de achar que eu estava fazendo aquilo só para provocá-la. — Temos um pequeno problema.

Me ajeitei na cadeira, desconfortável, imaginando o que viria em seguida. Eu não chamaria aquilo de "pequeno problema", estava mais para o nível "meteoro caindo na cabeça". Uma bomba que explodiria a qualquer momento. Quase podia ouvir o tique-taque do cronômetro marcando meus últimos minutos como empregada.

— Problema? — perguntei, fingindo não entender direito o que ela dizia. — Alguma coisa com os meus documentos? Se precisar, trago os originais de novo.

Marlene também se acomodou melhor no assento. Talvez tivesse um coração. Ou não, como provou em seguida.

— Na verdade, querida, não temos como renovar seu contrato.

Foi no "querida" que ela me quebrou. Odiava aquela palavra — era sempre condescendente e vinha acompanhada de algum comentário terrível.

— Como assim?

Parabéns, Cecília, agora você só parece patética.

— Você foi uma ótima adição ao time — ela disse, tratando os funcionários como uma família feliz —, mas infelizmente estamos atravessando um período de crise e não podemos manter você.

Ela continuou a falar, mas meu cérebro já havia desligado. Era meu primeiro emprego. Assim que saí da escola, a primeira coisa que fiz foi procurar trabalho. Precisava dele por uma centena de motivos, especialmente dinheiro, naquele momento ainda mais do que quando tinha entregado meu currículo. Mas ia me tornar apenas uma estatística, outra pessoa na fila do desemprego.

Marlene me brindou com um discurso de agradecimento, uma sequência de frases automáticas que provavelmente já havia repetido para outros "colaboradores" que deram o sangue tentando impressionar, mas foram chutados na primeira oportunidade. Eu só tentava não chorar de frustração.

Enquanto fingia escutar seu consolo vazio, pensava em como dar a notícia à minha mãe. Estávamos quebradas e qualquer centavo faria diferença. Eu sabia que ela não reagiria bem.

As palmas das minhas mãos suavam. Estava prestes a ter um colapso, mas por fora acenava repetidamente com a cabeça, com um sorriso alucinado no rosto.

— Tá. Tudo bem, tudo bem. Tuuuuudo bem — repetia sem parar.

Cala a boca, Cecília, pensei, mas era meio impossível ficar quieta estando tão nervosa.

— Você está bem?

— Estou ótima — falei. — Acho que vai ser ótimo. Maravilhoso mesmo. Quer dizer, preciso de novos horizontes. Me dedicar à faculdade. Comecei agora, sabe? A faculdade. Estudo desenho industrial. Muito bom, muito legal mesmo, tem menos desenho do que eu imaginei que teria, mas estou gostando.

Eu não conseguia parar de falar.

Em minha ansiedade eufórica, palavras sem nenhum significado se atropelavam.

Era óbvio que eu *não* estava bem. Como alguém na minha situação poderia estar?

— Hum, certo. Que bom. Enfim, você pode recolher suas coisas e... — Marlene explicou tudo o que eu precisava fazer para dar cabo à demissão. — Ah, e não precisa vir mais a partir de amanhã — ela completou, me dispensando com um aceno, sem o menor sinal de ressentimento.

Levantei, juntando o pouco de dignidade que me restava e pedindo licença para me retirar. Fui forte o bastante para abrir a porta do Calabouço de queixo erguido, sem derramar nenhuma lágrima.

Não queria falar com ninguém, mas quando coloquei os pés para fora, dei de cara com Juliano e Stephanie fingindo arrumar uma pilha de livros. Eles vieram em minha direção para saber o que a Maléfica queria.

— Me desejar feliz aniversário — respondi. Por que mentir? No dia seguinte eles descobririam a verdade de uma forma ou de outra. Mas sabia que não era capaz de lidar com solidariedade no momento. Mentir parecia bem mais fácil do que lidar com a dose de piedade com um toque de alívio de quem continuava empregado.

— Sério? — perguntou Juliano, erguendo a sobrancelha.

— Ela é muito estranha — disse Stephanie, enrolando um cacho de cabelo nos dedos. Balancei a cabeça em concordância, sem a menor ideia do que dizer em seguida.

— Vocês vão hoje à noite? — eu quis saber. Nunca fui de comemorar meu aniversário. Tinha sido ideia da minha melhor amiga. Depois de muita insistência da parte dela, acabei concordando, mas já estava arrependida, ainda mais depois da demissão.

— É claro — respondeu Juliano, animado. — Tá de pé. Adoro o Cuervo.

— Só depende da Maléfica liberar a gente na hora — resmungou Stephanie.

Uma cliente se aproximou e me pediu ajuda. Tinha uma lista enorme de romances que queria levar para casa: John Green, Jojo Moyes, Nicholas Sparks...

Stephanie e Juliano se dispersaram enquanto eu ia atrás de cada um dos livros nas mesas e prateleiras. Fiz a nota e a encaminhei até o caixa com um sorriso no rosto e um "volte sempre", tentando não desmoronar.

Enquanto a moça passava o cartão, me perguntei se receberia comissão pela venda ou se ela iria para o bolso da gerente, considerando que já tinha sido oficialmente demitida.

A única coisa que eu podia fazer era pedir a Deus que o dinheiro viesse para mim. Porque eu estava completamente ferrada.

2

CECÍLIA

Havia duas versões de mim mesma. A que estava sentada em uma mesa de bar, com um sorriso artificial no rosto, e que todo mundo via. Mas a Cecília real estava escondida, enrolada em posição fetal, afogada em autocomiseração. Não havia espaço para ela entre meus amigos, que consideravam atingir a maioridade uma das coisas mais importantes do universo.

Nunca entendi a fixação das pessoas por aniversários. Minha mãe não fazia estardalhaço nessas datas, então talvez viesse daí minha completa falta de interesse por ficar mais velha. Era só mais um dia no calendário.

Iasmin, por outro lado, sempre transformou seus aniversários em grandes acontecimentos. Ao contrário de mim, não conseguia compreender como alguém *não* se importava com eles.

— É tipo um feriado só para você — ela disse a todos na mesa. — Todo mundo é meio que obrigado a te tratar bem, todo mundo pensa em você, deseja coisas boas... Fora os presentes!

Fala isso pra minha chefe, pensei. Não tinha contado a ela da demissão. Decidi manter aquilo só para mim até encontrar uma saída.

Minha mãe tinha me desejado feliz aniversário pela manhã e só. Quando passei em casa para trocar de roupa, ela estava deitada no quarto, provavelmente chorando de saudades do Paulo, meu padrasto traidor. Patético.

— O que vamos comer? — Raquel perguntou, puxando o cardápio.

Iasmin o pegou da mão dela e abriu nas bebidas.

—Você quis dizer o que vamos beber, né? — Ela percorreu a lista de drinques com as unhas bem-feitas, pintadas de azul-cobalto.

— Quero uma coca — falei.

— Duas — disse Rachel.

—Três — completou Stephanie.

— Meu Deus, vocês são péssimas — Iasmin resmungou. — Nada de coca pra você, Cecília. Essa noite vai me acompanhar. Vamos começar com margaritas.

— Arrasou — disse Juliano, erguendo a mão direita para Iasmin bater. —Vou beber com vocês. Já estava achando que ia ficar sozinho nessa.

Revirei os olhos, contrariada.

— Não quero beber, Iasmin.

Minha cabeça já estava cheia o suficiente sem o efeito do álcool para complicar as coisas.

— Só se faz dezoito uma vez na vida — ela rebateu, com o pior argumento conhecido pela humanidade.

Era uma guerra perdida. Quando Iasmin se convencia de algo, não sossegava até que acontecesse. Concordei apenas para evitar a fadiga.

— Tá, mas só uma. Agora passa esse cardápio para cá que eu quero escolher o que comer. Ou vai regular isso também?

Iasmin mostrou a língua e me estendeu o cardápio. Puxei a cadeira para mais perto da cadeira de rodas de Rachel e analisamos as opções juntas.

Era engraçado ver Iasmin e Rachel na mesma mesa que Stephanie e Juliano, numa colisão de dois mundos distintos. Conheci as duas na escola. Eu era a garota esquisita que gostava de ler e desenhar, filha de uma das "tias" da secretaria, bolsista em um colégio de classe média alta. Rachel tirava excelentes notas, era estudiosa e dedicada. Queria provar seu valor. Mas minha amizade com a Iasmin era uma incógnita, já que éramos muito diferentes. Era fácil entender por que me aproximei dela: todo mundo gostava da Iasmin, que era uma espécie de "espírito livre", divertida e interessante, exatamente como eu gostaria de ser. Mas nunca entendi por que ela decidiu que era uma boa ideia virar minha amiga.

De qualquer modo, nosso trio funcionava. Eu sabia que se alguém se atrevesse a mexer comigo ou com a Rachel, Iasmin, que mantinha suas garras escondidas na maior parte do tempo, atacaria. Tinha sido assim durante toda a escola e provavelmente continuaria a ser para sempre.

Stephanie foi a primeira amiga que fiz fora da escola. Nossas ideias eram parecidas, assim como nossas origens. Talvez ela fosse a única coisa boa que eu levaria da *Papel & Letras*. E Juliano… Bem, eu gostava dele, mas era apenas um colega de trabalho que convidei para o meu aniversário porque não queria que se sentisse excluído. Não parecia que nossa relação ia sobreviver.

O garçom voltou com nossas bebidas. Ele colocou a taça de margarita à minha frente, a borda decorada com sal e uma rodela de limão. Iasmin ergueu o próprio drinque e propôs um brinde:

— À aniversariante!

Cinco copos tilintaram no ar. Tomei um gole e estranhei o sabor do álcool descendo pela garganta. Só tinha bebido por engano, quando era criança e pegara um copo de cerveja achando que era guaraná. Minha avó teve um treco.

—Vai com calma aí, madame, isso não é refrigerante — alertou Rachel, quando me viu tomar outro gole, distraída. Eu conhecia poucas pessoas tão cautelosas quanto ela.

Iasmin ergueu a mão para mim, em um *high five*. Quando a comida foi servida, ela pediu uma rodada de mojitos.

—Vamos ampliar seu repertório.

Quando a bebida chegou, pedi para Iasmin tirar uma foto minha. Não gostava de postar fotos, mas aquela ocasião merecia. Tirei uma sozinha e Stephanie convocou o garçom para fazer um registro em grupo. Todos agachamos perto da cadeira de Rachel e posamos. Publiquei as duas nas redes sociais.

— Só com álcool no sangue pra você postar mesmo — provocou Iasmin. Ela pegou o próprio celular para curtir as fotos e deu um gritinho: — Ai, meu Deus! O Otávio curtiu!

— Que Otávio? — perguntaram Stephanie e Juliano ao mesmo tempo.

— O crush da Iasmin — Rachel explicou, animadíssima. — Ele é uma gracinha. Estudou com a gente.

— Mostra foto! — pediu Stephanie, tentando se enturmar. Rachel pegou o próprio celular para procurar o perfil do menino. De repente, me lembrei de algo importante.

— Ele perguntou de você — contei a Iasmin.

— Hein? — Ela pareceu surpresa. — Como assim?! Quem?

— O Otávio. Cruzei com ele na faculdade esses dias. Também tá estudando na UFF. Perguntou como você tá, mandou um beijo e disse que tá com saudade.

— E você não fala nada? — Iasmin perguntou, exaltada.

— Desculpa, esqueci.

— Meu Deus, vou te demitir do cargo de melhor amiga. — Iasmin deu um longo gole na bebida, me lançando um olhar assassino.

Rachel mostrou a foto de Otávio para Stephanie e Juliano. Um assobio dos dois foi suficiente para dizer o que todo mundo pensava: ele era muito gato.

— Iasmin já ficou com ele — dedurou Rachel. — Seria um casal muito fofo, eu shippo.

— Pena que conseguir algo sério com ele é tipo ganhar na loteria — suspirou Iasmin, mas se recompôs logo em seguida. Pensei em dizer que era melhor esquecer aquilo, que ele era galinha e ponto, mas fiquei quieta. — Ai, enfim. Não quero falar do Otávio. Podemos mudar de assunto?

— Foi você que começou — falei, percebendo que já tinha bebido todo o mojito. Decidida a não me deixar sóbria, Iasmin chamou o garçom mais uma vez.

— Amigo, me vê dois shots de tequila?

— Assim a Cecília vai ficar tontinha — reclamou Rachel.

— É essa a intenção — ela disse, com uma risadinha. O garçom, que não conseguia tirar os olhos de Iasmin, não demorou muito a aparecer com uma garrafa de tequila, limão, sal e copos. Ela me entregou um limão e colocou um pouco de sal no dorso das nossas mãos. — Vou primeiro e você imita.

Observei atentamente o que ela fazia, segurando o copo do mesmo jeito. Estava animada, quase me esquecendo da demissão e dos inúmeros problemas em casa. Fazia tanto tempo que não ria com meus amigos e jogava conversa fora que nem lembrava como era bom.

— *Arriba, abajo, al centro y adentro* — ela cantou, acompanhada por Stephanie e Juliano.

Iasmin lambeu o sal, virou a bebida, chupou o limão e bateu o copo na mesa. Eu a imitei, com certeza sem parecer tão descolada. Quando meu copo bateu na mesa, todos bateram palmas e caíram na gargalhada.

Ri com eles, com vontade. Não sabia como, mas em algum momento algumas lágrimas se misturaram aos risos. Felizmente, ninguém percebeu. E eu virei mais um shot.

3

BERNARDO

Mingau era o bicho mais folgado que eu já tinha conhecido.

Eu estava esparramado no sofá, me recuperando psicologicamente depois de ter devorado dois Big Macs — não, não me orgulhava disso — enquanto tentava matar zumbis no videogame quando o gato da minha irmã pulou no meu colo e esfregou o rabo no meu nariz. Soltei um espirro, mas ele só miou de irritação e se acomodou melhor, deixando claro que não queria ser incomodado.

Mingau era branco e peludo com focinho cor-de-rosa, como o gato da Magali. Queria me esticar para pegar o refrigerante, mas o rei da casa não deixou, miando em protesto, com sua expressão carrancuda de sempre. Tinha quase certeza de que ele planejava dominar o mundo — e a primeira vítima era eu.

Sem conseguir usar o controle direito, meu personagem foi morto por um zumbi e uma mensagem de fim de jogo apareceu.

— Tá vendo o que você fez? — resmunguei. — Cheguei tão longe pra morrer por sua causa.

Mingau não se abalou. E eu me vi falando sozinho com um gato em plena sexta à noite.

Estava em casa por escolha própria. Meu celular vibrara a tarde inteira com mensagens dos meus amigos decidindo o que fazer à noite, como se fosse assunto de vida ou morte. Às vezes eu ficava de saco cheio daquela necessidade de sair todo fim de semana, como se o mundo fosse acabar se a gente não batesse ponto em alguma festa sexta, sábado e domingo, só para chegar acabado na faculdade na segunda.

Preferi ficar em casa. Não só por isso, mas principalmente. E por causa da Roberta e da troca de mensagens sem noção com meus amigos mais cedo.

Alan: Tu é mto vacilão, vai tá todo mundo lá!

Igor: Inclusive a Roberta

Bernardo: Tô fugindo dela

Igor: Desde quando vc foge de mulher?

Bernardo: Desde que ela veio com papo de namoro

Alan: Então é a oportunidade perfeita de mostrar que não vai rolar

Bernardo: Passo

Igor: Então ela tá livre na pista?

Bernardo: Faz o que quiser, cara

Depois disso, não respondi mais.

Roberta era caloura de direito na UFF, como o Igor. A gente tinha se conhecido em uma festa antes do semestre começar, fazia pouco mais de um mês. Era óbvio que ela estava a fim de algo mais sério, querendo me ver o tempo todo, mas era a última coisa que eu estava procurando. O tempo em que eu bancava o príncipe encantado e acreditava em romance já tinha passado — não que tivesse durado muito.

Alan e Igor queriam que eu ficasse com outra garota na frente dela, para colocar um ponto final naquela história. Mas eu não era idiota assim — pelo menos não de propósito. A melhor opção era ser sincero com ela, só que eu não ia lavar roupa suja no meio de uma festa de calouros.

Mingau pulou do meu colo e saiu correndo da sala quando ouviu um barulho do lado de fora, derrubando o refrigerante no sofá branquinho. Vi uma poça se formar no estofado e cheguei à conclusão de que estava ferrado. Quando meus pais voltassem do fim de semana em Angra dos Reis, ia ter picadinho de Bernardo para o jantar.

A viagem deles, aliás, era um dos motivos de ter escolhido ficar em casa. Minha mãe era formada em direito, mas nunca chegara a exercer a profissão — em grande parte por pressão do meu pai, que queria que ela fosse a dona de casa perfeita, ainda que nunca tivesse lavado um prato na vida. Mas já fazia uns anos que ela tinha começado a trabalhar como *personal stylist*, um nome chique para alguém que ajuda os outros a se vestir.

Tudo começou de brincadeira: minha mãe sempre foi muito elegante, e as amigas dela começaram a pedir dicas para melhorar o próprio estilo. Aos poucos, ela percebeu a oportunidade e passou a trabalhar até com alguns famosos.

Meus pais tinham ido a Angra a convite de uma cliente podre de rica da minha mãe, que ia comemorar bodas de prata. Mas, mesmo quando eles não estavam, sempre tinha minha irmã me pentelhando. Naquele dia, ela tinha saído para comemorar o aniversário da Cecília, sua melhor amiga. Fazia tempos que eu não curtia minha própria companhia, por isso a perspectiva de perder a festa não me perturbava. Pelo contrário, até me animava.

Mas meus planos incluíam me entupir de porcaria e jogar videogame até meus olhos queimarem, não descobrir como remover manchas do sofá.

Enquanto procurava o celular perdido entre as almofadas para perguntar ao Google o que fazer, ele começou a vibrar, denunciando sua posição. Atendi sem conferir quem ligava.

— Alô?

— Bernardo? — Eu sabia que conhecia a voz do outro lado da linha, mas não conseguia identificar quem era. — É a Rachel.

— Ah, oi, Rachel. Aconteceu alguma coisa? — perguntei, levemente preocupado. Ela havia saído com minha irmã e Cecília mais cedo, o que ligou meu alerta de problemas.

Responsabilidade não era exatamente uma das principais qualidades da minha irmã. Eu já tinha sido convocado para salvá-la de mais enrascadas do que gostava de lembrar.

— Mais ou menos — Rachel respondeu.

Ótimo, pensei, sabendo que limpar o sofá teria que ficar para mais tarde e talvez fosse o menor dos meus problemas.

— Não queria incomodar, mas tem como você buscar a Iasmin e a Cecília aqui no Cuervo? Não dou conta de colocar as duas no carro sozinha, e o resto do pessoal já foi embora — ela pediu, desconfortável.

Não conseguia conter minha irritação ao pensar que a culpa era do comportamento irresponsável da minha irmã. Iasmin combinava sua expressão angelical com boas doses de inconsequência, por isso às vezes eu tinha que interromper o que estava fazendo para socorrê-la. Eu gostaria de dizer que isso só tinha começado depois que ela fez dezoito, mas a verdade era que minha irmã estreara nas festinhas muito antes que eu.

Mas Cecília era novidade. Sempre que buscava minha irmã de madrugada, estava com outras pessoas, embora Cecília fosse sua companhia fiel para todo o resto. Fiquei surpreso ao ouvir que ela também estava mal.

Peguei a chave do carro da minha mãe e vesti uma blusa que tinha deixado jogada na cadeira da sala de jantar. Poucos minutos depois, já estava na rua, a caminho do Cuervo.

Rachel estava parada na calçada, sozinha. Quando me viu chegar, acenou com alegria. Eu a ouvi resmungar quando tentou vir em minha direção e a roda da cadeira ficou presa em uma pedra portuguesa.

Abaixei para cumprimentá-la com um beijo na bochecha.

— Cadê as meninas? — perguntei. Rachel apontou na direção de um Palio prata, onde Cecília se escorava, colocando as tripas para fora enquanto minha irmã segurava seu cabelo.

— Desculpa — Rachel disse mais uma vez.

— Relaxa. Ninguém daria conta delas sozinho — falei.

— Eu não tinha como arrastar as duas até meu carro, elas mal se aguentam nas próprias pernas. E não queria colocar num táxi, fiquei com medo, sei lá.

— Não se preocupa — repeti, tentando tranquilizá-la. — Você fez certo. Eu estava de bobeira em casa.

Quando me aproximei das duas, percebi que Cecília estava muito pior do que Iasmin, embora fosse a última pessoa que eu imaginava resgatar depois de uma bebedeira.

— Vim buscar vocês — anunciei. Cecília parecia pronta para responder, mas de repente ergueu a mão no ar e abaixou a cabeça mais uma vez, botando para fora o que ainda tinha no estômago.

Iasmin tirou um lenço de papel da bolsa minúscula e estendeu para ela, que limpou o rosto.

— Precisam de ajuda?

Iasmin assentiu e cada uma se apoiou de um lado do meu corpo. *Que beleza!*

Coloquei as meninas dentro do carro e me ofereci para ajudar Rachel.

— Já te dei trabalho demais hoje — ela me dispensou.

— Ah, que nada. Vou seguir você até em casa.

A cidade não era muito segura, e Rachel tinha se certificado que suas amigas chegassem bem em casa, então nada mais justo do que fazer o mesmo por ela. Eu a ajudei a guardar a cadeira de rodas no banco do carona e desviei da minha rota para acompanhá-la.

Quando finalmente estacionei na garagem de casa, já era bem tarde. Iasmin estava com a cabeça apoiada na janela, dormindo como uma pedra. Cecília despertou assim que a cutuquei.

— Chegamos — avisei, expulsando as duas do carro. Estava bolado com toda a situação, especialmente pela Rachel, que precisou esperar sozinha que alguém fosse buscar as duas. E meus planos de uma sexta tranquila tinham ido por água abaixo.

Iasmin desceu do veículo, cambaleando, e se embananou com as chaves. Mingau apareceu do nada, miando e se esfregando nas canelas dela. Suspirei aliviado ao entrar na sala, ainda que estivesse de pernas para o ar. Estava exausto. A mancha no sofá teria que esperar até o dia seguinte.

Cecília resmungou alguma coisa, mas não prestei atenção.

Só entendi o que estava acontecendo quando um jorro de vômito foi parar no tapete novinho da minha mãe.

Ah, droga.

4

CECÍLIA

A LUZ DO SOL QUE VAZAVA POR UMA FRESTA DA CORTINA queimava meus olhos. Minha boca estava seca e com um gosto amargo. Passei a língua nos lábios e olhei ao meu redor, tentando identificar as imagens difusas e entender onde estava.

Tateei a mesinha de cabeceira e encontrei meus óculos. As formas ficaram mais nítidas, mas a claridade me incomodou ainda mais.

Ao menos eu sabia onde estava. Era impossível não reconhecer o quarto cor-de-rosa de Iasmin, onde já tinha dormido tantas noites. Não lembrava de nada. Não fazia ideia de como tinha parado ali.

Meu celular não estava na mesinha de cabeceira. Me ajeitei na cama, tentando reunir forças para levantar, apesar da dor de cabeça terrível. Precisava de um analgésico urgente. E de alguma coisa para acabar com o mal-estar.

Tentei levantar, mas minhas pernas fraquejaram e o mundo rodopiou ao meu redor. Caí de bunda na cama, mas Iasmin não se perturbou — continuou dormindo tranquilamente ao meu lado. O mundo poderia acabar e ela permaneceria em seu sono tranquilo, inabalável. Era uma característica invejável.

Fechei os olhos com força, reunindo coragem para tentar levantar mais uma vez. Levemente tonta, me coloquei de pé. Minhas pernas estavam pesadas, mas tive força suficiente para caminhar até uma pilha de roupas em uma cadeira.

Meu cabelo fedia muito. Estava vestindo uma camiseta velha e uma bermuda que havia deixado na casa da minha melhor amiga para emergências. Não havia sinal da saia curta ou da blusa cheia de brilho que me deixava cinco quilos mais gorda — como se eu precisasse! — que eu usara contra minha vontade na noite anterior. Minha bolsa estava no topo da pilha de roupas lavadas da Iasmin. Aos pés da cadeira, meus sapatos estavam jogados de qualquer jeito.

Pensei quem teria feito aquilo. Pelo estado da Iasmin, certamente não havia sido ela. A outra opção era absurda demais e me deixou mortificada. Não poderia conviver com a ideia de Bernardo separando minhas coisas porque eu estava completamente bêbada. Era vergonha demais para uma Cecília só!

Minha cabeça ainda girava, por isso demorei um pouco até me entender com o celular. Digitei a senha errada umas três vezes até conseguir desbloquear o aparelho.

Havia uma centena de notificações de diferentes aplicativos. Cliquei primeiro nas chamadas perdidas: uma da Rachel, seis da minha mãe e duas do Paulo, meu padrasto.

Pensei em telefonar para minha mãe, mas só a ideia de ouvir a voz dela já piorava minha enxaqueca.

Abri as mensagens e vi que ela também tinha mandado áudio. Apertei o play e levei o celular ao ouvido para escutar a bronca.

CECÍLIA, ONDE VOCÊ ESTÁ? Você saiu ontem e não deu sinal de vida. Atende sua mãe, garota! Onde já se viu? Estou preocupada. Pedi para o Paulo te ligar, mas ele também não conseguiu. Me liga assim que escutar isso e vem pra casa logo.

0:14   02:00

Minha mãe era curta e grossa — não deixou nem um beijo de despedida. Ela não tinha se limitado a um áudio, claro. Havia uma sequência de mensagens de texto ameaçadoras sobre meu chá de sumiço.

Filhota, onde vc tá?

Já passou de meia-noite e vc não deu sinal. Me liga!

O Paulo ligou, mas vc não atende ele tb. O que aconteceu?

Pq não atende?

Cecília, juro por Deus, se vc não der sinal de vida agora vai se ver comigo...

As mensagens seguiam uma progressão. Minha mãe começava calma e ia se exaltando à medida que a madrugada avançava, o dia raiava e ela não recebia notícias.

Meu padrasto também tinha deixado um recado — quer dizer, eu achava que ele ainda era meu padrasto, as coisas entre os dois estavam muito confusas. Com uma ressaca daquelas, eu não estava ligando muito para a nomenclatura.

Cecília, sua mãe e eu estamos preocupados com vc. Por favor, avise onde está.

Bufei, irritada. Quem ele pensava que era? Quando Paulo escrevia "sua mãe e eu", como se estivessem unidos para resolver um problema em comum, dava a impressão de que os dois ainda eram uma equipe, de que ele não havia estragado tudo. Como meu pai também estragara. E todas as outras pessoas que haviam nos abandonado ao longo dos anos.

Houve um tempo em que considerei Paulo um pai, mas não mais. Ainda estava tentando descobrir qual era o significado daquela palavra. Infelizmente, não havia tido bons exemplos em que me basear.

Escolhi ignorar a mensagem do Paulo e respondi a da minha mãe, sabendo que escutaria um sermão eterno. Mal podia imaginar como ela reagiria quando soubesse da minha demissão.

Ai, meu Deus, a demissão.

Por alguns instantes, eu tinha esquecido da demissão. Talvez fosse efeito do estresse ou loucura da minha cabeça, mas senti a dor piorar.

Ressaca, desemprego e briga com a família. O que mais faltava no meu primeiro dia oficial como maior de idade?

A troca de mensagens com Rachel que se seguiu respondeu minha pergunta.

> **Rachel:** Chegou direitinho?
>
> **Cecília:** Como assim? Você me trouxe pra Iasmin, sua louca.
>
> **Rachel:** Que nada, foi o Bernardo. Ele teve que buscar vcs, as duas mal se aguentavam em pé.

Eu podia assinar meu atestado de óbito. Não só tinha deixado uma amiga na mão como também fizera o cara por quem eu nutria uma paixonite platônica aguda desde os oito anos me ver na mais desastrosa situação. Eu devia pular pela janela, ir embora correndo e nunca mais olhar para trás.

Queria perguntar à Rachel quão mal eu estava, já que não conseguia lembrar nada, mas achei melhor guardar a informação para outro momento menos vulnerável.

Vexame na frente do Bernardo. Amnésia alcoólica. Mais alguns itens para marcar na minha lista de desastres das últimas vinte e quatro horas.

Eu queria — e precisava — tomar um banho, mas antes meu

corpo implorava por um remédio para dor de cabeça, outro para náusea e alguma coisa que eu pudesse comer sem vomitar.

Encarei a porta, apreensiva. Não queria correr o risco de cruzar com Bernardo. Embora a casa fosse enorme — a família de Iasmin morava em uma casa na região oceânica que meus parentes em São Gonçalo chamariam de mansão —, não era grande o suficiente para evitar que eu esbarrasse nele em algum momento do dia.

Encontrei um lenço na penteadeira e amarrei nos meus cabelos cacheados, quase crespos, e volumosos, para dar uma disfarçada no estado deplorável em que eu me encontrava. Quando era criança, odiava minha "juba" e implorava para alisar, mas minha mãe sempre foi contra.

— Pouco depois que você nasceu — ela dizia, cheia de sabedoria —, quase perdi todo meu cabelo por causa de química. Quando você tiver dezoito anos, pode pagar do seu bolso, se quiser.

Eu tinha passado a pré-adolescência desejando fazer dezoito anos para que pudesse ter cabelos levemente ondulados como os da Iasmin ou lisos como os da Rachel. Mas, com o tempo, fui me acostumando ao visual e à versatilidade do meu cabelo. Ele acabou se tornando a única coisa que eu gostava em mim. Só exigiam um pouco de cuidado.

Queria que essa consciência sobre minha aparência se aplicasse às outras partes do meu corpo.

Sem enrolar, pensei. *Você não vai encontrar o Bernardo.*

Respirei fundo e segui até a porta.

O corredor estava vazio. Desci as escadas na ponta dos pés, torcendo para que ele não aparecesse na minha frente. Quando cheguei ao térreo, Bernardo estava agachado no chão da sala, tentando limpar alguma coisa no tapete.

Não seria aquele dia que minha sorte mudaria.

5

BERNARDO

O CARA LÁ DE CIMA NÃO TINHA PIEDADE DE MIM.

Tudo o que eu *não* precisava era dar de cara com a Cecília vestindo uma camiseta puída e short de algodão colado nas coxas. E que coxas!

Depois da noite passada, não sobrava muito espaço para a imaginação.

Não foi por querer; não tinha mais ninguém para ajudar. Depois que a Cecília vomitou no tapete da minha mãe, minha irmã se jogou no chão da cozinha e dormiu! Isso mesmo, Iasmin simplesmente resolveu que o chão frio era muito mais confortável que sua cama, enquanto a melhor amiga estava com as roupas sujas e completamente desorientada.

Peguei uma cadeira e sentei Cecília, sem saber o que fazer. Corri até o quarto da minha irmã e revirei as gavetas, procurando algo que ela pudesse vestir. Logo encontrei uma camiseta e um short que já tinha visto a Cecília usar outras vezes. A menina era tipo um membro honorário da família.

Voltei para o térreo, onde Cecília continuava sentada, apoiando o queixo na mão. Pensei em acordar minha irmã para pedir ajuda, mas qualquer um que a visse naquele momento concordaria que não tinha a menor condição.

Ah, quer saber? Que se dane!, pensei. A sala fedia a vômito, e a Cecília estava num estado lamentável. Não podia deixar que dormisse naquelas roupas nojentas.

Fiz com que ela se levantasse, sonolenta e cambaleante, e fosse até o banheiro de cima. Eu a sentei na privada e lavei o rosto dela. Fiz uma lambança no chão, mas consegui tirar o excesso de sujeira dos cabelos com uma toalha molhada, que provavelmente iria para o lixo. Então veio a pior parte de todas: eu precisava pelo menos tirar aquelas roupas imundas e trocar por algo limpo.

Tentei fazer com que se trocasse sozinha, mas era impossível. Depois de uma grande discussão interna, acabei tirando a blusa dela. Cecília parecia uma boneca de pano em minhas mãos. Apesar de repetir para mim mesmo que estava pensando no conforto dela, não conseguia me sentir bem com a situação. Era como se invadisse seu espaço de um jeito irreparável.

Ainda assim, foi praticamente impossível não olhar. Ela usava um sutiã lilás rendado que me fez perder a concentração. Fechei os olhos e vesti a camiseta nela, evitando encarar o que não devia.

O resto foi mais fácil — consegui convencer a Cecília a ficar de pé e colocar o short por baixo da saia, depois a tirei. Fim de jogo: ela estava razoavelmente pronta para dormir, e eu precisava de um banho gelado.

Agora, olhando para ela, me sentia péssimo. Pensei em contar o que tinha feito, mas as bochechas de Cecília queimaram assim que me viu. Me perguntei se ela lembrava de alguma coisa. Talvez fosse melhor nós dois fazermos de conta que nada tinha acontecido.

— Bom dia — cumprimentei com um sorriso. — Dormiu bem?

— Parece que fui atropelada por um trem — ela confessou, dando uma risadinha e desviando o olhar.

— Você meteu o pé na jaca ontem — falei, com leveza. Não queria que ela se sentisse constrangida.

— Nem me fale. — Ela parou e inclinou a cabeça, como se analisasse minha tentativa de limpar o chão. — Precisa de ajuda?

— Não!

— Sabe o que está fazendo?

— Na verdade, não — respondi, largando a escova no chão e me colocando de pé. — Mas vi um tutorial na internet.

— Eu ajudo, já que deve ter sido culpa minha mesmo. — Ela se ajoelhou e começou a esfregar, olhando para mim em seguida. — Consegui sujar o sofá também?

— Isso fui eu, jogando videogame — respondi, coçando a cabeça. Mingau apareceu na sala e ameaçou lamber a água suja do balde. Eu o afastei batendo palmas.

— Refrigerante? — Cecília quis saber.

— Uhum.

— Mais fácil de tirar.

Quando terminou de limpar o tapete, ela se colocou de pé e me devolveu o balde.

— Obrigado — falei —, você me salvou. O que posso fazer em troca?

Ela riu.

— Tem alguma coisa pra curar ressaca?

Cecília abraçou o próprio corpo, como se quisesse protegê-lo ou estivesse envergonhada. Ela definitivamente não tinha do que se envergonhar. Ela era bonita. Tinha bastante peito e quadril, braços gordos e muitas dobrinhas na barriga. Todo o conjunto de curvas e gordurinhas eram bem sensual.

É tudo culpa do sutiã, pensei, ao me dar conta de que estava avaliando o corpo da melhor amiga da minha irmã, com quem costumava fazer guerra de lama no sítio da minha avó quando éramos crianças. Acho que até a noite passada ela era apenas a menininha que crescera com Iasmin, mas de repente percebi que ao longo dos anos, enquanto eu não estava prestando atenção, ela havia se transformado em um mulherão.

— Acho que posso te ajudar — falei, indo para a cozinha na frente para não ficar olhando demais.

— Parece que tem um buraco no meu estômago — ela disse.

—Você precisa comer alguma coisa.

Cecília puxou uma das banquetas do balcão da cozinha e sentou, enterrando a cabeça nas mãos.

— Acho que vou colocar tudo pra fora — ela confessou. Ri e estendi uma maçã. Ela pegou a fruta e deu uma mordida. Fui até a geladeira procurar os ingredientes para uma mistura antirressaca que minha mãe costumava fazer para minha irmã.

Enquanto jogava tudo no liquidificador, perguntei:

— Como foi ontem?

— Bom. Quer dizer, pelo menos a parte que eu lembro — ela falou, baixando o olhar em seguida. — Paguei muito mico?

— Não, não — menti. Não precisava constranger a garota com os detalhes. — Acontece.

—Vomitar?

— É — respondi, rindo. — Iasmin já teve dias piores.

— Desculpa o trabalho.

— Não foi nada de mais — afirmei, dando de ombros.

Ela mordeu o lábio inferior, como se avaliasse se diria algo ou não.

—Você não precisa fazer isso.

— Isso o quê?

— Ser legal comigo.

— Não fiz nada.

—Você estava limpando meu vômito — ela disse, apontando para a sala.

—Você que limpou.

— Por quê?

— Por que você limpou o tapete?

— Não… por que está sendo legal comigo?

— É o que os amigos fazem — respondi, desviando o olhar.

—Você não é meu amigo.

Eu não soube como responder. Preenchi o silêncio com o som do liquidificador. Despejei a bebida em um copo e coloquei diante de Cecília.

— Desculpa, eu não queria… — Ela deixou a frase suspensa no ar. Um desconforto esquisito pairou entre nós e eu não sabia muito bem o que dizer.

— Não, tudo bem. Eu entendi o que você quis dizer — menti. — Mas a gente se conhece faz tempo…

— Claro — ela concordou.

— Agora bebe — ordenei, apontando para a mistura.

— Coisas verdes são contra a minha religião — brincou. Ela cheirou o líquido e fez uma careta. — Não vou beber isso. O que colocou aqui?

— Hortelã, gengibre e mais umas coisas que são segredo — falei, dando uma piscadinha.

Iasmin surgiu na cozinha, de pijama curtinho e com o cabelo loiro e cor-de-rosa completamente desarrumado. Minha irmã andava numa fase colorida — cada dia tingia mechas de uma cor, o que deixava minha mãe louca.

— Uau, o Bernardo fez a receita mágica. Me dá um copo que estou precisando.

Cecília devolveu o copo ao balcão.

—Tem cheiro de salada. Não como salada — ela disse, e as duas riram juntas.

— Dá para ver — falei. De repente, as risadas cessaram e as duas me encararam. Quando olhei para Cecília, notei que lutava para segurar as lágrimas.

Ela pegou o copo e engoliu tudo de uma vez. Depois levantou da mesa e seguiu na direção do banheiro.

— Parabéns, idiota — disse minha irmã, indo atrás dela.

6

CECÍLIA

VIVER ERA UMA DROGA.

Inspira. Um, dois, três, quatro, cinco. Expira.

Inspira. Um, dois, três, quatro, cinco. Expira.

Eu me apoiei na pia de mármore, tentando recuperar o controle, mas me sentindo incapaz de respirar ou me mover.

Do lado de fora, ouvi Iasmin brigar com Bernardo, mas não conseguia distinguir as palavras. Meu cérebro estava perdido em um redemoinho de imagens, vozes e pensamentos que me dominavam. Era insuportável.

Puxei o ar mais uma vez, enchendo os pulmões e contando lentamente, como aprendi na internet. Eu me concentrava nos números e no ritmo da respiração, tentando esquecer o que estava à minha volta e afastar a sensação de sufocamento.

Às vezes sentia que ia morrer.

A falta de ar, de controle e a pressão no peito eram desoladoras. Eu perdia a noção do tempo e do espaço, não sabia quando aquilo ia parar, se é que ia. Era como me afogar em águas rasas, sem perceber que podia simplesmente colocar os pés no chão.

Parte de mim sabia que era irracional, mas a outra repetia o mantra: *Você é gorda. Você é feia. Você come feito um animal. Ninguém te acha legal. Ninguém te acha bonita. Ninguém te acha interessante. Nem seu pai gosta de você.* As mesmas palavras, sem parar. Não dava para apertar um botão e desligar os pensamentos.

Aquilo me assombrava diariamente. Eu estava sempre ansiosa, pensando em como deixar de ser quem era, em como me tornar alguém melhor, alguém de quem as pessoas gostassem. Mas era incapaz disso — sempre que tentavam se aproximar, eu fazia alguma coisa errada.

Como gritar, correr para o banheiro e perder o controle.

— Estou entrando — anunciou Iasmin.

Meus batimentos foram desacelerando e o tremor diminuiu, mas a sensação de sufocamento permanecia. Deslizei para o chão e fiquei ali. Ainda respirava com dificuldade quando a porta, que eu deixara apenas encostada, abriu.

Odiava ser encontrada daquele jeito. Passava a maior parte do tempo escondendo meus sentimentos, medos e inseguranças. Não queria que vissem aquela parte de mim, vulnerável, e tentava ao máximo disfarçar quem eu era. Tinha perdido mais uma vez a batalha que sempre travava contra minha cabeça e minhas ideias loucas.

Iasmin me encontrou sentada no chão do banheiro, abraçando meu próprio corpo. Eu não conseguia sair do lugar.

Ela agachou ao meu lado e tocou meu rosto.

—Você está suando frio.

Tentei me recompor, mandar meu cérebro parar de ser idiota.

—Você está bem?

Eu detestava aquela pergunta. Era só me olhar para saber que não estava nada bem.

A porta se abriu e Bernardo entrou também, estendendo um copo d'água.

—Você vai precisar disso — ele disse.

Iasmin o encarou por um longo tempo, depois deu um suspiro, resignada.

— Quer alguma coisa? — ela me perguntou, me puxando para mais perto. Meu corpo tremia. Não tinha coragem de olhar para o Bernardo. Ele era a última pessoa que eu queria que visse a Cecília que eu escondia.

Mas era tarde demais.

— Quero paz. E um banho.

BERNARDO

Quando Cecília saiu do banheiro, estava pálida e descabelada. Iasmin me lançou um olhar mortal, me censurando, e guiou a amiga escada acima, com a mão em seu ombro. Pouco depois, voltou para a cozinha e me ajudou a lavar a louça do café da manhã interrompido.

— Como ela está? — perguntei. Iasmin colocava os copos no escorredor em silêncio. O único som que eu escutava era da água corrente.

— Mal — respondeu, monossilábica.

Fechei a torneira e virei para a minha irmã, esperando mais informações. Como ela não disse nada, insisti:

— O que ela tem?

— Nada, Bernardo — disse Iasmin, levemente irritada.

— Aquilo não parecia "nada". Quer dizer, ninguém corre pro banheiro desesperada por nada.

— Ela só ficou nervosa. Você foi bem idiota.

Iasmin puxou um pano de prato e secou as mãos. Minha irmã não tinha paciência para conversar quando eu a tirava do sério.

— Ainda não entendi por que ela ficou tão abalada — falei, e estava sendo sincero.

—Você chamou ela de gorda.

— Hein? Não chamei, não. Tá doida?

— *Dá pra ver* — Iasmin repetiu minhas palavras, em uma péssima imitação.

—A coisa da salada? Era brincadeira. Não pensei que ela fosse levar para esse lado — falei, me defendendo, mas logo me sentindo um cretino.

— Cara, você tem uma ervilha no lugar do cérebro, não é possível. Não acredito que passou no vestibular e eu repeti de ano.

— Eu não fiz de propósito.

Iasmin relaxou os ombros, suspirou e me encarou.

— Pode até ser, mas não é coisa que se diga. Ela já vive no modo autodefesa. É atacada por causa do peso o tempo todo. Quando alguém diz uma coisa assim, tudo volta…

— Desculpa. O que eu faço agora?

Minha irmã me deu um beijo e bagunçou meu cabelo.

— Pode ficar quieto, seria ótimo. E dar uma carona pra ela.

— Acha que ela vai querer? — perguntei, me sentindo mal e pensando em como me redimir.

— Ninguém recusa uma carona. Mesmo que o motorista seja você.

E foi assim que me vi na carona mais esquisita de todos os tempos. Cecília não olhou para mim em momento algum. Assim que entrou no carro, virou a cabeça para a janela e ficou admirando a paisagem durante todo o trajeto. Se o caminho fosse mais longo, teria ficado com torcicolo.

Não tive coragem de ligar o rádio. Sentia que qualquer movimento podia fazer ela se voltar contra mim, e achei que era melhor que não acontecesse enquanto eu estava ao volante.

Quando finalmente estacionei em frente ao prédio dela, Cecília soltou o ar como se tivesse prendido a respiração durante todo o trajeto. Foi só quando tirei as mãos do volante que percebi que também estava tenso.

— Obrigada — ela disse, olhando para baixo e se atrapalhando com o cinto de segurança.

Quando fui ajudar, nossas mãos roçaram de leve. Era estranho ficar tão perto de alguém que eu tinha acabado de magoar. Queria seguir o conselho da minha irmã e ficar quieto, mas não dormiria tranquilo sem pedir desculpas.

Cecília estava prestes a abrir a porta quando acionei as travas automáticas.

Droga, pensei, ao me dar conta de que tinha sido um erro. A expressão de susto e desespero voltou ao seu rosto. Tratei de me explicar rapidamente, para não causar mais desconforto.

— Não se assusta — falei, tentando manter uma distância segura entre nós, embora o veículo não fosse muito favorável para esse tipo de coisa. — Só quero pedir desculpas.

Cecília não olhou para mim. Ela apertava as mãos, extremamente concentrada nelas, quando disse:

— Não foi nada. — Ela levantou o rosto pela primeira vez, embora não conseguisse fixar o olhar no meu, desviando para outros pontos do meu rosto, como se nos meus olhos houvesse algo que ela não estivesse disposta a enfrentar.

— Eu não deveria ter dito aquilo.

—Você não disse nada de mais. Eu que me abalo à toa.

— A gente nunca se abala à toa. Só queria pedir desculpas pelo vacilo. Não queria magoar você. Está melhor?

Ela assentiu.

— Foi só… Ah, acontece. Já esqueci, juro.

Destravei as portas para que pudesse sair. Fiquei um tempo do lado de fora, com a cabeça recostada no estofado do carro, pensando nela e nos erros que havia cometido.

7

CECÍLIA

MEU PRÉDIO NÃO TINHA PORTEIRO. Era um edifício velho de oito andares a dez minutos de caminhada do centro, com um elevador que raramente funcionava e um portão que só fechava com um jeitinho especial que aprendi ao longo dos anos.

Era onde eu morava, mas ainda assim não parecia um lar.

Bernardo não viu, mas eu o observei por trás de uma pilastra. Ele demorou algum tempo até dar a partida no carro da mãe e ir embora.

Eu ainda estava magoada, mas o descontrole tinha dado lugar a uma sensação de vergonha. Era sempre assim — em pouco tempo a ficha caía e eu me sentia uma fracassada de carteirinha por ter me deixado abalar por tão pouco.

Gorda. Cinco letras. De acordo com o dicionário, aquele "formado de gordura ou de matéria untuosa: substância gorda". Ou aquele "que tem grande teor de gordura ou matéria sebácea: caldo gordo". Ou "que apresenta o tecido adiposo muito desenvolvido".

A definição era ridícula.

Ser gordo ia muito além de ser uma massa de gordura. As pessoas me encaravam e automaticamente calculavam quanto peso ganhei ou perdi desde a última vez que nos vimos. Tinham sugestões de dietas, piadinhas prontas que "não eram para ofender", diziam que meu rosto era tão bonito e se eu emagrecesse um pouquinho…

Aquilo me deixava louca. Simplesmente por não ter pedido a opinião de ninguém. Como alguém achava que estava no direito de opinar sobre quem eu era, o que vestia? Como alguém se sentia no direito de me deixar mal só por existir? E, acima de tudo, como eu permitia aquilo e ainda levava a sério cada uma daquelas acusações, cada uma daquelas pessoas que tratavam meu peso como minha principal característica? O que chegava antes de mim, o ponto de referência.

E eu sentia que a culpa era minha. Tinha engordado, comido, não me importara. No fundo, achava que os comentários tinham uma pontada de razão.

Meu coração adolescente, que ainda nutria uma pequena — certo, talvez enorme — admiração por Bernardo, ficou aquecido só com o fato de ele ter pedido desculpas. Iasmin diria que não era mais do que a obrigação, mas me pareceu que ele estava pelo menos disposto a consertar o estrago.

Apertei o botão do elevador e a luz não acendeu. O elevador de serviço exibia uma placa de interditado. Considerando todos os acontecimentos recentes, nem fiquei surpresa.

Subi as escadas ofegante. A manhã e o início de tarde tinham sido exaustivos, mas eu sabia que não havia acabado. Minha mãe certamente estava incomodada com a mensagem genérica que eu tinha mandado. Em geral, ela soltava os cachorros para cima de mim em momentos como aquele. Os cachorros figurados, já que não havia cachorros de verdade lá em casa, por mais que eu quisesse. Apartamento pequeno, sabe como é.

Abri a porta e me surpreendi com o que vi: minha mãe e Paulo sentados na mesa de jantar — uma mesa circular com quatro cadeiras, de segunda mão. Joguei minhas coisas na poltrona do canto e os encarei, perplexa com o casal feliz que esperava pela filha.

— O que ele está fazendo aqui? — perguntei ao ver meu padrasto sentado à mesa, como se pertencesse àquele núcleo. Como se tivesse qualquer direito sobre nós depois de ter traído minha mãe, por meio de um site especializado, ainda por cima. Ninguém me contou, eu vi. Abri o computador e a página estava escancarada, com conversas de todo tipo. Era impossível olhá-lo do mesmo jeito depois disso.

— Cecília…

— Relaxa, Luciana — disse Paulo, equilibrando a cadeira para trás. —Vim conversar com sua mãe, só isso — ele respondeu, com uma tranquilidade irritante. — Quero me acertar com ela. Quero acertar *nossa* família — ele completou. —Tenho certeza de que em breve vamos nos entender.

Fiz uma careta de reprovação que não passou despercebida por Paulo, que, como era dissimulado e pouco se importava com o que eu achava dele, ignorou.

Paulo levantou e deu um beijo na testa da minha mãe, que não recuou. Pelo contrário, parecia levemente decepcionada por não ter sido beijada nos lábios. Revirei os olhos. Paulo levantou e saiu, deixando-nos a sós.

—Vocês vão voltar? — perguntei, alternando o olhar entre a porta e minha mãe.

— Não sei, estamos conversando — ela respondeu, séria.

— Não dá pra acreditar, mãe…

— O que não dá para acreditar é o que você fez.

Pronto, o sermão ia começar.

Eu nunca sabia quando minha mãe ia assumir a posição de colega de quarto ou de ditadora. Em alguns dias, ela agia como se fosse uma desconhecida que só estava dividindo o apartamento comigo. Em outros, queria controlar cada detalhe da minha vida, como se precisasse recuperar o tempo perdido.

Respirei fundo, querendo evitar uma discussão. Não tinha feito nada de mais — exceto ter colocado as tripas para fora no tapete dos outros.

— Ah, mãe, eu fui pra casa da Iasmin depois do bar e esqueci de ligar, só isso — respondi, exausta.

—Você não deu sinal de vida, Cecília. E se tivesse acontecido alguma coisa?

— Não aconteceu nada — respondi. — Eu já tinha falado que ia pra lá, mãe.

— Mas você disse que ia ligar — ela alfinetou.

—Você podia ter ligado pra Iasmin — falei. Ela me lançou um olhar de reprovação que deixava claro que aquela não era a resposta que queria ouvir. Depois de tudo o que tinha acontecido e precisando de tempo para processar a possível reconciliação entre Paulo e minha mãe, resolvi ceder. — Eu errei, desculpa.

—Você me deixou preocupada a noite toda.

Abafei um riso de escárnio. Perdi as contas de quantas vezes minha mãe já tinha me mandado "passar uma temporada com minha avó", que era sua forma preferida de me expulsar de casa. Sempre que me considerava uma inconveniência, ela tentava me colocar para fora. E agora vinha dizer que ficava preocupada comigo?

Éramos só nós duas desde que eu conseguia lembrar. Nunca conheci meu pai, sequer sabia o nome dele. Não era raro eu me questionar se ela havia se arrependido da decisão de me ter.

Minha mãe tinha feito sacrifícios por mim, e eu era grata por isso, mas ela sempre dava um jeito de me lembrar de tudo o que havia perdido por minha causa. E, em alguns momentos, de como eu era descartável, um problema que minha avó poderia resolver. Viver com a consciência disso não era nada agradável.

— É uma novidade, você preocupada comigo — falei.

A expressão da minha mãe mudou de repente. Só então me dei conta do que havia feito.

— O que você disse?

—Você não parece preocupada com muita coisa além do Paulo.

— Ele é parte dessa família.

— Não é nada meu.

— É seu padrasto...

— Padrasto, não pai. Não tenho pai. Porque você nunca quis que eu o conhecesse.

Eu havia passado dos limites. A expressão da minha mãe era de horror, como se eu tivesse esbofeteado seu rosto.

Era um assunto delicado para nós duas. Nunca tive vontade de conhecer meu pai, mas às vezes, quando ela tentava conceder a Paulo um título que ele não merecia, eu saía da linha. Queria que o espaço de pai permanecesse em branco. No passado, talvez tivesse desejado que fosse preenchido, mas Paulo não fora digno disso.

Tinha amigas que consideravam o padrasto o pai que nunca tiveram. Infelizmente, não tive a mesma sorte.

— Vai pro seu quarto agora — minha mãe ordenou, tentando se controlar.

— Você não pode me colocar de castigo por dizer a verdade.

— Não estou te colocando de castigo. Só quero que saia da minha frente — ela falou, visivelmente abalada.

Não consegui me mover. Era como levar um tapa na cara e não saber como reagir. De novo, fui tomada pela sensação de desespero crescente. Levei a mão à boca e a mordi com força, tentando concentrar toda ansiedade naquele único ponto.

— Cecília, eu disse pra você sair da minha frente — ela repetiu, dessa vez mais dura.

— Você não pode tentar se livrar de mim sempre que eu disser alguma coisa com que não concorde.

Não esperei que ela respondesse — segui até o quarto batendo os pés. Fechei a porta atrás de mim, deslizei até o chão e enfiei as unhas na pele, tentando afastar a dor que sentia no peito.

8

BERNARDO

— Que cara de velório é essa? — Alan perguntou, sentando atrás de mim na aula de desenho básico, a única disciplina que ainda cursava comigo, já que ficara para trás em todo o resto.

— São sete da manhã e estou na faculdade. Isso, meu amigo, é um funeral — respondi, arrancando uma risadinha dele.

O primeiro semestre de engenharia mecânica tinha sido empolgante. No começo é só trote, festa, chopadas e happy hours depois da aula. Para mim, foi tudo isso e mais um pouco. Era como abrir as portas de um novo mundo, onde tudo parecia mais divertido e fácil. Era hora de finalmente viver minha juventude e deixar para trás todas as bobeiras do ensino médio.

Mas não demorei muito a perceber que a faculdade também era cheia de panelinhas, fofocas e brigas idiotas.

A vida era um ensino médio interminável. Mas pelo menos ficava um pouco mais divertida com a maioridade.

Depois de um primeiro período insano e de quase perder uma matéria por gastar tanto tempo na farra, percebi que a vida universitária ia muito além daquilo. Se eu quisesse tirar alguma coisa dos anos que passaria ali e me tornar um profissional sério, não podia passar o tempo todo no bar.

Agora, no início do terceiro período, sentia que estava prestes a deixar aquele perfil de universitário "vida louca" para trás e finalmente começar a me concentrar na vida acadêmica e nas possibilidades para o futuro. Ainda tinha três anos e meio até a formatura — em um cenário otimista —, mas se os semestres anteriores na Universidade Federal Fluminense tinham me ensinado alguma coisa, era que o tempo passava rápido demais. Logo eu estaria estagiando, terminaria a faculdade e correria atrás de um emprego.

— Onde você se enfiou no fim de semana? — Alan quis saber.

— Em casa — respondi, um pouco arrependido por não ter respondido nenhum dos convites que os moleques fizeram.

— Pô, cara, perdeu! Tá sabendo, né?

— O quê?

— O Igor pegou a Roberta.

— E eu com isso?

— Ah, sei lá... achei que você ia querer saber. Ela já foi na sua casa e tudo.

Foi um pouco depois que a gente se conheceu, um dia que não tinha ninguém em casa. Eu me arrependia, porque foi um dos principais motivos para a Roberta achar que eu queria mais do que já tínhamos. Ela começou a me cobrar e eu passei a evitá-la.

— Se cada mulher que você levou pra casa te devesse satisfações, a fila ia dar a volta no quarteirão — resmunguei para Alan.

— Mas você é diferente, né? Cheio dos sentimentos.

Eu era mesmo "cheio dos sentimentos", embora tentasse evitá-los, e por isso mesmo não gostava de brincar com os sentimentos dos outros. Era a razão de não ter dormido direito o fim de semana inteiro.

Não conseguia parar de pensar na Cecília. E não era por causa da visão dela de sutiã. Apesar de ter pedido desculpas, ainda me sentia um pouco culpado pela situação desconfortável. Quem o Igor pegava ou deixava de pegar era minha última preocupação naquele momento.

— Não me importo — respondi com sinceridade.

Pela primeira vez fiquei feliz ao ver um professor entrar na sala. Ao menos faria Alan calar a boca. Seria melhor ainda se a presença dele calasse meus pensamentos.

CECÍLIA

—Você não vai atender?

Meu celular tocava sem parar. O nome do meu padrasto brilhava na tela, mas eu não estava disposta a falar com o garoto de recados da minha mãe.

Minha família era muito esquisita. Às vezes eu nem sabia se era uma família de verdade. Quando minha mãe contou para o meu pai que estava grávida, ele sumiu e nunca mais apareceu. E agora minha mãe estava tão obcecada com o fato de meu padrasto ter saído de casa que mal prestava atenção em mim. Sequer percebera que eu não tinha saído para trabalhar no sábado.

— Não, deixa tocar — respondi para Rachel, dando mais uma garfada na comida intragável do bandejão.

Eu queria voltar para casa, tomar um banho e tirar um cochilo longo, mas não podia. Ainda não tinha contado para minha mãe — ou para qualquer outra pessoa — que tinha sido demitida, embora àquela altura Stephanie e Juliano provavelmente já soubessem.

Mesmo se eu tivesse coragem de contar, não estávamos exatamente nos falando. A não ser que usar o futuro ex-marido como intermediário contasse como comunicação.

Eu não disse que minha família era esquisita?

— Por que você está deixando seu padrasto no vácuo? — perguntou Rachel.

Toda segunda-feira nos reuníamos no restaurante universitário para almoçar. A comida não era das melhores, mas pelo menos tínhamos um momento para colocar a conversa em dia.

— Se minha mãe quer falar comigo, ela que fale. Não vou ficar recebendo recadinhos através do Paulo. — *Especialmente porque eles nem moram mais na mesma casa*, pensei. Do jeito que as coisas andavam, os dois logo estariam se amando de novo e eu ficaria com cara de idiota por ter acreditado que daquela vez ela não aceitaria as migalhas que ele oferecia.

— O que aconteceu?

Contei cada detalhe humilhante do meu fim de semana desde que ela tinha me deixado nas mãos do Bernardo. Incluí até os momentos mais vergonhosos, como vomitar no tapete e chorar no banheiro. Estava feliz por não lembrar muito mais coisa, pois tinha certeza de que, se descobrisse o que fiz, nunca mais sairia de casa sem um saco de papel na cabeça.

— E aí? — perguntou Rachel, depois que contei alguns detalhes da reação desastrosa da minha mãe.

— E aí que ela disse que queria me colocar de castigo, mas como eu já era "adulta", não podia mais fazer isso. Então resolveu parar de falar comigo. Aparentemente é isso que os adultos fazem.

Rachel bebeu um gole do suco ralo.

— Sem ofensas, mas sua mãe é meio louca.

— Não me ofendi, ela é *completamente* louca.

— Não entendi onde o Paulo entra nessa história.

— Desde sábado, quando minha mãe quer dizer alguma coisa, ela pede pra ele me mandar uma mensagem, me ligar, qualquer coisa. Parece que é mais fácil conversar com um cara que traiu você do que com sua própria filha que acabou de completar dezoito anos e não atendeu o celular.

— Traiu sua mãe? Como assim?

Só então percebi que tinha dado com a língua nos dentes. Queria poder voltar atrás. Não gostava de entrar em detalhes muito pessoais, mesmo com as minhas amigas, e a demissão não era meu único segredo.

— Ah, ele e minha mãe estão separados. Mas não vai durar. Não quero falar sobre isso.

— Tudo bem. Se precisar conversar, sabe que pode contar comigo, né?

Assenti, mesmo achando que isso não aconteceria. Era legalmente adulta havia cerca de três dias e já era um fracasso total.

Rachel me analisou por alguns instantes. Sabia que sua cabecinha trabalhava em algum plano para resolver a situação. Naquele momento, ela ponderava se deveria ou não dizer o que achava.

— Não sei se deveria dizer isso, mas...

— Vai dizer assim mesmo, te conheço — falei.

— Você não precisa aguentar essas coisas, Cecília.

— Bom, não tenho muitas opções...

— Você tem um trabalho — ela falou.

Minha expressão murchou. Era tão bom conversar com Rachel — ela sempre tinha a resposta para todos os problemas na ponta da língua, e muito mais responsabilidade e noção do que Iasmin jamais teria. Confiava nela. Por que não conversar sobre o assunto que me consumira o fim de semana inteiro?

Decidi confessar.

Todo mundo era demitido algum dia, especialmente vendedores temporários de shopping. Não era motivo de vergonha, mas aquilo me deixava insegura. Eu estava tão confiante de que seria efetivada... mas claro que tinha sido só mais uma impressão errada.

— Não tenho mais emprego.

— Como assim?

— Fui demitida no meu aniversário.

— E não contou para ninguém? — perguntou Rachel, surpresa.

Dei de ombros.

— Era dia de festa. Não queria estragar o clima — respondi.

— Ai, ai… — murmurou Rachel. De repente, ela me encarou como se algo acabasse de lhe ocorrer: — E por que você está com o uniforme do trabalho?

— Ainda não falei com a minha mãe. Não sei como contar, ainda mais agora. Ela vai ficar possessa. Tenho certeza de que vai arrumar um jeito de colocar a culpa em mim. Então não contei e vim de uniforme.

— E como você vai fazer quando chegar em casa depois da aula? Vai dizer que foi liberada mais cedo?

— Pensei em não voltar direto… — respondi, constrangida. Eu tinha um plano, mas antes mesmo de verbalizá-lo para Rachel, já começava a perceber que não fazia o menor sentido.

— E pretende fazer o quê, exatamente?

— Passar o tempo. Até dar a hora de ir pra casa.

— Cecília, me desculpa, mas essa é a ideia mais idiota que você já teve. E considerando que você é a rainha das ideias sem noção…

Eu sabia que era idiota, mas o medo de contar a verdade e dizer que tinha falhado era muito pior do que a ideia de um trabalho imaginário.

— Ah, mas…

— Sem "mas". Você perdeu o emprego, acontece. Agora procura outra coisa, porque precisa do dinheiro. Não tem motivo para mentir assim. Já pensou no próximo passo? Montar um currículo, talvez?

Tive vergonha de admitir que não havia pensado em nada desde a sexta. Entre toda a história de fazer aniversário, vomitar num tapete caro, brigar com a minha mãe e tudo mais, fiquei ocupada demais para imaginar o que fazer em seguida.

— Isso — menti. — Vou fazer um currículo, distribuir por aí e tal.

— Uhum, sei.

Nós duas ficamos em silêncio. Tentei cortar uma fatia de carne assada, mas ela estava dura e a faca não era serrilhada.

Entre uma garfada e outra, Rachel me encarava, julgando minha tolice. Eu sabia que ela tinha razão, mas me arrependia de ter contado. A última coisa que eu precisava era de alguém racional para destacar minha burrice.

— Você não precisa fazer isso, sabia? — ela disse, rompendo o silêncio. — Pode se inscrever em algum programa de iniciação científica... E se nada der certo, ir para a casa da sua vó. Ou ficar comigo ou a Iasmin enquanto você e sua mãe não se acertam.

— Quanto tempo será que isso tudo vai durar?

— Não faço ideia.

9

BERNARDO

IGOR ERA UMA DAS POUCAS PESSOAS que achava razoável sair para beber numa quarta à noite. Eu era um dos idiotas que caía na conversa fiada dele, embora tivesse um trabalho importante para apresentar no primeiro horário da manhã seguinte e não gostasse de beber.

—Você vai ver, o bar é irado — ele disse quando entramos no táxi. — E só dá mulher gostosa.

Óbvio que não tinha sido a eloquência dele que me convencera. Meus pensamentos estavam inquietos e eu precisava esfriar a cabeça urgentemente.

Se arrependimento matasse, eu estaria a sete palmos do chão.

— Noite temática de sertanejo?

Igor deu um tapinha nas minhas costas assim que vi a placa na frente do estabelecimento.

— Relaxa.

Alan estava sentado em uma mesa na calçada, já abastecida com um baldinho de cerveja. Ao lado dele estava um garoto que me parecia familiar, mas não conseguia lembrar de onde.

— E aí, firmeza? — Alan me cumprimentou com aquele aperto de mão que se transforma em abraço. Acenei com a cabeça para cumprimentar o outro garoto. — Esse aqui é o Otávio — Alan explicou, dando um nome ao rosto. — Ele faz álgebra linear comigo.

— Pô, cara, tu tá saindo pra beber com calouro? — provocou Igor, dando uma cotovelada "de brincadeira" nas costelas de Alan. Ele era uma daquelas pessoas que diziam que "calouro não é gente" e tudo mais. Alan, por outro lado, gostava tanto de ser calouro que cursava pela terceira vez uma série de disciplinas do primeiro período.

— Ah, Igor, dá um tempo — reclamei. Ele continuou tirando sarro do Otávio enquanto eu chamava o garçom.

Enquanto anotavam meu pedido, ouvi Igor se gabar de uma menina com quem tinha ficado no fim de semana. Não Roberta, outra. Ele tinha dois assuntos: mulher e bebida. Passava boa parte do tempo falando sobre isso ou na companhia de um dos dois — ou dos dois ao mesmo tempo. Aquela fixação era cansativa. Ele parecia sempre à caça, um disco arranhado. Era quase impossível estabelecer uma conversa sobre outro tema. Embora sempre estivesse por perto, eu não o considerava um amigo. Era mais um colega para sair, alguém com quem se divertir.

Às vezes, quando parava para pensar nos meus amigos, me dava conta de que seguiam todos a mesma cartilha. No fim das contas, não me sentia próximo de nenhum deles.

— Eu estudei com sua irmã — Otávio comentou comigo, tentando cortar o assunto do Igor. — No São João.

Ah, então era de lá que eu o conhecia.

E ele conhecia minha irmã, o que nunca era bom sinal.

— Sério?

— Uhum. Como é que ela tá? — O menino parecia curioso. Curioso até demais pro meu gosto. Deve estar de olho na Iasmin, como todo mundo.

—Ah, tá bem.

— E o que ela tem feito da vida?

Todo mundo sabia o que Iasmin estava fazendo da vida: cursando pela segunda vez o último ano do colégio, depois de matar aulas demais, colar em diversas provas e tomar bomba em duas disciplinas.

Eu era um pouco protetor com minha irmã, por isso as perguntas do Otávio estavam ativando meu alerta.

— Estudado — respondi, seco.

— Manda um abraço pra ela — ele pediu.

— Com certeza — falei, mas a resposta real era "nunca".

Analisei Otávio da cabeça aos pés. O moleque parecia despreocupado, *exatamente como minha irmã*. A última coisa que Iasmin precisava naquele momento era de uma versão masculina dela mesma. Minha irmã era meio aloprada, mas tinha um coração bom e caía em qualquer papo furado. O cara à minha frente parecia o rei naquele quesito.

Talvez eu fosse um pouco ciumento, mas queria me assegurar de que ela não se apegasse ao primeiro idiota que encontrasse no caminho. E, pelos comentários que tinha soltado desde que eu havia chegado, eu tinha certeza de que ele era um idiota de marca maior.

— Ih, vai dar ruim — comentou Alan. Afastei meus pensamentos e virei o pescoço para ver do que ele estava falando. Roberta caminhava em nossa direção.

— Disfarça pra ela não ver — comentou Igor, erguendo o cardápio e escondendo o rosto. Era uma cena ridícula.

—Vestida assim, tenho certeza de que quer ser vista — disparou Otávio, o que me fez lançar um olhar mortal para ele. Pensei em dizer alguma coisa, mas Roberta acenou para mim, já vindo em nossa direção.

—Tarde demais — respondi. — O que aconteceu? — sussurrei para Igor. Da última vez que soube da Roberta, na segunda, Alan tinha me dito que ela e Igor passaram a chopada inteira se agarrando.

— Depois te conto — disse Igor, para que só eu escutasse.

— Oi, meninos — cumprimentou Roberta, jogando o longo cabelo preto para trás. Ela me deu dois beijinhos no rosto e fez o mesmo com Alan. — Quem é esse que eu não conheço?

— Otávio, prazer — ele respondeu, analisando o decote dela com um sorriso no rosto.

— Roberta. — Ela o cumprimentou com dois beijinhos. Quando chegou a vez do Igor, só acenou. — E aí, o que vocês estão fazendo aqui em plena quarta?

— O mesmo que você, acho. — Alan ergueu a garrafa de cerveja e deu um gole. Roberta ergueu uma sobrancelha, parecendo sentir algo estranho no ar.

— Bom, minhas amigas encontraram uma mesa, depois a gente se fala — disse ela, apontando para um grupo de garotas que soltaram risinhos animados quando nos viram olhando. Antes de ir, Roberta se aproximou e sussurrou em meu ouvido: — Não quero voltar pra casa sozinha.

Roberta se distanciou tão de repente quanto tinha se aproximado.

— O que foi isso? — perguntamos eu, Alan e Igor, ao mesmo tempo.

— Gostosa essa aí, hein? — comentou Otávio, sendo logo ignorado.

— O que ela te disse? — Alan quis saber.

— Por que ela não falou comigo? — perguntou Igor.

— Por que você estava se escondendo dela? — questionei.

— Alguém pode me explicar o que está acontecendo? — perguntou Otávio.

Alan, o homem mais fofoqueiro que já pisou na Terra, tratou de esclarecer o assunto:

— A Roberta ficava com o Bernardo…

— Deu pra perceber — interrompeu Otávio. — Mandou bem, hein?

— Cara, fica quieto! Dá pra me deixar terminar? — repreendeu Alan. A pergunta soou como uma ordem. Todos ficamos em silêncio, e ele prosseguiu. — Na sexta, o Bê não foi com a gente na chopada do direito, e o Igor ficou com ela.

— Nem liguei, se alguém quer saber — falei, tentando deixar claro que meu rolo com a Roberta estava no passado.

— Ninguém quer saber — rebateu Alan. — Me deixa terminar, caramba!

— Tá bom.

— Não, não! — Igor se manifestou. — Deixa que eu termino, a história é minha.

— Não tô nem aí para quem conta o quê, só quero saber o que aconteceu — reclamei.

— Certo, agora vem a parte esquisita — disse Igor, ignorando meu comentário. — No sábado e no domingo, ela me mandou um monte de mensagens. Até aí tudo bem, né? Chata pra caramba, mas era só ignorar. Só que depois começou a perguntar do Bernardo, queria saber se eu tinha falado que a gente ficou, o que ele tinha dito...

— Ela só ficou com você pra fazer ciúmes — comentou Otávio, dando uma gargalhada em seguida.

— Ô calouro, fica quieto aí — disse Igor, bufando.

— Bom, não funcionou — respondi.

Olhei pra mesa onde ela e as amigas riam de alguma coisa. Dei um gole no meu refrigerante e, quando ela me pegou encarando, ergueu o copo na minha direção e bebeu.

— O que ela falou pra você? — Alan perguntou, morrendo de curiosidade.

— Que não quer ir pra casa sozinha.

— Ih, ó lá. Ganhou a noite!

— E ela manda bem — completou Igor, fazendo os outros uivarem como uma matilha.

Lancei um olhar de reprovação para Igor.

— Não quero ficar falando disso.

— Tá com ciúmes — provocou Alan.

— Não, só acho babaquice ficar discutindo o que duas pessoas fazem entre quatro paredes — respondi. — E não quero problemas.

Olhei mais uma vez para Roberta, que continuava com os olhos fixos em mim.

Igor se encolheu para mais perto, deu um sorriso e sussurrou:

— Tarde demais, parceiro. Já arrumou um.

10

CECÍLIA

Após cinco dias sem falar com minha mãe, desenvolvemos um esquema de comunicação que não envolvia meu padrasto como pombo-correio. Aparentemente, os dois só conversavam para falar de mim e expressar sua preocupação com meu comportamento, que envolvia não avisar onde estava, ficar bêbada e mentir sobre ter um emprego, embora ainda não soubessem da última parte.

Quando minha mãe queria que eu guardasse a roupa lavada, deixava as peças em cima da minha cama. Se precisasse que eu varresse a casa, largava a vassoura na porta do meu quarto. Meu jantar estava sempre no congelador, num potinho de tampa cor-de-rosa. Era um esquema eficiente, mas eu já estava cansada.

Não queria ser a primeira a romper o silêncio. Já tinha pedido desculpas por ter pisado na bola, mas não parecia ter surtido efeito.

Se ela estava disposta a fazer o jogo do silêncio, eu sairia vencedora. Era orgulhosa demais para dar o braço a torcer, ainda que toda aquela situação me abalasse.

Depois da conversa com a Rachel, eu não conseguia parar de pensar nas minhas possibilidades.

Ainda estava no primeiro período do curso, por isso um estágio estava fora de cogitação. Me mantinha atenta a qualquer oportunidade de bolsas na faculdade, mas grande parte só era oferecida a partir do segundo período. Fiz um currículo, mas não tive coragem de levar a lugar nenhum. Não me sentia pronta ou boa o suficiente para que alguém lesse minhas poucas qualificações e pensasse que era uma boa ideia me contratar para qualquer coisa.

Entre minha casa silenciosa e meu emprego fictício, sobrava muito tempo para refletir sobre minhas escolhas. Infelizmente, minha voz interior nem sempre dizia o que eu queria escutar.

Abri a porta de casa após mais um dia fingindo levar uma vida que não existia e me assustei com a cena à minha frente: minha mãe e Paulo sentados no sofá, como sentinelas esperando minha chegada.

— Como foi o trabalho? — perguntou minha mãe. Seu tom não era simpático, muito pelo contrário.

Pelo menos não fui a primeira a falar.

Sabia que era uma armadilha. Tudo ao redor gritava "PROBLEMA! AFASTE-SE!". Meu coração palpitou e a velha sensação de sufocamento começou a tomar conta. Não era o melhor momento para perder o controle.

Fechei os olhos, respirei fundo e tentei reencontrar o equilíbrio. Travava uma batalha interna, tentando encontrar algo em que me segurar.

Abri a boca para responder, mas todas as palavras sumiram. Depois de quase uma semana, era como se eu tivesse desaprendido a conversar com minha mãe. Ou com aquela versão esquisita que ela havia se tornado depois que meu padrasto saíra de casa, ainda que não de nossas vidas.

— O que ele está fazendo aqui? — Foi tudo que consegui dizer, na defensiva.·

Poucas semanas antes minha mãe estava chorando pelos cantos porque eu contara o que vi. Aparentemente, minha mãe estava tendo dificuldade em deixá-lo ir, apesar de tudo o que tinha acontecido.

Ela respirou fundo, demonstrando sua frustração.

— *Ele* veio me contar uma coisa muito *curiosa*. — Ela soltou a última palavra com um leve tom de irritação. — Parece que você não liga que minha vida esteja de cabeça para baixo, precisa trazer mais um problema...

Olhei para ela e soube. Soube o que Paulo tinha dito, o que haviam confabulado o dia inteiro, quem ela tinha escolhido escutar. E que, independente do que eu dissesse, já tinha uma pedra na mão, me esperando.

— Faz ideia do que ele veio me contar, Cecília?

Eu não conseguia falar. Queria virar as costas e sair correndo, mas meus pés não me obedeciam. Meu corpo estava rígido, minha respiração, acelerada. Sentia todos os meus músculos paralisados. Estava consciente de tudo à minha volta, mas me sentia incapaz de esboçar uma reação. Havia algo me sufocando, a sensação era inquietante. A qualquer momento, eu desabaria em lágrimas, demonstrando, mais uma vez, minha fraqueza.

— Acho que o gato comeu a língua dela — comentou Paulo. Tive vontade de gritar, de avançar nele. Quem aquele homem pensava que era? Como tinha a coragem de fazer graça depois de tudo?

— O Paulo foi no seu trabalho hoje, sabia? Ia comprar um livro. Procurou por você, mas disseram que não trabalha mais lá. Que foi demitida semana passada. Então o que você fez depois da aula essa semana? E por que não contou pra gente?

— Não tenho nada pra contar pra ele — respondi, segurando as lágrimas. Sabia que estava errada por ter escondido a verdade da minha mãe, mas tinha meus motivos. Não queria que ela descobrisse daquele jeito. Paulo não podia ter se intrometido na minha vida.

— ELE É SEU PAI!

— Ele não é meu pai! Não tenho pai. Ele é só um homem com quem você casou e que depois te traiu. Meu pai, o dono do esperma, nunca quis saber de mim. Eu poderia passar na frente dele e a gente nunca ia se reconhecer. Ele me abandonou. Igual a esse homem aí que você quer que eu chame de pai. Ele traiu você, mãe.

Ela me olhou com rancor e tristeza.

— Estamos resolvendo as coisas entre nós dois, Cecília. Isso é coisa de adulto…

— Eu achava que era adulta — respondi, irritada.

Minha mãe era volátil. Eu nunca sabia o que ia irritá-la. Às vezes sentia que, não importava o que fizesse, nunca seria suficiente. Ela nunca ficaria satisfeita, feliz. Porque, de certa forma, eu era um lembrete constante da juventude que havia perdido, das coisas que tinha deixado de aproveitar, de tudo o que queria ter vivido e não viveu.

— Na sua idade eu já tinha uma filha…

— Eu tenho responsabilidades, mãe — choraminguei como uma criança, enquanto Paulo assistia à cena, imperturbável.

Quando contei para minha mãe que Paulo a traía, houve muita briga. Ela quebrou um copo na parede, chorou, esperneou. No fim da noite, corri para a cama dela e deitei ao seu lado, esperando que ficasse bem, mas ela nem valorizou meu gesto. Tudo o que conseguia fazer era se perguntar sem parar o que tinha feito para perder o suposto amor da sua vida. Eu estava ao seu lado, mas era como se fosse invisível.

Sempre era.

— Luciana… — disse Paulo, mas minha mãe fez um sinal para que ele se calasse.

— Não tem, Cecília. Se fosse responsável, não teria mentido para mim esse tempo todo.

Mordi a língua antes de soltar o que tinha passado pela minha cabeça — se *ela* fosse responsável, não estaríamos tendo aquela conversa em frente ao meu padrasto, só para começar. Mas não queria piorar a situação. Eu sabia que tinha errado, só queria a chance de me justificar. Mas ela não parecia disposta a ouvir.

— Sabe todos os sacrifícios que fiz por você? E agora parece outra pessoa. Não me atendendo, perdendo o emprego, mentindo pra mim, passando horas fora de casa...

— Amor, você já foi jovem — interrompeu meu padrasto, e eu quis cuspir nos pés dele. O que ainda estava fazendo ali?

Minha mãe estava tão irreconhecível que nem se importou em discutir comigo.

— Não sei o que te deu, *nem parece você...*

E o que parece comigo?, pensei. Minha mãe me conhecia de verdade? De repente me dei conta que não. Nem eu mesma sabia quem era. Tinha passado tanto tempo preocupada em fazer as coisas do jeito certo, ser perfeita... Só fazia o que as pessoas queriam que eu fizesse.

Porque queria ser amada.

E porque não sabia o que *eu* queria fazer.

— Não sei mais o que fazer com você, Cecília... — disse ela, como se tivessem me flagrado traficando drogas, não desempregada.

— Eu posso explicar...

— Então tenta. — Minha mãe cruzou os braços, me analisando. Tudo na sua postura indicava que não estava tão interessada assim em ouvir o que eu tinha a dizer.

— Eu estava com vergonha... de tudo. Sabia o quanto aquele emprego era importante, não queria que pensasse que eu era um fracasso. Eu errei, mas... não foi de propósito, eu juro que...

Ela não me deixou continuar. Ergueu a mão, sinalizando para que eu me calasse, e disse:

— Chega, Cecília. Você é uma irresponsável, nem parece a garota que eu criei.

— Não sou — respondi. De repente, a expressão da minha mãe endureceu.

—Você o quê?

— Eu não... não sou a garota... que você criou — falei.

— Bom, agora você está completamente louca — disse Paulo. Eu tinha até esquecido que ele estava ali. — Até parece que é filha de chocadeira.

Para meu próprio bem, minha mãe ignorou o comentário idiota.

— E quem é você, então?

— Sou a garota que minha *avó* criou. Ela cuidou de mim quando eu dava trabalho demais. Foi na casa dela que fiquei sempre que algo dava errado aqui e...

—Você está distorcendo completamente os fatos — disse minha mãe. Senti a voz dela vacilar. Então ela olhou para Paulo e sua expressão mudou. Odiava o poder que aquele homem tinha sobre ela. Odiava como cedia.

Pessoas apaixonadas ficavam burras e inconsequentes. Não conseguiam notar o que estava à frente do nariz. Naquele caso, que meu padrasto era um idiota, queria voltar para ela por comodismo e não me queria no caminho, já que a cada cinco palavras que eu dizia três eram xingamentos direcionados a ele.

Minha mãe soltou um suspiro profundo.

— Já que foi sua avó quem te criou, você pode voltar a morar com ela.

A conversa se encerrou, e qualquer resquício de paz que restava me abandonou de vez.

É culpa minha. Essas três palavras martelavam repetidamente na minha cabeça. Culpa. Eu estava tão acostumada àquele sentimento. Era algo que carregava dentro de mim desde que me entendia por gente.

Reuni minhas coisas em uma mala grande. Roupas suficientes

para algumas semanas. Era temporário, eu tinha certeza. Além disso, não havia muito o que levar comigo além da culpa.

Acho que a primeira vez que me senti culpada foi quando perguntei à minha mãe por que eu era a única que não tinha pai.

Por um curto período, aquilo não fez diferença na minha vida. Eu morava com minha mãe e minha avó em São Gonçalo, uma cidade vizinha. Paulo ainda não tinha entrado em nossas vidas e eu estudava em um colégio de bairro, a poucos metros de casa.

Meu mundo era limitado àquele pequeno universo, onde não ter um pai nunca pareceu um problema. Minha mãe e minha avó também não tinham um — na época, eu não entendia que eles haviam morrido fazia muito tempo, só pensava que não existiam, como o meu.

Percebi que havia algo de errado na escola, onde todas as crianças tinham pai, mesmo que ausente, enquanto eu sequer sabia o nome do meu.

Não existe uma forma perfeita de explicar a uma criança que seu pai abandonou sua mãe grávida e nunca mais voltou. Minha mãe não dizia o nome dele e minha avó não sabia quem era — a filha tinha sido uma daquelas adolescentes que mantinham a vida pessoal o mais longe possível dos olhos da família.

Tudo o que eu sabia era que em algum momento ela estivera envolvida com alguém, e eu vim no pacote. O cara meteu o pé, minha mãe "assumiu a responsabilidade" — leia-se: deixou que minha avó me educasse por boa parte da infância — e eu cresci com a sensação de que era uma intrusa. Era uma coisa esquisita saber que você existia por acidente. Quando minha mãe e eu brigávamos, me sentia ainda mais indesejada.

Depois que nos mudamos da casa da minha avó, passei a viver de lá e para cá. Minha avó sempre me oferecia colo e alguma comida gostosa (e não ficava me lembrando de quantos quilos eu podia ganhar se comesse um pão doce). Quando a instabilidade emocional da minha mãe passava, eu voltava para casa e ficava pisando em ovos por um bom tempo.

Até que o ciclo recomeçava.

Estava cansada. Precisava quebrá-lo de uma vez por todas.

Meu pai não me quis, meu padrasto ignorou nossa família e agora minha mãe me colocava para fora de casa de novo. Quantas vezes mais seria deixada de lado por aqueles que deveriam me proteger? Minha mãe estava com raiva. Não pela demissão, mas pela mentira, coisa que não perdoava. A não ser em Paulo. Ela perdoava tudo nele.

Se eu tivesse contado a verdade desde o início, provavelmente não estaria naquela situação.

Lembrei o que Rachel tinha me dito dias antes. Aquela conversa que não saía da minha cabeça. Que possibilidades eu tinha?

Não queria morar com minha avó, porque significava encarar engarrafamentos diários para ir à faculdade. Minha avó era completamente diferente da minha mãe — dona Marília era um anjo em forma de gente e sempre me tratou muito bem. Mas a verdade era que estava cansada de recorrer a ela em momentos como aquele, que se tornavam cada vez mais comuns. Minha avó não tinha mais saúde para servir de mediadora entre minha mãe e eu. Eu não queria ser um fardo. Eu a amava como se fosse uma parte de mim, mais velha e fisicamente diferente, mas ainda assim compartilhávamos o mesmo coração. Não podia fazer isso com ela.

Pela primeira vez em dezoito anos, me senti completamente sozinha. Então lembrei que não precisava ser assim. Ainda tinha algumas pessoas que sempre estariam ali por mim.

II

BERNARDO

FOI POR IMPULSO. No fim da noite, depois de ouvir o papo furado dos meus amigos, acabei me juntando à Roberta e às amigas dela e me ofereci para acompanhá-la no táxi.

Disse a mim mesmo que era porque não podia deixá-la voltar sozinha. Mas é claro que nos atracamos no banco de trás, enquanto o taxista observava tudo pelo retrovisor. Devia estar curtindo nosso showzinho.

Quase aceitei o convite para subir até o apartamento que ela dividia com uma amiga, mas meu lado pensante lembrou que eu tinha um trabalho para apresentar na manhã seguinte e precisava dormir. Roberta não gostou nada disso, e parte de mim também não. Na manhã seguinte, fui despertado por uma série de notificações: mensagens bêbadas da Roberta querendo marcar alguma coisa. Eu tinha esquecido que era o que acontecia quando eu lhe dava esperanças. Escrevi apenas:

Mais tarde a gente se fala ☺

Deletei o emoji sorridente e acrescentei um ponto final. Não, parecia muito sério. Tinha aprendido com minha irmã que algumas regras invisíveis acrescentavam uma entonação às mensagens de texto. Resolvi tirar o ponto e colocar a carinha feliz de novo. Era neutro. Mostrava que eu tinha gostado da noite anterior, mas não deixava muitas pistas sobre o que poderia acontecer em seguida.

Especialmente porque eu não fazia a menor ideia do que poderia acontecer em seguida.

Troquei de roupa e desci as escadas. Precisava de um café da manhã reforçado e não queria chegar atrasado na aula. A cada degrau, repassava mentalmente minhas partes da apresentação da faculdade mais tarde.

Quando cheguei à cozinha, tomei um susto.

Com shortinho de algodão e camiseta, sentada na mesma banqueta onde estivera quase uma semana antes, Cecília tomava café da manhã tranquilamente, como se aquela cozinha fosse dela.

O que estava fazendo ali?

— Bom dia, Bê! — gritou minha irmã, saltando do lugar onde estava sentada e vindo me dar um abraço.

— Bom humor logo de manhã? Que bicho te mordeu? — Iasmin me lançou uma careta em resposta, voltando a ser quem era.
— Bom dia, Cecília. Não sabia que você estava aqui.

— Bom dia — Cecília respondeu, tão baixo que era quase impossível escutá-la. Seu corpo se contraiu e ela fixou o olhar no outro lado da cozinha, como se contasse os ladrilhos na parede.

— A Cecília vai ficar aqui em casa um tempinho. — Iasmin me lançou um olhar que dizia que mais tarde esclareceria tudo e avisava que eu devia prestar atenção no que falava. Nem era preciso pedir.

Iasmin usava o uniforme do São João e tinha os cabelos coloridos presos no alto da cabeça, em um rabo de cavalo bagunçado. Ela pegou uma torrada na bancada e mordeu.

— Mamãe deixou dinheiro pra gasolina e a chave do carro — disse, de boca cheia. — Eles saíram bem cedo hoje.

— Engole antes de falar.

— Não posso, tô atrasada. Vejo vocês mais tarde! — exclamou, puxando a mochila e correndo para a escola. Era engraçado pensar que minha irmã ainda estava no ensino médio. Tanta coisa mudava entre a escola e a faculdade.

Assim que Iasmin cruzou a porta, Cecília levantou, levando a louça suja para a pia.

— Não precisa lavar — falei. — A Jacira chega daqui a pouco.

— Posso fazer isso eu mesma. — Embora as palavras não fossem amigáveis, tampouco soaram rudes. — Além disso, não quero dar trabalho — completou, com um ar de tristeza.

Queria perguntar quanto tempo ela ficaria em casa, mas fiquei com medo de que interpretasse mal. Parecia tão... cansada.

Sabia pouco sobre ela. Era a melhor amiga da minha irmã, frequentava minha casa e viajamos juntos diversas vezes, mas não a conhecia de verdade. Talvez por não me importar — Iasmin era a pirralha, embora nossa diferença de idade fosse mínima. Suas amigas entravam no mesmo pacote.

Só que Cecília tinha algo diferente. Além de ter sido a única amiga da minha irmã a vomitar no tapete da sala, havia algo nela que me deixava com vontade de conhecê-la.

— O que foi? — Cecília tinha terminado de lavar a louça e me pegou observando. Fiquei constrangido. A imagem dela sem blusa no fim de semana anterior me veio à mente.

Me ajeitei na cadeira, desconfortável.

— Nada.

Cecília sorriu, o que eu considerava um ganho levando em consideração o desastre que tinha sido nossa última interação.

Passei manteiga no pão, pensando o que poderia falar a seguir. Achava esquisito ficar na companhia de outras pessoas e não puxar conversa, mas não sabia o que dizer.

—Você não tem aula? — perguntei, antes de dar uma mordida no pão. Mais um pouco e estaria atrasado para a minha.

— Só mais tarde — ela respondeu.

— Ia te oferecer uma carona. Engraçado, quase não te vejo no campus.

Ela puxou uma banqueta e voltou a sentar. Sua camiseta de algodão era fina e eu sabia exatamente o que havia por baixo. Balancei a cabeça, afastando aqueles pensamentos. *Foco, Bernardo, foco.*

— Não tenho muita vida social. Quando a aula acaba, volto pra casa.

— Não conseguiu se enturmar?

Ela se remexeu na cadeira, desconfortável.

— Sei lá... é tudo novo, sabe? Faz só um mês que as aulas começaram e já sinto que não estou na mesma frequência que os outros.

Eu queria dizer que sabia como era, mas quando entrei na faculdade, senti que aquele era meu lugar. Não era o curso que eu tinha em mente, mas tinha sido fácil me enturmar. Nunca tive dificuldade de fazer amigos, sempre fui expansivo e gostei de sair, conhecer gente nova. Mas nem pra todo mundo era assim.

— A chopada da mecânica é esse fim de semana, se quiser ir com a gente...

— Não sou muito de festas — ela respondeu, achando graça. — Não consigo me imaginar num lugar desses.

— Não custa nada tentar.

— Da última vez que tentei, você acabou tendo que limpar o tapete da sala.

— Na verdade, foi você quem limpou. Vamos, vai ser divertido.

—Tudo bem, mas não vou beber.

— Ótimo, eu te faço companhia. Não gosto de beber.

Cecília sorriu mais uma vez, pegou minha caneca e foi lavar.

— Não, não faz isso.

— Mas eu não quero deixar trabalho pra Jacira!

Levantei e segui até a pia, abrindo a torneira e pegando o detergente para lavar minha louça eu mesmo.

Cecília pediu licença e saiu da cozinha. Quando terminei, meu celular vibrou no bolso traseiro. Mais uma mensagem da Roberta. Resolvi ignorar, peguei a chave do carro da minha mãe e segui para a faculdade.

Eu deveria estar pensando no trabalho que precisava apresentar, mas durante o trajeto, me peguei fazendo planos para o fim de semana. E eles incluíam a melhor amiga da minha irmã.

12

CECÍLIA

SEMPRE SONHEI COM O DIA EM QUE FINALMENTE SAIRIA DE CASA.

Em todas as diferentes versões que se passaram na minha cabeça, eu tinha um plano. Eu ia estudar no exterior, deixando minha mãe orgulhosa. Conseguia um bom emprego e me mudava para um apartamento que pudesse bancar. Na mais fantasiosa de todas, encontrava alguém que se importasse o suficiente para dividir uma vida comigo.

Como se eu ainda acreditasse nessa baboseira de felizes para sempre.

Amor verdadeiro não era para pessoas como eu. Não estava destinada a uma família de comercial de margarina. Se eu tinha algum fiapo de esperança de que o destino reservava uma versão moderna de conto de fadas para mim, foi embora no momento em que saí de casa. A não ser que eu fosse uma espécie de Gata Borralheira sem fada madrinha.

Mas eu tinha saído de casa simplesmente porque era um estorvo para minha mãe.

Não queria ir para São Gonçalo por enquanto. Sabia que era o que minha mãe *esperava* que eu fizesse, por isso mesmo não faria. Ainda assim, minha avó foi a primeira pessoa para quem telefonei depois que fui enxotada de casa pela minha mãe.

— E você não vai ficar aqui por quê? — perguntou minha avó depois que expliquei toda a situação.

Engoli a saliva e fiquei quieta, tentando pensar qual seria a melhor maneira de explicar o que eu sentia naquele momento.

— Não posso. — Minha mãe estava do outro lado da porta, provavelmente escutando. — É só que... agora não posso.

— Já te contei sobre quando sua mãe ficou grávida?

Ela já tinha me contado dezenas de vezes. Ainda assim, neguei com um resmungo e deixei que repetisse o que eu já sabia de cor.

— Sua mãe nunca foi fácil. Era bem diferente de você quando criança, que sempre preferiu ficar em casa desenhando ou lendo. Ela ia brincar na rua, voltava com o joelho ralado, algum roxo por ter saído no tapa com os meninos. Nunca levou desaforo para casa, sabe? Lembro uma vez que uma menina do colégio riu do seu cabelo. Você voltou para casa chorando e pediu uma peruca. Uma coisa parecida tinha acontecido com sua mãe quando ela ainda estava na escola. Ela cortou uma mecha do cabelo da menina e foi suspensa do colégio. Vocês duas sempre tiveram jeitos muito diferentes de levar a vida.

Ainda que não quisesse, eu ri, imaginando a cena.

— Ela sempre me deixou louca — continuou minha avó. — Quando chegou a adolescência eu sabia que seria difícil, ainda mais sem seu avô por perto.

Queria ter conhecido meu avô. Quando era um pouco maior, minha avó começou a me contar histórias da juventude dos dois, de como ele era corajoso, bonito e divertido. Exibia as medalhas que ele conquistara em corridas de rua, contava sobre quando tinham se conhecido... Ela sempre dizia que ele me trataria como uma filha se tivesse me conhecido.

Eu gostava de pensar nele como o pai que nunca tive.

— Mas eu começo a falar do seu avô e perco o fio da meada

— ela disse, voltando aos trilhos. — Depois que ele morreu, afrouxei um pouco as rédeas. Eu estava de luto, e sabia que a Luciana precisava de espaço. Acabei deixando ela fazer o que queria e... e aí veio você.

— E você não faz ideia de quem é meu pai? — perguntei mais uma vez, mesmo sabendo a resposta.

— Não. E, sendo sincera, não sei se sua mãe tem certeza. Aquela época foi complicada. Cada uma encarou como podia. Eu me arrependo muito de não ter prestado mais atenção... — Pude ouvir um suspiro profundo do outro lado da linha. — Fui tão negligente com ela. Mas não me arrependo de você.

— Acho que... — Parei. Como podia dizer à minha avó que achava que minha mãe se arrependia? Ela vivia dizendo que não queria ter mais filhos, e eu me perguntava se ela e Paulo se ressentiam de mim por isso.

— Pode parar por aí — disse minha avó, lendo meus pensamentos. — Sua mãe fez as escolhas dela, eu fiz as minhas. Acertamos e erramos. Você não tem culpa de nada. Foi um presente e é minha neta preferida.

— Se o Pedro e a Taís escutarem a senhora dizer isso...

Vovó soltou uma gargalhada.

— É nosso segredinho — ela disse. — Mas você não me deixou terminar a história! O que eu queria dizer é que... Bem, eu fiquei brava com a irresponsabilidade da sua mãe de início, mas não podia virar as costas para minha filha. Sei que ela deve estar chateada com você, mas... não acho que vai virar as costas também.

Ah, minha avó nunca entenderia... Ela e minha mãe eram como água e vinho!

— Ela não vai — respondi. — Mas é como se tivesse virado. E vou me sentir melhor sem o lembrete diário de que estraguei tudo.

— Você é muito exagerada! — Não havia nenhum azedume

em sua voz. Minha avó era a única pessoa que conseguia dizer uma frase daquelas com doçura e um tom de divertimento. — Se precisar de alguma coisa, me avisa. Tem certeza de que vai ficar bem?

— Tenho — eu disse, mas não era verdade.

O convite tinha vindo dois anos antes, em mais uma daquelas vezes que minha mãe não estava disposta a lidar comigo. Eu estava no segundo ano do ensino médio e era a última semana de aula. Passei metade dela dormindo em um colchonete no quarto de Iasmin para não me atrasar para as provas.

— Se isso acontecer de novo, você pode procurar a gente — dissera Sônia, a mãe dela.

E agora eu precisava aceitar sua oferta.

— Você pode ficar quanto tempo precisar — disse ela, depois que expliquei minha situação. Sônia era uma mulher impressionante: poderosa, elegante, educada e bonita. Parecia que tinha saído de um catálogo de moda. Estava sempre nas colunas sociais e não podia ser mais diferente da minha própria mãe.

Quem olhava os Campanati de longe achava que eram a família perfeita. E, sinceramente, eles passavam a mesma impressão para quem via de perto. Era preciso olhar com uma lente de aumento para notar as pequenas rachaduras na delicada estrutura familiar. Eles sempre tentavam manter as aparências.

— Seu pai não se importa? — perguntei, olhando para Iasmin.

— Ele está viajando — ela respondeu.

Henrique era um advogado com cadeira cativa no conselho administrativo de uma grande empreiteira. Por isso tinha insistido para que Bernardo estudasse engenharia. O trabalho importante o colocava em constante trânsito e, embora Iasmin fosse apaixonada pelo pai, eles passavam pouco tempo juntos.

Eu não tinha uma opinião formada sobre ele, mesmo depois de tantos anos de amizade com Iasmin.

— Já falei com ele — disse Sônia, me tranquilizando. — Está tudo certo, o Henrique não liga — completou, dando um suspiro resignado. — O quarto de hóspedes está arrumado. Se precisar de alguma coisa, me fala.

A casa era grande o suficiente para ter um quarto de hóspedes. Sempre tinha achado um exagero, mas agora me sentia grata por ter um pouco de privacidade em meio ao caos.

Tudo estava esquisito, a começar por mim. Tinha passado muito tempo sendo mais de uma pessoa, me escondendo atrás de máscaras para me proteger. Agora me via obrigada a despir o disfarce e contar detalhes da minha vida bagunçada a quem estivesse disposto a ajudar. Era o mínimo que eu devia àquelas pessoas, o que não tornava nada mais fácil. Desabafar era desgastante.

Quando me vi sozinha no quarto vazio, pensei em tudo o que precisava fazer. Desfazer a mala, tomar um banho e dormir. Deixei a primeira parte para o dia seguinte. Tomei uma ducha rápida e deitei, mas o sono não apareceu.

Tudo o que eu desejava era aquietar meus pensamentos, mas passei uma longa noite escutando minha voz interior.

Eu já disse que minha voz interior é uma merda?

Eu tinha tanta coisa com que me preocupar que morar debaixo do mesmo teto que Bernardo parecia um detalhe insignificante. Mas isso mudou assim que o vi entrar na cozinha na manhã seguinte, pronto para a faculdade. Ele me encarou, surpreso ao me ver.

Só de olhar para Bernardo me lembrei do vexame no fim de semana anterior. O garoto me embaralhava toda, ativando a parte mais complicada do meu cérebro. Ele era tudo que eu queria, mas também o que mais precisava evitar.

Quer dizer, Bernardo *nunca* prestaria atenção em uma garota louca como eu. E, mesmo se prestasse, era irmão da minha melhor amiga.

Repetia para mim mesma que já tinha passado da hora de superar aquela paixonite de infância, mas aí ele se aproximava, todo simpático, e minhas barreiras ruíam mais uma vez. Eu estava triste e despedaçada, mas Bernardo tinha um jeito engraçado de me deixar à vontade, por mais que eu não quisesse.

Mas quando ele me perguntou se eu não queria uma carona até a faculdade, fui pega de surpresa e menti. Eu tinha aula e já deveria ter saído, mas não pretendia ir à faculdade. De repente, tudo o que eu fazia parecia sem propósito. Ir à aula, fazer anotações no caderno e fingir que estava entendendo tudo que o professor dizia tinha perdido o apelo nas últimas vinte e quatro horas. Eu não conseguia me importar com mais nada.

Fiquei pensando na última vez que tinha pegado carona com Bernardo. Passara o tempo inteiro de cara amarrada. Eu tinha sido uma completa idiota, e ainda assim ele estava se oferecendo para repetir a dose.

Eu não gostava de admitir que minhas primeiras semanas de aula tinham sido um fracasso completo no quesito socialização. Na escola, tudo parecia mais fácil, porque Iasmin servia de ponte entre mim e as outras pessoas. Minha falta de habilidade social era compensada pela facilidade com que os outros se aproximavam dela.

Agora, sem ela ao meu lado, eu simplesmente não combinava com trotes e festas, sentar no barzinho da esquina depois da aula e jogar conversa fora. Pra piorar, na primeira semana perdi quase todas as atividades para os calouros por causa do trabalho. Não podia me dar a tal luxo.

Todo mundo dizia que era uma das melhores épocas da vida, mas não aproveitei. Agora estava sem trabalho, sem colegas na faculdade e, pior de tudo, sem uma casa onde morar. As coisas iam de mal a pior.

Até que Bernardo me convidou para uma festa.

Ele falou de repente, mas parecia sincero. Não sabia o que dizer ou o que minha mãe pensaria daquilo. Mas então lembrei que não precisava pedir a ela. Talvez estivesse soltando fogos de artifício naquele momento por finalmente ter se livrado de mim.

O pensamento foi suficiente para eu topar. Peguei a caneca de Bernardo para lavar. Eu não queria dar trabalho para a Jacira. A empregada de Iasmin era uma senhora doce e simpática, que trabalhava para a família desde muito antes que eu os conhecesse. Tinha visto Bernardo e Iasmin nascerem. Minha realidade era mais próxima da dela que daquela dos meus amigos. Será que eles não percebiam isso?

No fim, Bernardo levantou e foi até a pia lavar ele mesmo, deixando um pouco de água espirrar na camisa ao abrir a torneira, sem parecer se importar.

Fiquei alguns segundos encarando-o, então sacudi a cabeça e resolvi criar juízo. Pedi licença e subi pro meu quarto — ou melhor, o lugar em que dormiria por tempo indeterminado.

Abri a mala e procurei o material de desenho, uma das poucas coisas que havia trazido. Quando tudo falhava, a única coisa que me acalmava era o lápis sobre o papel.

Aprendi a desenhar sozinha. Minha avó me deu um daqueles kits de desenho cujo objetivo era reproduzir os personagens. Era incrível como todas as coisas boas da minha vida tinham sido presentes da minha avó, inclusive minha habilidade de transformar a dor em rabisco.

De Mickey Mouse tortos, passei a copiar paisagens, pessoas e então criar meus próprios cenários e objetos.

A folha em branco era o limite da minha imaginação.

Ao perceber que aquilo estava ficando sério, minha avó me matriculou em um curso de desenho, de onde só saí depois de concluir o módulo para o teste de habilidade específica da faculdade. Era a única coisa em que eu era boa de verdade, mas nem sempre bastava.

Tinha dias em que não havia cores suficientes para expressar o que eu sentia. Em outros, eu não sabia o que estava criando, e as folhas iam parar na lata de lixo. Duvidava de tudo, especialmente de mim mesma. Me sentia uma farsa, como se até os desenhos que eu tanto amava fossem uma grande mentira.

Mesmo assim eu desenhava.

Peguei um estilete e apontei o lápis com precisão, recolhendo as lascas e jogando-as na lixeira. Mal tinha começado e as pontas dos meus dedos já estavam sujas de grafite. O papel ficou com uma digital impressa na borda, mas não me importei. O que estava fazendo ali não tinha muito propósito.

Fechei os olhos e deixei a mão passear com o lápis pela folha em branco, cobrindo-a de traços que não tinham um significado específico. Tão confusos quanto meus próprios pensamentos.

13

BERNARDO

Eu havia marcado um encontro. Mal conseguia me lembrar da última vez em que me metera em uma furada dessas.

Nunca namorei e não estava nos meus planos. Tinha chegado a cogitar a hipótese, mas mudara de ideia. Eu levava aquilo a sério — quando fosse ter um relacionamento com outra pessoa, seria para valer, e não apenas para dizer que tinha alguém do meu lado. Queria algo verdadeiro.

Era um dos motivos de não convidar nenhuma garota para sair fazia tanto tempo. Era uma péssima ideia e sempre criava expectativas, mas, em minha defesa, não fui eu que a chamei.

Encontrei Roberta "casualmente" na faculdade, embora os cursos de direito e engenharia nem ficassem na mesma rua. Ela não me deu bom dia, já veio me cumprimentando com um selinho. Eu me afastei, assustado.

— Que foi? — Roberta perguntou, acariciando meu braço.

— Nada. O que está fazendo aqui?

— Ah, tava de passagem e resolvi ver se te encontrava.

Como se eu fosse acreditar naquela conversa fiada.

— Tô atrasado, Beta. Preciso apresentar um trabalho agora.

Ela me encarou com seus olhos escuros e fez biquinho. Eu odiava aqueles biquinhos.

— A gente podia fazer algo mais tarde, né?

Sabia que ela não desistiria até que eu concordasse.

— Pode ser amanhã? Hoje tô ocupado — menti. Talvez conseguisse inventar uma desculpa até o dia seguinte.

— Tudo bem! Vamos ver um filme? Depois a gente come alguma coisa. Sei lá, pra conversar um pouco e se conhecer melhor. A gente quase não faz isso...

— Claro, claro — respondi, me sentindo um pouco culpado. Realmente, o que eu sabia sobre a Roberta? Quase nada. Talvez fosse bom conhecê-la um pouco mais, talvez tivesse uma boa surpresa. — Depois te mando uma mensagem e a gente combina os detalhes. Agora tenho que ir.

Roberta concordou e acenou em despedida, sem tentar me beijar daquela vez.

Na noite seguinte, esperei por ela na porta do cinema. Quando apareceu, me dei conta de que talvez tivesse mais coisas em comum com essa outra versão dela, longe das festas e da faculdade, do que tinha imaginado a princípio.

Roberta usava short jeans e uma blusa preta de alcinha, zero maquiagem. Na faculdade, usava roupa social por causa do estágio, e quando cruzava meu caminho nas noitadas da vida estava sempre muito produzida.

— Oi! Já comprei nossos ingressos — falei, cumprimentando-a com um beijo na bochecha.

— Não precisava, fui eu que convidei — ela disse.

— Considere isso uma desculpa por não ter convidado antes.

— Só se você me deixar comprar a pipoca — ela disse, com um sorriso no rosto. Roberta estendeu a mão e eu a segurei. Era estranho andar de mãos dadas. Não era o que eu tinha em mente para minha noite de sexta, mas até aquele ponto, não podia negar que estava gostando. — Prefere salgada ou doce? — ela quis saber quando chegamos ao balcão.

— Doce.

— Eca. Vou pedir duas então. Que tamanho?

— Pode ser pequena.

— Não vai roubar minha pipoca depois que acabar com a sua, hein?

— Então aceito uma média.

— Bem melhor. Vamos fazer o seguinte? Vamos ser sinceros um com o outro hoje. Se quiser uma pipoca grande, peça uma pipoca grande. Não precisa ter vergonha.

— Eu não tenho vergonha!

Na verdade, não queria abusar e me sentiria melhor pagando minha parte, mas tínhamos um trato. E, de qualquer forma, ela era a única ali que estagiava.

— Qual refrigerante?

— Fanta — respondi.

— Bernardo, seus gostos são muito esquisitos! — Virando-se para a atendente, ela fez o pedido: uma pipoca doce média, uma salgada média com manteiga, uma coca e uma fanta de quinhentos.

— Cinquenta e cinco reais — informou a moça do caixa, o que equivalia a uma facada no meu coração.

— Isso é bem mais do que paguei nos ingressos — falei, tirando a carteira do bolso. Roberta não aceitou e pagou tudo no débito.

— Bom, ninguém mandou querer bancar o cavalheiro pra cima de mim. A gente poderia ter dividido tudo desde o começo — ela disse, em tom de brincadeira.

Tentei me concentrar nos cinco primeiros minutos de filme, mas depois tudo o que vi foi Roberta. A sala estava praticamente vazia e nos sentamos na última fileira, então pudemos nos concentrar bastante um no outro. Ela sabia exatamente o que estava fazendo, e a atração era muito forte. Percebi que estava sendo bobo por evitar Roberta a todo custo. Talvez devesse dar uma chance a ela.

— Me deixa pagar o jantar? — perguntei, assim que saímos da sala de cinema.

—Você não aprendeu nada?

— Não.

— Cada um paga o seu.

— Tudo bem, você venceu.

Fomos praticamente expulsos da lanchonete. Quem diria que teríamos tanto para conversar? Acho que todo mundo só enxerga no outro aquilo que é conveniente. E para mim era mais conveniente não pensar na Roberta.

Ela já tinha deixado claro, mais de uma vez, que gostava de mim. Isso ficava óbvio não apenas em suas palavras, mas no interesse genuíno que demonstrava. Ainda assim, eu não me sentia seguro ou confortável.

Se era para me comprometer com alguém, que fosse por inteiro. Testemunhei de perto como alguém que não leva relacionamentos a sério podia magoar outra pessoa, e não queria fazer o mesmo. Brincar com os sentimentos de alguém é a coisa mais baixa que uma pessoa pode fazer.

— Foi divertido — disse Roberta, enquanto pagávamos a conta. — A gente deveria repetir.

Quando o garçom se afastou, eu a puxei para perto e sussurrei em seu ouvido:

— Sei de outra coisa que a gente pode repetir.

Pouco depois estávamos no meu carro, a caminho da minha casa.

—Tem certeza que não tem ninguém? — ela perguntou assim que estacionei.

— Meu pai está viajando a trabalho e minha mãe disse que tinha uma festa de uma cliente — respondi.

— O que sua mãe faz?

—Veste as pessoas.

— Ela é estilista?

— Não, não. Ela faz compras pras madames. Escolhe as roupas que combinam melhor, ajuda a mulherada a criar uma "identidade fashion", seja lá o que isso significa.

— Ela é *personal stylist*?

— Exatamente. Acredita que tem gente que paga por isso? Roberta deu uma risada e jogou o cabelo liso e escuro para trás.

— Eu pagaria. — Aproximando-se, ela perguntou: — E sua irmã? — Roberta beijou meu pescoço e me puxou para mais perto, me deixando louco. Talvez a gente nem precisasse sair do carro.

— Se ela estiver em casa, não vai incomodar. Vai ficar no quarto vendo séries.

Eu a beijei, mas ela me afastou.

— Tem certeza?

— Absoluta — falei, voltando a beijá-la.

—Você… sabe que… a gente… só não vai… lá… pra casa porque… a Gê tá com o namorado… — Roberta dizia, ofegante, entre um beijo e outro.

— Beta, desculpa, mas cala a boca.

Ela se ajeitou e subiu no meu colo. Sem querer, bateu as costas na buzina, que ressoou na quietude da vizinhança. Abafei uma risada.

— Quer que todos os vizinhos escutem? — provoquei.

— É melhor a gente sair daqui mesmo — ela concordou, tentando sair de cima de mim. — Parece tão fácil nos filmes — completou, rindo.

Quando saímos do carro, eu a puxei para mais um beijo. Seguimos na direção da casa, tropeçando um no outro. Demorei um pouco para conseguir enfiar a chave na porta, explodindo por dentro.

Fechei a porta com o pé. Roberta começou a puxar minha camisa. A luz acendeu e ouvi um pigarro.

Nos afastamos, pegos no flagra.

Parada à nossa frente estava Cecília, de olhos arregalados e claramente constrangida. Ela coçou a cabeça e pediu licença, correndo para o andar de cima como um furacão.

Roberta mordeu o lábio inferior, procurando entender a situação. A televisão ainda estava ligada, passando um seriado pós-apocalíptico. Algumas bombas explodiram e uma loira atirou em alguém.

— Acho melhor eu ir embora — Roberta disse.

— Eu te levo.

— Não precisa, eu chamo um táxi — ela falou, erguendo o celular e abrindo o aplicativo. — Pronto!

— Desculpa, eu…

— Tudo bem — ela garantiu. — Espera o carro comigo?

Assenti, constrangido com o que tinha acabado de acontecer. Quando olhei para trás, vi Cecília parada no topo da escada, acompanhando nós dois com o olhar.

Por mais estranho que pudesse parecer, aquilo me incomodou mais do que a interrupção. Mas eu não sabia dizer por quê.

14

CECÍLIA

—Tem certeza de que não quer ir com a gente?

— Não, não. A gente já vai sair amanhã, não tenho esse pique todo — respondi.

Não estava me sentindo bem, mas conhecia Iasmin o bastante para saber que, se admitisse, ela cancelaria seus planos e ficaria em casa comigo assistindo Netflix em vez de sair.

Ela ia com uma turma que tinha estudado conosco no São João, mas eu não era próxima de nenhum deles e sabia que ia me sentir deslocada. Além disso, ainda não tinha me recuperado do aniversário e estava economizando minhas energias para sair no dia seguinte.

Me sentia uma velha de oitenta anos num corpo de dezoito.

— Tem certeza que não quer chamar a Rachel pra vir pra cá?

— Min, relaxa! Eu faço uma coisinha pra comer, coloco as séries em dia... Tô um pouquinho cansada, foi uma semana complicada. Só quero relaxar.

— Vou acreditar em você, mas qualquer coisa me liga que eu volto correndo!

Ela estava preocupada, e não era para menos. Eu tinha chegado à casa dela para pedir asilo como se um trator tivesse me esmagado. A dinâmica da minha família era um bicho de sete cabeças para alguém como Iasmin, que crescera num ambiente tão estável. Mesmo quando as coisas davam errado ali, ainda era melhor do que quando davam certo para mim.

Quando Iasmin deu a notícia de que tinha reprovado o último ano do ensino médio, a mãe dela nem a colocou de castigo. Talvez achasse que repetir o último ano enquanto todos os seus amigos estavam a caminho da faculdade já era punição suficiente e serviria de aprendizado.

Iasmin me deu um beijo na bochecha e disparou porta afora assim que ouviu a buzina do táxi.

Me joguei no sofá confortável, zapeei por vários canais e acabei decidindo assistir a alguma série na Netflix mesmo.

Demorei um pouco a me entender com a televisão cheia de funções. O aparelho da minha casa era o mesmo havia anos, e às vezes só ligava mexendo nos fios com mau contato.

A casa de Iasmin era enorme — tinha quatro quartos, sala de jantar, copa, cozinha, escritório, sala de estar, sala de televisão, quintal, piscina, churrasqueira... Todos os ambientes eram decorados por profissionais. O emprego do pai na empreiteira e os bons relacionamentos da mãe, além de uma herança considerável deixada pelos avós, tinham permitido que a família levasse uma vida tranquila e luxuosa. Eles tinham casa de praia, faziam viagens nas férias e tudo o que tinham direito.

Apesar de ter estudado boa parte da minha vida no São João, cercada por outras pessoas que tinham tanto ou mais dinheiro que Iasmin, sempre tive consciência do meu lugar. Minha realidade era completamente diferente.

Eu conhecia cada pedaço daquela casa, mas não era o bastante para me sentir completamente à vontade. Todo aquele conforto era algo que não me pertencia.

Desde a minha chegada, Iasmin fazia de tudo para que eu me

sentisse em casa. O resultado foi o oposto: eu me sentia sufocada. Mal conseguia processar o que tinha acontecido comigo, com ela sempre por perto, tentando me ocupar.

Talvez aquele fosse o objetivo dela.

Meu único tempo livre era pela manhã, quando ela ia para a escola e eu me trancava no quarto.

Não ia para a faculdade desde a mudança, não tinha vontade. Talvez quando me sentisse melhor e mais disposta, mas esse dia não parecia tão próximo. Naquela manhã Bernardo tinha se oferecido para me dar carona outra vez, e eu inventei outra desculpa esfarrapada. Não sabia por quanto tempo iriam funcionar.

O melhor remédio para dias como aquele era sentar em frente à televisão e assistir a uma daquelas séries que eram *tão* ruins que se tornavam boas. O tipo de coisa que você começava a ver só para rir das atuações ou dos diálogos sofríveis, mas terminava completamente investida, chorando quando alguém morria.

Era bom fazer algo que me desligasse do mundo. O episódio que eu estava assistindo era decisivo para a temporada. Minha personagem favorita tinha sido cercada por todos os lados, vítima de uma armadilha. *Mas sua maquiagem estava intacta.*

Me sentia muito melhor mergulhando em problemas da ficção e esquecendo os meus. Afinal de contas, o que era aquilo que eu estava enfrentando diante de uma adolescente que precisava enfrentar vilões munidos de explosivos enquanto tentava evitar a morte por radioatividade?

Ouvi o barulho do portão automático da garagem, o que significava que Bernardo tinha chegado, mas continuei concentrada na série. Estava encolhida no sofá, com a luz apagada e os olhos pregados na ação que se desenrolava na tela.

Então ouvi a buzina.

Um barulho longo e estridente, que quebrou totalmente o clima. Abaixei o volume e levantei para verificar o que estava acontecendo. Ouvi vozes do lado de fora. Bernardo e mais alguém, uma garota dando risadinhas.

Definitivamente não era a Iasmin.

Acendi a luz. Meus olhos se esbugalharam ao vê-la — alta, magra, cabelo liso e escuro, totalmente diferente de mim. Não pareceu muito feliz em me ver e lançou um olhar assassino para Bernardo, que nem notou.

Droga.

Pigarreei bem alto, sem saber como reagir.

— Desculpa, não sabia que você estava com alguém... Ai, meu Deus, eu não queria mesmo... Licença...

Saí da sala o mais rápido que pude, constrangida por ter atrapalhado os dois.

Subi os degraus, mas parei atrás do batente. Os dois falaram alguma coisa, ela mexeu no celular e Bernardo a guiou para o lado de fora, com a mão apoiada em suas costas. A garota era tão, tão magra, que eu podia contar as costelas através da blusa.

Antes de ir embora, Bernardo se virou, e seus olhos encontraram os meus. Saí em disparada até meu cantinho provisório, de onde eu não pretendia sair nem em um milhão de anos.

Fechei a porta, encostando o corpo contra ela. Não era da minha conta, mas a cena dos dois se beijando não saía da minha cabeça.

Queria afastar aquela ideia estapafúrdia da mente, mas era inevitável imaginar como seria ser beijada por ele, estar no lugar daquela menina, ser desejada daquela forma por Bernardo. Uma cena que já tinha imaginado tantas vezes.

Do outro lado do quarto havia um espelho enorme. Encarei meu reflexo, gorda e desleixada. Patética, me alimentando de uma paixão platônica que nunca seria nada além disso.

Eu precisava seguir em frente, em todos os sentidos.

★

Tive um namorado no ensino médio, com quem perdi a virgindade de forma desastrosa, encarando um pôster de Lara Croft na parede — a versão dos jogos, não a Angelina Jolie. Enquanto nossos corpos se moviam de um jeito desengonçado, eu não conseguia deixar de questionar se ele estava imaginando alguma personagem de videogame no meu lugar.

Aquele relacionamento tinha sido um erro do início ao fim.

Como a maior parte das coisas na minha vida, meu namoro começou por insegurança. Deixei Gabriel se aproximar por acreditar que ninguém mais olharia para mim daquele jeito. Eu não gostava de deixar as oportunidades passarem.

Não durou muito, mas o suficiente para meia dúzia de tentativas ruins de sexo, sempre com a luz apagada.

Eu sabia que nosso namoro estava fadado ao fracasso, mas isso não tornava o término mais fácil. Gabriel tinha sido o primeiro e único em tudo. Por mais que a experiência não tivesse parecido em nada com as histórias de amor dos meus livros, quando ele partiu eu me senti sozinha.

Ainda que fosse um completo idiota.

Corri atrás dele em busca de uma explicação, ainda que soubesse que não levaria nada de bom daquele relacionamento. Eu só... precisava de alguém. Eu achava que um relacionamento, com Gabriel ou qualquer outra pessoa, podia apagar a sensação de abandono que sentia dentro de mim.

Mas não apagou, e deixou o buraco ainda maior. Quando terminamos, ele não hesitou em dizer o quanto eu era carente, pegajosa e problemática. Não queria ter escutado aquilo. Tinha me esforçado ao máximo para ser quem ele queria, mas claramente não havia funcionado.

Só queria estar com alguém que me permitisse descobrir quem *eu* queria ser. Que me visse e me aceitasse do mesmo jeito. Mas aquilo nunca ia acontecer.

Porque eu era invisível.

— Cecília?

Bernardo me chamou do outro lado da porta, afastando meus pensamentos. Me joguei na cama e me escondi debaixo das cobertas. Se fingisse estar dormindo, talvez ele fosse embora. Eu estava me tornando especialista em atrapalhar suas noites. Ele jamais ia me esquecer, ainda que pelo motivo errado.

— Posso falar com você? Sei que você está acordada, a luz está acesa.

Ah.

Levantei e abri a porta. Bernardo estava encostado no batente. Completamente vestido, ainda bem. A imagem da garota tirando a blusa dele, fazendo o que *eu* queria fazer, não sairia da minha cabeça tão cedo. Eu não precisava de mais incentivos.

— Desculpa — eu disse, ainda segurando a porta.

— Era o que eu ia dizer.

— Não tem do que se desculpar. A casa é sua, e eu...

— Agora é sua casa também. E você estava só vendo uma série, numa noite de sexta. Não entendi por que acha que precisa pedir desculpas.

Minha reação automática foi negar aquela afirmação com a cabeça, mas ele me encarou antes que eu dissesse qualquer coisa. Gostei da forma como tentou me inserir na família. Ele nem me devia satisfações.

— Posso entrar?

— É sua casa.

— É seu quarto. Quantas vezes vou ter que dizer que essa casa é sua pra você acreditar?

— Bem mais do que duas.

— Essa casa é sua, essa casa é sua, essa casa é sua...

— Ainda não é o suficiente — falei.

— Posso passar a noite inteira tentando te convencer.

Abri espaço para que ele entrasse e sorri.

— Tá, pode entrar no *meu* quarto.

O cômodo era simples: tinha uma cama, um guarda-roupa e uma escrivaninha, onde estavam alguns itens pessoais que havia levado comigo.

Bernardo sentou na beira da cama, observando tudo à sua volta. Era uma situação esquisita, em que nenhum de nós sabia o que dizer.

— Sua namorada?

— Hein?

— A menina. Ela já foi?

— Ah, a Beta? Não, não é minha namorada. E ela já foi — ele disse, despreocupado.

Bernardo levantou e foi até a escrivaninha, pegando um livro de lá sem pedir licença.

Assim como o desenho, a leitura era outro hábito que ganhara de presente da vovó. Quando eu era criança, ela sempre presenteava eu e meus primos com livros, e nós adorávamos encenar algumas passagens para ela ver. Mesmo sem ter completado o ensino fundamental, de vez em quando eu pegava minha avó com nossos livros, concentrada e parecendo se divertir lendo no seu próprio ritmo. Conforme fui crescendo, minha paixão só aumentou. Tinha trazido alguns títulos comigo, na esperança de me distrair.

Bernardo se virou para me mostrar a capa de *A redoma de vidro*, da Sylvia Plath. Tinha começado a ler na noite em que chegara.

O livro havia sido presente de aniversário da Stephanie, que disse que era um dos seus favoritos e que tinha certeza de que eu ia gostar. De repente senti vontade de mandar uma mensagem perguntando como ela estava. Queria pedir desculpas por não ter me despedido quando fui demitida. Mas ela entenderia, certo? Esperava que sim.

— É bom? — ele quis saber.

— Comecei a ler agora, mas estou amando. Me identifico muito com ela.

Bernardo correu os olhos pela sinopse.

— Parece meio depressivo.

— É totalmente depressivo.

—Você gosta de coisas assim?

— Não gosto de coisas tristes por si só, se é isso que você quer saber. Mas eu gosto de saber que há pessoas por aí que me entendem, de certa forma.

— Ela não morreu? — ele perguntou. — A autora, não a personagem. Nunca li.

— Morreu. Enfiou a cabeça no forno e abriu o gás. Mas, enquanto estava viva, entendia como eu me sentia.

— Espero que você não esteja planejando enfiar a cabeça no forno em um futuro próximo — disse Bernardo.

— Por enquanto, não.

Por enquanto, eu havia dito. Talvez um dia, então. Nunca havia pensado daquele jeito.

—Você me empresta quando terminar?

— Só se prometer cuidar bem dele.

— Eu cuido bem de tudo.

15

BERNARDO

A CURIOSIDADE FALOU MAIS ALTO. Quando saí do quarto da Cecília, corri pro computador e procurei por ela nas redes sociais. Cecília havia me adicionado muitos anos antes, na época que criei meu perfil. Nunca havia vasculhado sua página. Às vezes curtia o que ela postava, mas só. O que eu estava fazendo espiando o perfil dela pouco depois de ter deixado a Roberta na mão?

Mal dava para reconhecê-la na foto do perfil. Era uma imagem escura e meio distorcida, em que aparecia mais cabelo que rosto. A imagem de capa era uma ilustração com diversas mulheres vestidas de Mulher-Maravilha: gordas, magras, brancas, negras, com deficiência. Aquilo já dizia bastante sobre ela.

Não havia muitas postagens. A maior parte eram frases de livros, opiniões sobre filmes e histórias em quadrinhos. Ela não opinava sobre temas polêmicos. Várias páginas curtidas eram de escritores dos quais eu nunca ouvira falar.

Eu gostava de ler, mas percebi que não era nada comparado à verdadeira paixão que ela demonstrava pelo assunto. Descobri que os livros que ela mais gostava eram *As virgens suicidas*, do Jeffrey Eugenides, e *Garota, interrompida*, da Susanna Kaysen.

Procurei sobre eles no Google. Os dois tinham tristeza como denominador comum, além de terem sido adaptados para o cinema.

Olhei para minha estante, recheada de títulos de fantasia e ficção científica. Eu tinha uma coleção de quadrinhos desde que era moleque. Imaginei que Cecília gostaria dela, e me perguntei se ela lia coisas como *A guerra dos tronos* ou se torcia o nariz para esse tipo de história.

Cada pequena descoberta sobre aquela garota peculiar era mais uma peça no quebra-cabeça que vinha montando.

Ainda não sabia o que a tinha levado até minha casa. Meus pais e minha irmã tinham sido bem vagos a respeito — ela discutira com a mãe, mas eu não sabia por quê. Só aquilo já era uma surpresa. Ela parecia tão calma e tranquila, alguém que costumava seguir as regras. Minha mãe vivia dizendo que era um bom exemplo para Iasmin. Pensei se ainda diria isso se soubesse do incidente com o tapete.

Não insisti na história porque sabia que não era da minha conta. Mas, depois de vasculhar seu perfil, senti vontade de me aproximar, de virar seu amigo na vida real. Nossas últimas interações tinham sido um pouco desengonçadas, mas talvez isso pudesse ser resolvido com o tempo. Ela estava morando na minha casa, afinal de contas.

Fui até a estante e escolhi um livro. *A nuvem envenenada*, do Arthur Conan Doyle. Era uma edição antiga e desgastada, presente do meu pai. Eu tinha gostado muito daquela história quando li pela primeira vez.

Coloquei o livro na mesinha de cabeceira. No dia seguinte, emprestaria a ela. Assim pelo menos teríamos assunto.

CECÍLIA

Quatro da manhã. Para qualquer ser humano normal, a melhor hora do sono. Para minha melhor amiga, a hora perfeita para invadir meu quarto e pular em cima de mim.

Às vezes eu queria matar a Iasmin.

— O que foi? — perguntei, sonolenta. Tudo o que queria era voltar a dormir.

—Tenho uma coisa muito importante para contar! — respondeu, empolgada. Ela tinha prendido os cabelos loiros em um coque bagunçado no alto da cabeça, destacando as pontas cor-de-rosa. Ainda vestia a roupa que havia usado para ir a sabe Deus qual festa, e sua maquiagem estava borrada por causa do suor.

— Nada é importante o bastante para você me acordar a essa hora da madrugada — falei, enterrando a cabeça no travesseiro.

Iasmin puxou meu corpo e me colocou sentada. Não fazia ideia de como ela tinha conseguido. Às vezes ela me assustava.

— Fiquei com o Otávio!

— Quem é esse?

Bocejei, exausta.

— Como assim, Cecília? Acorda!

— Não quero — eu disse, deitando novamente.

—Você é a pior pessoa do mundo quando está com sono.

—Você é a pior pessoa do mundo por acordar alguém que está com sono — rebati.

— Acredita que o Bernardo foi com o Otávio no bar essa semana e não me falou *nada*? O Otávio me disse que perguntou de mim e até pediu pra mandar um alô. Meu irmão vai ver só...

—Vai acordar o Bernardo só por isso?

— Até que não é uma má ideia...

— Acordar qualquer pessoa é uma péssima, péssima ideia. Especialmente pra contar que beijou na boca. Sabe há quanto tempo eu não beijo na boca?

— Mas o Otávio é importante. Se situa, Ceci, você mesma estava falando dele esses dias.

— Meu cérebro não funciona quando estou com sono.

— Tá bom, tá bom... Vai dormir, sua velha, que o dia vai ser longo. Não quero você enfurnada na cama amanhã.

— Amanhã-amanhã, ou amanhã-hoje?

— Só é amanhã depois que eu acordo — ela respondeu. — E, como eu ia dizendo, *amanhã* você vai beijar na boca. E eu também, porque o Otávio vai na chopada.

Não sei se ela falou alguma coisa depois disso, porque caí no sono. E sonhei com beijo na boca.

Minha mãe visitava a vovó nas manhãs de sábado, o que significava que não estaria em casa e que eu poderia buscar o resto dos meus pertences.

— Tem certeza de que não quer carona? — perguntou Iasmin, mais uma vez. — Bernardo pode te levar, não custa nada.

— Não precisa.

Uma carona não seria nada mau, mas não queria abusar. Ele era o único naquela casa que não sabia os motivos pelos quais eu estava ali, e eu me atrapalhava sempre que estava por perto. Tinha certeza de que não suportava mais minha presença.

— Ah, que isso! Faço questão — disse Bernardo, surgindo sabe-se lá de onde.

Estava pronta para recusar, mas desisti. Carregar minhas coisas no ônibus seria mesmo complicadíssimo.

— Não vai incomodar mesmo?

— Relaxa, Cecília. Vamos, eu te ajudo. — disse, procurando a chave do carro.

— Obrigada — falei, enquanto arrastava a mala de rodinhas vazia.

Entramos no carro e Bernardo ligou o rádio. Uma das minhas músicas favoritas começou a tocar — uma do John Legend, um dos cantores que eu mais gostava.

— Eu amo essa música! — exclamei, ao ouvir sua voz entoar as primeiras palavras de "Ordinary People".

— Eu sei — respondeu ele, se corrigindo logo em seguida: — Quer dizer, você tem cara de quem gosta dele. O cara manda bem.

— Como assim tenho cara de quem gosta dele? — perguntei, sem entender.

— Hum… sei lá.

Sorri e olhei pela janela do carro. Os Campanati não moravam muito longe da praia. A música e a paisagem me acalmaram um pouco. Era bom ter alguém para me acompanhar até em casa. Não queria admitir, mas a ideia de voltar lá me deixava apreensiva. Eu tentava, a todo custo, disfarçar a ansiedade que insistia em me dominar.

Enfiei as unhas no braço, me concentrando naquilo. Unha contra a pele, canalizando todos os meus pensamentos para o ponto dolorido. Às vezes aqueles pequenos gestos eram o que me mantinha sã.

— Mas então… o que você gosta de fazer da vida, Cecília? — perguntou Bernardo, depois de alguns segundos de silêncio.

— Ler… desenhar…

—Você faz desenho industrial, né? Parece legal.

— E é. Quer dizer, não é o tipo de "desenho" que eu tinha em mente, mas… — De repente, parei. *O que eu estava fazendo?*

— Não sei desenhar nem bonecos de palitinho.

— É tudo prática — falei.

Engatamos uma conversa leve e quase esqueci para onde estava indo.

Quando paramos em um cruzamento, um fusca azul passou à nossa frente.

— FUSCA AZUL! — gritamos em uníssono.

Em vez de dar um soquinho no outro, nos olhamos surpresos.

— Achei que ninguém da nossa idade brincava disso — ele disse.

Sorri, porque não sabia o que tinha me levado a gritar aquilo. Meus primos sempre diziam que eu era "muito agressiva" quando brincávamos de fusca azul na infância. Quando tentei fazer aquilo com Iasmin, ela só me xingou e disse que eu era bruta demais.

E ali estava alguém que gostava da mesma brincadeira idiota que eu.

— Ainda bem que não te dei um soco — falei. — Sua irmã quase me matou quando fiz isso.

— Digamos que eu e ela já tivemos problemas por causa dessa brincadeira — disse Bernardo. — Mas era ótimo brincar disso, eu enchia o saco dela.

— Também gostava de perturbar meus primos — respondi. — A Taís ficava alucinada atrás de fuscas azuis pela rua, mas eu sempre achava primeiro. O Pedro esquecia que a brincadeira existia e apanhava *tanto*. Hoje não soco mais ninguém, mas sempre grito quando vejo um fusca azul na rua.

Bernardo deu uma risada tão gostosa que encheu o carro e dissipou a tensão que eu estava sentindo.

— Podemos brincar, se quiser — disse ele.

— Tem certeza de que quer arriscar sua vida? — perguntei, arqueando a sobrancelha.

— Depois dessa ameaça? Não — ele respondeu, prestando atenção no trânsito. — Mas podemos trocar os socos por outra coisa, que tal? Quer dizer, você disse que é violenta, então não quero que arranque meu braço ou nada do tipo.

— Certo, vou pensar em outra coisa — falei.

Bernardo sorriu, ainda de olho no caminho. Me afundei no banco, um pouco menos nervosa por estar ali *com ele*, mas ainda ansiosa por imaginar o que me esperava quando chegasse em casa. Ainda podia chamar aquele lugar de casa?

Não queria encontrar minha mãe, não estava pronta para isso. Ainda estava triste com ela. Doía porque eu a amava muito. Doía porque não tinha escondido a verdade por mal, só para poupá-la. Doía porque sempre tinha cuidado dela, nunca havia cobrado nada sobre meu pai ou todos os segredos que ela guardava de mim. Mas sempre que eu a decepcionava, tinha que "sair de perto".

Era muito estranho perceber que nem quem tinha uma obrigação genética gostava muito de mim.

Bernardo estacionou na rua ao lado do meu prédio e se ofereceu para carregar a mala vazia. A cada passo que eu dava, o aperto em meu peito crescia. Queria tanto voltar para casa, dormir na minha cama...

Estava com saudades do meu quarto, das minhas caixinhas de som, de apagar a luz e olhar para o teto cheio de estrelas fosforescentes. Eu tinha medo de escuro quando era menor, e minha mãe as colara no teto para me mostrar que havia beleza até na escuridão. Mal podia acreditar que era a mesma pessoa que agora me tratava com indiferença.

Eu sentia saudades até das coisas irritantes, como o barulho dos saltos da vizinha às cinco da manhã ou o som dos ônibus passando na avenida. Não era passar alguns dias longe de casa que me afligia, mas a perspectiva de não ser mais bem-vinda. Saí por conta própria, mas algum dia poderia voltar?

— Tá tudo bem?

Olhei para Bernardo, sabendo que não conseguiria mentir para ele. Não quando me encarava com tanta preocupação. Era um olhar diferente de outros que eu tinha recebido nos últimos dias. Não tinha a ver com minha situação, e sim com meus sentimentos.

Ou talvez eu só estivesse imaginando coisas. Ainda assim, respondi com sinceridade:

— Não, mas vai ficar.

Ele segurou a porta do prédio para mim. Chamei o elevador, mas como sempre, estava quebrado. Subimos pela escada apertada. Quando chegamos ao andar certo, procurei as chaves na minha bolsa.

Minhas mãos tremiam quando finalmente encontrei a correta e tentei colocar na fechadura. Em meu nervosismo, não conseguia fazer com que encaixasse.

Eu não podia controlar quem era ou o que estava sentindo. De repente, me vi em uma briga com a fechadura e tentava encaixar a chave de diversas formas, mas ela não entrava de jeito nenhum. Comecei a chorar, lágrimas de desespero lavando meu rosto.

Dei um chute e um soco na porta, xingando.

— Encaixa, cacete. Encaixa. — Entre palavrões e soluços, eu insistia, como uma idiota. Dei outro chute e me recostei nela, me entregando de vez ao choro.

— Cecília... calma...

Bernardo falava, mas eu não ouvia. Por que a fechadura não abria?

— Só quero abrir a porta! Por que não consigo?

Ele me puxou para si, e eu chorei em seus braços. Como algo tão bobo podia me levar às lágrimas?

— Me dá a chave, Cecília...

— Eu já tentei... essa merda não abre. Por que essa merda não abre?

Ele tirou a chave da minha mão e, depois de algumas tentativas, conseguiu encaixá-la.

— Acho que agora vai. — Quando ele tentou girar, a chave ficou presa, não rodava para a esquerda ou para a direita. — Que esquisito...

— Tenta de novo — pedi.

— Não consigo girar.

— TENTA DE NOVO! — gritei. Eu tinha perdido o controle. Mais uma vez, estava me transformando na Cecília insana na frente de Bernardo. A Cecília que eu odiava.

Eu simplesmente não conseguia evitar.

— Cecília, não dá para abrir...

— Tenta... tenta de novo, por fa–favor... — implorei, tropeçando na última palavra.

— Sinto muito. Acho que sua mãe mudou a fechadura.

16

BERNARDO

Minhas palavras foram o gatilho para que ela se descontrolasse. Em um segundo, parecia fragilizada e assustada, tentando encontrar respostas. No outro, foi dominada pela fúria.

Cecília começou a chutar e socar a porta, sacudindo a maçaneta, como se aquilo fosse resolver seus problemas. Problemas que estavam muito além da minha compreensão.

— Cecília, vamos embora...

— me deixa em paz!

— Não.

— Vai embora, Bernardo. Só saio daqui quando derrubar essa porcaria. Ela tá com defeito, só pode ser isso.

— Então eu derrubo ela pra você. Sai daí — falei, sinalizando para que ela se afastasse.

— Não! — Cecília gritou, se jogando na minha frente. — Esquece.

Ela apoiou a testa na porta e permaneceu em silêncio. Eu conseguia ouvir sua respiração pesada. Ela apoiou as palmas na madeira.

— Queria ser a Kitty Pryde.

Ainda que as circunstâncias não fossem as melhores, sorri.

— Eu queria ser o professor Xavier — falei.

Não sabia o que dizer. Meus pais jamais seriam capazes de me colocar para fora de casa e muito menos de trocar a fechadura. Ainda que meu pai fosse um idiota de carteirinha às vezes, eu sabia que me amava. De um jeito torto, mas amava.

— Na verdade, eu sempre quis ser a Vampira.

Cecília escorregou e sentou no chão, o corpo encostado contra a porta que a separava de tudo o que conhecia.

— Bom, a Vampira poderia absorver o poder da Kitty — comentei, tentando aliviar o clima. Cecília soltou um suspiro, e vi que estava tentando controlar o choro. — Mas tem aquele lance de que ela não pode tocar ou beijar ninguém. Deve ser uma vida solitária.

— Minha vida é solitária. E outra coisa que a gente tem em comum é que ela acaba pedindo abrigo pros X-Men quando percebe que perdeu o controle.

— Então minha família é tipo os X-Men?

Cecília soltou uma risada carregada de mágoa.

— Bom, seu pai já é careca…

— Mas *eu* sou o Xavier — protestei.

— Escolhe outro.

— Só se você escolher outra.

— A Mística. Gosto dela. Pode ser quem quiser.

— Porque o mundo não quer que a Mística seja ela mesma — falei.

— E não é assim com todo mundo?

Nunca imaginei que uma conversa sobre super-heróis pudesse ser tão profunda.

— Você está me enrolando — ela retomou. — Ainda não me disse qual seria sua segunda opção!

— Scott Summers. Acho que sair lançando raios dos olhos deve ser bem legal.

— Você ia ficar bonitinho com aqueles óculos — disse Cecília, abaixando o olhar logo depois, levemente constrangida. Ela levantou. — Vamos embora? Não quero encontrar minha mãe.

Estava começando a me acostumar com aquele jeito da Cecília — sempre que ela sentia que cruzava uma linha, voltava atrás como se nada tivesse acontecido.

Queria perguntar qual era a história completa com a mãe, mas resolvi deixar para outro momento. Tinha ido até lá só como motorista, afinal. Puxei a alça da mala e coloquei a mão livre no ombro dela, guiando-a escada abaixo.

CECÍLIA

Mais tarde, já de volta à casa da Iasmin, duas batidas na porta me tiraram do estado catatônico em que me encontrava. Ela abriu e enfiou a cabeça pela fresta, sem se arriscar a entrar no quarto.

— A gente tá indo almoçar. Vamos?

Rolei na cama e virei de costas para ela. Não queria ver ou falar com ninguém. Tinha planos de ligar para minha avó em algum momento para contar o que acontecera mais cedo, mas no momento não estava para conversas. Queria ficar em posição fetal até que todos os meus problemas se resolvessem milagrosamente.

— Cecília?

— Não estou com fome — respondi. Ouvi o barulho da porta se fechando e virei para conferir se Iasmin tinha ido embora, mas ela entrara no quarto e se aproximara da cama. Virei de costas mais uma vez.

— Você precisa comer.

— Não preciso. Tenho bastante gordura acumulada.

Iasmin respirou fundo e revirou os olhos, mas não fez nenhum comentário.

— Não quero saber, não vou deixar você ficar sozinha aqui em casa.

Fiquei em silêncio. Talvez, se não respondesse, ela resolvesse ir embora.

— E hoje à noite você vai comigo e com o Bê na chopada — Iasmin continuou. — Nada de ficar em casa vendo Netflix.

—Você vai precisar me arrastar dessa cama — murmurei.

— Não tem problema.

—Você não me aguenta.

— Aposto que o Bernardo aguenta. — Eu odiava a teimosia da Iasmin. Ela sempre escolhia os piores momentos para ser insistente. — Cecília, é sério: você não vai ficar aqui. Vai levantar dessa cama pra ir almoçar.

Abracei o travesseiro com força. Queria segurar as lágrimas que começavam a pedir passagem.

— Meu irmão me contou o que aconteceu.

Queria saber se Iasmin havia contado ao irmão o motivo estúpido da briga com minha mãe. Que eu tinha sido uma covarde e mentido sobre meu trabalho. Que era tudo culpa minha.

— E não, não contei pra ele o que aconteceu entre vocês duas. Ele também não perguntou — ela disse, como se adivinhasse o que eu estava pensando. Acho que anos de amizade criavam esse tipo de telepatia.

Depois de ver tantas demonstrações do meu lado irracional, era provável que Bernardo me achasse louca ou estivesse com pena de mim. Talvez as duas coisas.

—Você não vai falar nada?

— Não quero.

—Vira pra mim, Cecília!

— Não.

—Você é chata pra caramba, hein? Tudo bem, você venceu.

Ela sentou na beira da cama e tirou o celular do bolso.

— O que está fazendo?

— Mandando uma mensagem pra avisar a Rachel que o almoço vai ser aqui em casa. No seu quarto, mais precisamente. E outra pedindo pro Bernardo ir buscar umas quentinhas pra gente.

— Iasmin…

— Cecília, ou isso ou você vai com a gente. Mas você vai almoçar. E não vai comer sozinha.

Não queria dar o braço a torcer e levantar, mas tampouco queria que todo mundo se reajustasse só por minha causa. Não quando Bernardo tinha passado boa parte da manhã na companhia da minha versão surtada. Era o suficiente para uma semana inteira.

Levantei, bastante emburrada com a situação.

— Tudo bem, vou me arrumar.

— Isso! — comemorou Iasmin, pulando da cama, batendo palminhas e dando um beijo na minha bochecha.

— Se não parar, vou desistir.

— Desculpa, desculpa! Te espero lá embaixo, tá?

— Tá — respondi, com um sorriso fraco, tentando tirar forças de onde não tinha.

Assim que Iasmin encostou a porta, abri o armário e fui procurar uma roupa. Joguei todas as peças no chão, mas não tinha nada adequado para vestir. Havia trazido pouquíssima coisa, achando que seria passageiro. Não era.

Nunca fui vaidosa, mas a maior parte das roupas que eu gostava de vestir tinha ficado no meu antigo quarto, assim como objetos que eram importantes para mim e alguns livros que eu gostaria de reler. Para resgatá-los, precisaria ligar para minha mãe e combinar um horário, mas depois do que ela tinha feito, não sabia se teria coragem. Não queria vê-la e não tinha certeza se ela estava disposta a me ter por perto.

Tirei o vestido que usava e pesquei um short jeans da pilha no chão. Depois de conseguir fechá-lo com dificuldade, me olhei no espelho. *Não, não mesmo.* Tirei o short e coloquei uma blusa.

O tecido marcava minha barriga e incomodava nas axilas. Virei de um lado para o outro, observando meu corpo cheio de marcas e estrias. Às vezes eu me pegava pensando como minha vida seria mais fácil se eu fosse magra e pudesse comprar roupas em qualquer lugar, como uma garota normal.

Desisti da blusa também. Não estava funcionando.

Agachei para procurar outra coisa, já arrependida de ter cedido aos pedidos da Iasmin.

— É o que você ganha por ser trouxa, Cecília — resmunguei, catando as roupas e jogando tudo de volta no armário.

Puxei um vestido qualquer e joguei em cima da cama. Então a porta do quarto se escancarou.

Quando me dei conta, Bernardo estava parado à minha frente. Nós dois ficamos sem reação. Depois de segundos de puro choque, puxei uma toalha para cobrir o corpo, enquanto Bernardo virava de costas.

— Desculpa, eu devia ter batido e…

— Ai, meu Deus, que vergonha…

— Foi sem querer, eu só…

— Não acredito que… Ai, Bernardo! Desculpa, eu…

— Não precisa pedir desculpas — disse ele, ainda de costas. — Foi culpa minha e…

Ao ver a expressão relativamente calma no rosto dele, me dei conta de que, na noite do meu aniversário, Iasmin estava tão acabada quanto eu. E Rachel não tinha me dado carona. O que só podia significar uma coisa…

Foi Bernardo quem me ajudou a trocar de roupa.

Onde ficava o buraco mais próximo para eu enfiar a cabeça?

17

BERNARDO

Aquele era o almoço mais esquisito de todos.

Alheias ao que tinha acontecido havia menos de uma hora, Iasmin e Rachel combinavam de ver um filme que estava em cartaz, animadas. Cecília mal tinha tocado na comida. Sentada à minha frente, ela não desviava o olhar do prato por um segundo sequer.

Eu era um idiota. Ainda estava morrendo de vergonha por ter entrado no quarto dela sem bater. E minha falta de resposta quando ela perguntou sobre aquela outra noite com certeza denunciou que eu já a tinha visto numa situação parecida.

— Quer sair hoje à noite com a gente, Rach? — perguntou Iasmin.

De repente lembrei do convite que tinha feito à Cecília dias antes. Não tinha certeza se depois dos acontecimentos das últimas vinte e quatro horas — me pegar no flagra com Roberta, a ida frustrada à sua casa e eu tê-la visto de calcinha e sutiã — Cecília toparia ir numa festa com a gente.

— Eu não vou sair — disse Cecília. Era a primeira vez que ela falava.

— Claro que vai — exclamou minha irmã. Ela não sossegava enquanto não ouvia a resposta que queria. Às vezes era insuportável.

— Se vocês vão ou não, não faço a menor ideia — disse Rachel. — Mas eu não posso. Tem reunião da igreja hoje à noite.

— A festa começa depois da reunião da igreja, pode ter certeza — falei. Iasmin riu.

— Ainda assim, dispenso. Não tem nada pra mim lá, pode ter certeza — ela rebateu, repetindo minhas últimas palavras.

— Se você diz... — respondeu Iasmin, dando de ombros. — Mas quero saber por que você não vai, Cecília! — Minha irmã continuava a azucrinar a menina. — Não está se sentindo bem? Aposto que quando chegar lá vai passar.

— Não é assim que as coisas funcionam — ela respondeu. Cecília empurrava o arroz com o garfo para o canto do prato, brincando com a comida feito criança.

Chutei a perna da minha irmã por baixo da mesa. Fazia aquilo desde criança quando queria que calasse a boca. Nem sempre funcionava.

Cecília estava arrasada, até eu conseguia perceber. Sabia que Iasmin só queria fazê-la se sentir melhor, mas não acreditava que seus métodos fossem muito eficazes.

— Rachel, fala pra ela que não dá pra perder essa festa.

— Cecília, a Iasmin mandou te dizer que não dá pra perder essa festa.

— Ela só quer ir por causa do Otávio — resmungou Cecília.

— Ei, ei, ei... Que Otávio? — perguntei, me intrometendo. Vi minha irmã lançar um olhar mortal para a amiga por tê-la dedurado.

— O mesmo com quem você saiu pra beber essa semana. Por que não disse que ele perguntou sobre mim?

— Eu nem sabia quem ele era, foi o Alan que chamou o moleque — me defendi, deixando de lado o fato de que o achava um completo idiota.

— E daí? Custava passar o recado?

—Você passaria o recado se fosse o contrário?

— Se fosse aquela Roberta, não.

Como se tivesse um alerta do Google configurado para quando seu nome era citado em conversas aleatórias, meu celular exibiu uma notificação de mensagem. Era a Roberta.

— Quem é ela? — perguntou Rachel, que escutava a troca de farpas atentamente.

— Não estamos falando dela, e sim desse tal de Otávio — desconversei. Não queria ficar discutindo minha vida sexual com as amigas da minha irmã. Aquilo era muito esquisito.

— Ai, Bernardo, não tem cabimento você ficar controlando minha vida amorosa, se toca. E você, Cecília, vai na festa como castigo divino por ter falado o que não devia na frente do meu irmão!

— Não tenho o que vestir, esqueceu? — ela disse, tentando se livrar.

— A gente dá um jeito.

— Iasmin, eu não entro em nenhuma das suas roupas tamanho trinta e seis.

— Eu não visto trinta e seis! — exclamou Iasmin como se aquilo fosse uma ofensa.

Cecília suspirou, exausta. Eu precisava ter uma conversa séria com minha irmã quando chegássemos em casa, para que ela deixasse a menina respirar por uns dias e assimilar tudo o que vinha acontecendo. Obrigá-la a sair era a última coisa que deveria fazer no momento. Nem todo mundo compartilhava da sua ideia de distração.

— Falando nisso… como foi na sua casa? — Rachel quis saber, claramente desinformada sobre a história toda. — Conseguiu pegar tudo?

— Não quero falar disso agora — respondeu Cecília, com mais doçura do que vinha falando com Iasmin. Ela e Iasmin às vezes falavam de uma forma mais agressiva uma com a outra, especialmente quando discordavam, como se fossem irmãs. Com Rachel, Cecília sempre falava tranquila. De fato, era difícil imaginar que alguém pudesse perder a paciência com ela, sempre tão serena e gentil. Mas quando o assunto era minha irmã... difícil era *não* perder a paciência.

— Tudo bem. Espero que tudo se ajeite — Rachel disse, parecendo sincera.

— Eu também.

O resto do almoço transcorreu em silêncio. Rachel se despediu dizendo que precisava encontrar um grupo de amigos da faculdade para fazer um trabalho. Cecília a acompanhou até o carro, enquanto eu e Iasmin ficamos para trás, para pagar a conta.

Quando vi que elas estavam a uma distância segura, ralhei com minha irmã:

—Você não pode dar um segundo de folga pra Cecília?

— Ela precisa sair...

— Não, *você* precisa. Você resolve seus problemas com um shot de tequila, mas nem todo mundo é igual.

— Quando fala assim, parece que eu sou uma alcoólatra — ela respondeu com rispidez. Parecia ofendida.

— Falta pouco pra isso — eu disse, e Iasmin deu um soco no meu braço. — *Ai!*

— O que quer que eu faça?

— Pare de beber?

— Não, seu idiota. Sobre a Cecília. Preciso animar a garota de algum jeito. Ela tá muito esquisita.

— Se mamãe te expulsasse de casa, você também ficaria assim.

— Não é isso... Ah, sei lá! Achei que ia ser bom sair. Enfim, a amiga é minha. Você é muito intrometido.

Apertei a ponta do nariz dela.

— Aprendi com a maior de todas.

Iasmin mostrou a língua enquanto eu digitava a senha do cartão. Meu celular vibrou outra vez no bolso, mais uma mensagem da Roberta.

Pq não respondeu? Vc vai na chopada hj? Passa aqui pra me buscar?

Era praticamente a mesma mensagem de antes, exceto pela primeira frase. Odiava quem quer que tivesse inventado o aviso de leitura.

Ainda não sei, mas não dá pra te buscar.

Não senti falta da Roberta nem lamentei por não termos terminado o que tínhamos começado depois do cinema. Era estranho, mas no momento só estava preocupado com a Cecília — a menina que lia livros tristes e pensava em super-heróis quando tudo na vida parecia desmoronar. Roberta era legal, mas não era para mim. E eu tinha enchido a menina de falsas esperanças.

Me dei conta de que Iasmin espiava por cima do meu ombro.

— Nossa, as coisas estão sérias... — provocou ela, tentando puxar o celular da minha mão para ler o restante das mensagens. Escondi o aparelho no bolso.

— Não viaja! Saí com ela ontem, mas... — Parei antes de contar que Cecília nos pegou no flagra. — Não sei o que a gente tem. Estava pensando em continuar ficando com ela, mas acho que não vai rolar. Sei que ela quer namorar, mas eu não quero. Como faço para ela entender que algo que nem começou já acabou?

— Ah, o grande problema dessa geração. Acho que um bom começo é parar de sair com ela — ironizou minha irmã. — Mas, sério, termina logo. Não vou com a cara dessa menina.

— Eu gostaria de saber de quem você vai com a cara.

— Qualquer pessoa do sexo feminino que mantenha distância mínima de um metro de você. Ah, e qualquer gato que dê mole pra mim, claro — ela respondeu, com um sorriso travesso nos lábios.

Balancei a cabeça. Iasmin não tinha jeito *mesmo*.

18

CECÍLIA

— Não quero comprar roupa — avisei quando Bernardo nos deixou em frente ao shopping.

Mais uma vez, eu havia perdido uma discussão com Iasmin. Às vezes me perguntava por que me dava ao trabalho de discordar dela, já que minha amiga sempre encontrava um jeito de me vencer, nem que fosse pelo cansaço. Ela não só conseguiu me convencer a ir à chopada como me obrigou a passar no shopping para comprar algo para vestir. Minha vida seria muito mais fácil se eu tivesse a persistência e o poder de persuasão dela.

— É seu presente de aniversário — disse, me puxando para fora do veículo.

Eu precisava admitir que estava aliviada por me ver livre da presença de Bernardo. Ainda estava intoxicada por ele — e muito, muito constrangida.

Quando ele entrou no meu quarto sem bater e me flagrou de calcinha e sutiã, fiquei mortificada. Depois pensei que era justo, uma espécie de revanche pelo que eu tinha interrompido uma noite antes. Mas então veio aquele lampejo de lucidez, quando me dei conta de que ele era o único que poderia ter cuidado de mim no dia que passei mal, o que me fez voltar ao primeiro estágio. Com o pouquinho de dignidade que me restava, perguntei a ele sobre aquela noite que bebi demais, e a expressão de constrangimento que recebi em troca foi suficiente para eu querer sumir do planeta.

Fiquei irritada por ele ter escondido os detalhes daquela noite nebulosa, mesmo que tenha jurado de pés juntos que tudo aconteceu sem maldade alguma, que eu podia ficar tranquila. Eu conhecia Bernardo havia muito tempo e acreditava nele — até porque o garoto era muita areia pro meu caminhãozinho —, mas não dava para ficar *tranquila*. A última coisa que eu queria era que o cara por quem era apaixonadinha desde sempre visse as dobrinhas que tentava esconder a todo custo.

Eu tinha pavor do meu corpo, e imaginar que ele o tinha visto por mais de dois segundos era tão aterrorizador que mal consegui encará-lo durante o almoço. Somando isso ao meu mau humor, foi uma das piores refeições da minha vida.

Perto daquele tormento, fazer compras com Iasmin não parecia *tão* horrível assim. Ainda que comprar roupas nunca fosse uma tarefa fácil para alguém do meu tamanho.

— Você já me deu presente — falei, lembrando do fone de ouvido antirruídos que tinha ficado na casa da minha mãe, com o restante das minhas coisas.

— Não sei quando vai conseguir recuperar o fone. Além do mais, é uma situação de emergência. É pra isso que meu cartão serve.

— Temos definições diferentes para emergências.

— Cala a boca! — ela ordenou, dando uma gargalhada e entrelaçando o braço no meu.

Quase me sentia normal ao passear no shopping de braços dados com ela. Lembrava a vida que eu costumava ter — embora um cartão de crédito com meu nome e limite alto nunca tivesse feito parte dela.

Parei em frente à livraria onde trabalhava e fiquei encarando a vitrine, repleta de lançamentos. Um mês antes, eu teria arrumado cada um daqueles livros.

— Cecília… — Iasmin tentou me impedir de entrar na loja, mas eu a ignorei e passei pela porta, parando na bancada de lançamentos para analisar as capas.

De vez em quando eu me imaginava ilustrando capas e miolos de livros, mas tentava me convencer de que tinha feito a escolha certa com o curso de desenho industrial. A ideia era usar minha paixão em algo que desse mais dinheiro e estabilidade.

Iasmin parou atrás de mim, olhando para os livros como se transmitissem alguma doença contagiosa.

— Cecília! — Outra voz chamou meu nome, cheia de vida e empolgação. Era Stephanie, vestindo o avental da livraria, com um lenço colorido no cabelo crespo. Ela me puxou para um abraço. — Que saudade! Você não deu sinal de vida!

Iasmin olhou para nós duas e torceu o nariz. Ela tinha ciúmes da Stephanie — e de qualquer outra amizade que eu fizesse, para ser sincera. A única pessoa com quem não implicava era Rachel, porque nós três éramos um pacote fechado.

— Tive uns probleminhas essa semana — respondi.

— Mas já tá tudo bem? — Stephanie franziu a testa, parecendo preocupada de verdade.

— Ainda não, mas vai ficar.

— Oi, Stephanie — cumprimentou Iasmin, dando um sorriso. Ela deveria ser atriz. Até parecia que eram velhas amigas.

— Oi, Iasmin, tudo bem? — Stephanie perguntou, com uma curiosidade genuína.

— Tudo! Vou dar uma volta enquanto vocês colocam o papo em dia — ela disse, se afastando em direção a outra seção. Se eu não soubesse que odiava ler, talvez até acreditasse em sua mentira deslavada.

Stephanie me contou as últimas fofocas envolvendo os funcionários da loja, mas nada muito empolgante tinha acontecido desde que eu fora demitida. Ela olhava ao redor a todo instante, para ver se a Maléfica não estava de olho.

— E você, quais as novidades? — ela perguntou ao terminar.

Pensei em mentir, simplesmente dizer que estava tudo bem, mas de repente pareceu tão idiota tentar disfarçar a confusão em que me encontrava...

— Minha mãe me expulsou de casa. Não contei que fui demitida e passei uns dias fingindo que vinha trabalhar. Aí meu padrasto passou por aqui, descobriu e deu a maior confusão. Minha mãe ficou muito irritada comigo, a gente discutiu e ela me mandou passar um tempo na casa da minha avó, mas eu não quis... Agora tô na casa da Iasmin. Quando fui pegar minhas coisas hoje, minha mãe tinha trocado a fechadura, então acho que fui colocada pra fora oficialmente.

— Nossa, que loucura! A gente precisa marcar alguma coisa pra conversar com calma — disse ela.

— Com certeza! Tô lendo o livro que você me deu. Muito bom, acho que vai virar um dos meus favoritos.

— Sabia que você ia gostar.

— Cadê o Juliano?

— De folga. — Stephanie virou para trás e viu a gerente se aproximar. — Ih, agora tenho que ir, senão a Maléfica corta meu pescoço! Até mais. Vê se dá sinal de vida.

— Pode deixar!

Falei com sinceridade. Conversar com Stephanie, mesmo que brevemente, dera um toque de normalidade àquele dia tão confuso. Iasmin se aproximou de mim, sem livro nenhum nas mãos, claro.

— Já terminou com sua amiguinha? — ela perguntou assim que Stephanie se afastou.

— Minha nossa, você é insuportável às vezes.

— Mas você me ama.

— Mais do que qualquer outra pessoa.

Eu odiava Iasmin.

Ela me fez entrar em uma série de lojas com vendedoras esqueléticas que me lançaram aquele olhar humilhante que dizia "não vendemos roupas para gente como você aqui". Uma delas chegou a dizer com todas as letras que a loja não trabalhava com meu tamanho, e precisei engolir a humilhação.

As poucas peças G e GG pareciam ser assim apenas na etiqueta: era só entrar no provador para descobrir que nem com reza brava passariam pelos meus quadris.

Nunca gostei de comprar roupas, por isso a maioria das peças que eu tinha já podiam quase andar sozinha. Era sempre um momento cansativo e vergonhoso. Como se meu corpo não tivesse direito de existir. Como se *eu* não tivesse direito de existir.

Ao sair dos provadores, ainda precisava lidar com o olhar ansioso de Iasmin e das vendedoras. A primeira curiosa para saber se eu finalmente tinha encontrado algo de que gostava, as outras desesperadas para se livrar da gordinha que experimentava tudo e não entrava em nada.

— E aí, ficou bom? — perguntou a vendedora magrela da milésima loja em que entramos. O corpo dela me deixava constrangida e com raiva. Não era algo de que eu me orgulhasse, mas sempre que via uma mulher mais magra, segurava um gritinho de frustração. Podia jurar que ela nunca tinha passado pelo constrangimento de pedir uma calça que *supostamente* era do seu número e terminar com a peça enroscada no meio das pernas, chorando de desânimo.

— Ah, eu gostei, mas ainda não sei se é o que eu quero — menti. A roupa não tinha entrado, como eu já imaginava, mas tinha vergonha de admitir que a maior numeração da loja não me cabia.

— Tem maior? — perguntou Iasmin. Ela sempre sabia quando eu estava mentindo.

— Só trabalhamos até o quarenta e quatro — respondeu a vendedora com arrogância, me analisando dos pés à cabeça.

— Iasmin… — pedi, segurando seu braço, sem sucesso.

Ela puxou um dos vestidos que eu tinha tentado experimentar e reclamou:

— Isso caberia em mim! Não é G nem aqui nem na China.

— Quer experimentar um? — perguntou a vendedora, animada. — Posso pegar o P. — A vendedora me olhou de soslaio, e minha raiva se multiplicou. Se não estivesse tão cansada e frustrada, poderia cortá-la em pedacinhos.

— Não quero nada dessa loja — disse Iasmin, revoltada. — Não acredito que…

Ah, não! Iasmin não armaria um barraco nem por cima do meu cadáver.

Puxei-a para fora da loja o mais rápido que pude, evitando um constrangimento maior.

Será que a vendedora tinha se juntado às outras para rir de mim pelas costas ou resmungar que a gorda tinha gastado seu tempo quando claramente não pertencia àquele lugar?

Aquilo já tinha acontecido comigo. E mais de uma vez.

Os seres humanos eram terríveis às vezes.

—Vamos embora, Iasmin — implorei, já no corredor do shopping. — Rodamos quase tudo, não tem nada que caiba em mim.

— A gente não foi em uma loja…

— Não, eu não vou comprar em loja plus size! — Era um dos meus piores pesadelos. —Tudo parece feito pra minha avó. Chega, odeio comprar roupa. Não fazem nada que caiba em mim, ou é tudo caro e feio.

— Ah, Cecília, o que custa?

Custava minha autoestima, que já estava bem abalada depois daquela peregrinação sem sentido. Iasmin jamais entenderia o que aquilo significava para mim. Ela tinha o corpo perfeito, se encaixava em padrões de beleza inatingíveis, poderia vestir o que quisesse.

Eu via uma blusa bonita ou uma calça diferente e sabia que, mesmo se tivesse dinheiro para comprar, não poderia. Não fabricavam meu número porque nenhuma marca gostava de ver suas peças sendo confundidas com capas para botijão de gás — ouvi isso de uma menina da escola e nunca mais esqueci.

Iasmin nunca entenderia quão desolador era saber que você só encontrava algo que coubesse em lojas com "tamanhos especiais". Era uma droga gostar de uma roupa e não caber nela.

Ela insistiu e acabei concordando, sem forças para discutir mais. Já disse que Iasmin sempre conseguia o que queria?

Fui arrastada até uma loja muito parecida com todas as outras onde Iasmin havia me levado naquele dia, com exceção dos manequins na vitrine. Ela começou a vasculhar as araras e jogou algumas peças nos meus braços. Uma vendedora apareceu para nos ajudar e as duas iniciaram uma operação de guerra, pegando diversos modelos e pedindo que eu experimentasse.

Me fechei no provador, desanimada. Sabia que aquelas roupas entrariam em mim, mas não achava que ia me sentir bonita. Afinal, não conseguia lembrar a última vez que aquilo tinha acontecido.

Eu não me sentia à vontade na minha própria pele. Gastava a maior parte do tempo fazendo planos mirabolantes para perder todos aqueles quilos extras, pensando em como ficaria e me comparando aos outros. Se fosse uma pessoa magra, eu imaginava como seria ter aquele corpo. Se fosse uma pessoa gorda, eu tentava descobrir se tínhamos mais ou menos as mesmas medidas, se estava melhor ou pior do que eu. Se fosse ainda mais gorda, eu ficava aliviada por ainda não ter aquele tamanho.

Só queria me ver livre daquele sentimento, parar de me preocupar tanto com minha aparência.

Peguei a primeira peça, um vestido preto com decote profundo e transparência. *Pelo menos preto emagrece*, pensei. Olhei mais uma vez para o decote, pensando que não ficaria bom em mim. Queria desistir de experimentar e pendurar de volta no cabide, ainda que a roupa fosse linda.

Eu não merecia roupas lindas.

— Cecília, é pra hoje! — exclamou Iasmin do outro lado da cortina. Passei a mão pelo vestido, sentindo a textura do tecido, então criei coragem para me despir e experimentar.

O caimento era perfeito. Me olhei no espelho e, pela primeira vez em muito tempo, gostei do que vi. Virei de um lado para o outro, observando como o vestido balançava com meus movimentos. E meus seios nem tinham ficado tão esquisitos quanto imaginava! Com o sutiã certo — que eu esperava que estivesse na casa de Iasmin, e não na minha mãe —, até poderia me sentir... bonita.

Era uma sensação estranha, mas também libertadora.

Puxei a cortina e, um pouco insegura, dei uma voltinha para que Iasmin e a vendedora vissem.

— O que acharam? — perguntei, ansiosa.

O tempo que elas demoraram para responder foi o bastante para que eu me desesperasse. Eu estava ridícula, tinha certeza! Tinha sido uma ideia idiota me exibir vestida daquele jeito, com aquele decote e...

— MARAVILHOSA!

— Jura?

— E eu lá falo mentira? Se tivesse ficado esquisito diria. Juro pela minha mãe mortinha! Aliás, falando nela… — Iasmin sacou o celular e tirou uma foto.

— O que está fazendo?

— Mandei uma mensagem contando o que a gente estava fazendo, e ela disse que você pode comprar mais algumas roupas. É um presente.

Minha expressão murchou. De repente, me senti uma obra de caridade.

— Iasmin, não. Não quero. Para.

— Não se recusa presente, é falta de educação — disse ela.

— Mas vocês já estão fazendo mais do que deveriam…

— Você é minha melhor amiga. E olha só — ela disse, me virando para ficar de frente para o espelho que eu tanto temia. — Não tá se achando gata? Vai pegar geral hoje à noite!

Encarei meu reflexo. Me sentia bem pela primeira vez no dia. Era só uma roupa, mas para mim era mais que aquilo. Eu raramente me sentia à vontade em meu corpo. E o vestido era tão bonito!

— Vou levar esse — falei.

— E mais alguns. Entra nesse provador, é hora de desfilar!

19

BERNARDO

— PODEM DESCER, VOU ESTACIONAR — falei para Iasmin e Cecília, parando em frente à chopada.

Ia ser numa casa de shows famosa, que ficava na orla de Charitas. As festas da mecânica eram muito conhecidas, e sempre aconteciam em lugares badalados. As meninas desceram e entraram na fila.

Antes de sair para procurar um lugar para estacionar, dei uma última olhada em Cecília. Eu já tinha visto mais do que deveria, mas ela estava especialmente bonita aquela noite. Sempre se escondia atrás de roupas largas e sem graça, mas minha irmã a tinha convencido a usar uma blusa decotada e uma saia preta.

Uma série de pensamentos impróprios cruzou minha mente, mas tentei focar na busca por uma vaga.

Quando estacionei, um carro prateado parou ao lado do meu. Alan desceu do banco do passageiro e Otávio saiu pela porta do motorista. Eu não ia com a cara daquele moleque — e não só por saber que ele estava pegando minha irmã.

— Fala aí, cara! — cumprimentou Alan. Sua saudação habitual era um aperto de mão que se convertia em abraço. Otávio acenou e estendeu a mão para me cumprimentar.

— E aí, Bernardo, beleza? Tá sozinho, pô?

Ele queria saber da minha irmã, e meu sangue esquentou um pouquinho. Iasmin podia ser louca e atrevida, mas ao mesmo tempo era ingênua para muitas coisas. E ele acabaria encontrando com ela em algum momento da noite.

— Não, vim com minha irmã e uma amiga dela.

— A amiga é gostosa? — Alan quis saber.

Sabia que Cecília não fazia o tipo dele, que só chegava em mulheres que pareciam passar o dia inteiro na academia.

— Ela é bonitinha — respondi, passando a mão no cabelo e disfarçando meu incômodo. Trocamos algumas palavras no caminho até a boate.

Iasmin acenou quando me viu, sinalizando para que eu me juntasse a elas. Então percebeu Otávio ao meu lado e pareceu bem mais animadinha. Ele pelo menos teve a noção de cumprimentar minha irmã com um beijo na bochecha.

Alan a abraçou e deu um beijo demorado em seu rosto, como se fossem velhos amigos, embora só a conhecesse de vista. Iasmin arregalou os olhos, como se desejasse escapar dele. Alan não fez o mesmo com Cecília — apenas disse "oi". Conversava com o resto do grupo como se ela fosse invisível.

— Achei que você tinha dito que ela era bonitinha — ele sussurrou para mim. Olhei para Cecília. Eu a achava linda, e naquela noite estava ainda mais.

— Cada um tem seu gosto — falei, e Alan deu uma risadinha debochada.

A fila andou mais um pouco. Conferiram nossas identidades e logo estávamos do lado de dentro.

A casa estava cheia. Era um dos maiores espaços da cidade. O DJ já animava a noite com alguns funks, e o pessoal dançava até o chão. Olhei para o lado e vi Cecília um pouco assustada, observando tudo à sua volta.

— Você está bem? — falei, tentando me fazer ouvir por cima da música alta.

Ela fez que sim, mas eu sabia que era mentira. No decorrer daquele longo dia, tinha aprendido muitas coisas a seu respeito. Uma delas era que raramente dizia como se sentia, mas dava para saber pelos seus olhos.

CECÍLIA

A música alta, as luzes piscando e a multidão eram demais para absorver. Uma sensação de sufocamento se apoderou do meu corpo. Eu precisava lutar contra ela a cada segundo.

Era só uma festa.

Mas, para mim, não era. Espaços lotados me sufocavam. Eu analisava todos ao meu redor e me sentia deslocada. Era como se eu fosse uma aberração em meio aos corpos definidos de pessoas que pareciam saídas de um comercial de vodca. Jovens felizes, bonitos, magros e descolados, sorrindo e bebendo noite adentro.

Tudo aquilo me embrulhava o estômago e aumentava minha vontade de desaparecer. Eu segurava a caneca do meu curso com tanta força que a alça de metal machucava meus dedos.

Tinha sido um erro. De repente me senti desconfortável nas roupas que havia escolhido mais cedo. Eu fora capaz de enxergar minha beleza escondida no provador, mas talvez tivesse sido apenas efeito do espelho e das luzes. O tecido pinicava e eu me sentia patética, tentando parecer sexy naquelas roupas que não eram para mim, cercada por meninas que não precisavam fazer o menor esforço para chamar atenção.

Quando Bernardo me perguntou se eu estava bem, eu confirmei, embora meu desconforto fosse evidente. Ele pegou minha mão livre e a segurou. Aproximando-se do meu ouvido, disse:

— Respira fundo.

Ao sentir a pele dele encostar na minha, um choque atravessou meu corpo. Por um instante, achei que fosse só mais um efeito do pânico crescente, mas era mais que isso.

Fiz o que ele sugeriu. Inspirei, contei até cinco e soltei o ar lentamente. Repeti três vezes.

Eu me sentia mais próxima de Bernardo, por conta da convivência diária e das situações esdrúxulas em que tinha me enfiado, mas conseguia imaginar aquilo se transformando em amizade. Era muito mais do que eu achava que poderia existir entre nós.

Ele próprio havia se referido a mim como amiga, embora eu ainda tivesse dificuldade de acreditar nisso. Mas que outra palavra usar para definir alguém que se importa em saber como você está se sentindo ou puxa conversa até que seu desespero passe?

— Melhorou? — ele quis saber. Demorei alguns segundos até entender a que se referia. Estava tão absorta *nele* que até esqueci meu desconforto.

Relaxei os dedos e soltei a caneca vazia, que estava presa ao meu pescoço por um cordão. Fiz que sim com a cabeça.

— Cadê a Iasmin? — Pouco antes, ela estava ao meu lado, mas sumira sem aviso prévio. Otávio tinha desaparecido ao mesmo tempo, claro. Olhei para trás e vi Alan conversando com uma loira peituda, que tentava se esquivar sempre que ele chegava mais perto. Tínhamos sobrado.

Imaginei que a menina que Bernardo havia levado para casa dias antes também estivesse por lá. Se não fosse ela, seria qualquer outra. Era questão de tempo até que me desse um perdido.

Se a intenção da Iasmin era me animar, havia falhado.

—Você não quer mesmo que eu responda, né? — ele perguntou, com sarcasmo. Bernardo me arrastou entre a multidão, abrindo espaço. A noite mal tinha começado, mas já tinha gente perdendo a linha. — Vamos pegar alguma coisa pra beber. Me passa a caneca — ele pediu, quando nos aproximamos do balcão. Tirei o cordão do pescoço e entreguei a caneca de metal para ele, que encheu com cerveja. — É a única da noite. Falei que ia tomar conta de você.

Meu peito foi preenchido por uma sensação gostosa quando percebi que ele tinha lembrado do que me dissera.

— Você só não quer que eu vomite em cima de você de novo. — Ri, mas de nervosismo. Eu realmente não precisava de outro vexame como aquele.

— Também. Mas cumpro minhas promessas. Se eu disse que ia tomar conta de você, é porque vou.

— Você não tem muita escolha, né? Seus amigos sumiram, sua irmã também... e é legal demais pra me deixar sozinha — falei, ao pé do ouvido dele, porque era a única forma de conversar com tanto barulho.

— Gosto da sua companhia.

Talvez eu estivesse alucinando, mas senti algo diferente em seu modo de falar e sua expressão corporal.

— Mas você quase não me conhece — falei.

— Dizem que a gente conhece uma pessoa depois que a vê bêbada — ele comentou, fazendo minhas bochechas queimarem.

— Ninguém diz isso — rebati, tentando manter a compostura.

— Tem razão. De qualquer forma, você está certa: a gente quase não se conhece. Você vai lá em casa direto, mas nunca conversamos *de verdade*. Acho que ia gostar de te conhecer. — Aquilo causou um leve arrepio na minha espinha. Era como se estivéssemos protegidos por uma concha que nos isolava de tudo ao redor. — O que mais você gosta de fazer? Quer dizer, além de brincar de fusca azul e socar os outros.

— Não soquei você! — contestei.

— Mas disse que tinha um histórico de agressão.

—Você vai ver da próxima vez que um fusca azul passar na nossa frente — falei.

—A gente não combinou que ia trocar os socos por outra coisa?

— Ainda estou pensando no que poderia ser.

Bernardo me encarou e o clima ficou esquisito. Então ele apontou para a bebida na minha mão.

—Vai esquentar, e cerveja quente é horrível.

Balancei a cabeça, tentando afastar as ideias bizarras, e dei um gole na bebida. Era a primeira vez que bebia cerveja por vontade própria. Achei o gosto esquisito e fiz uma careta. Meu único porre tinha sido aquela série de drinques coloridos e docinhos escolhidos por Iasmin.

— O sabor não é dos melhores mesmo, mas todo mundo finge que gosta. Dizem que melhora com o tempo — gritou Bernardo. Um funk divertido começou a tocar, e ele puxou minha mão para dançar.

A última vez que tinha dançado funk fora na temporada de festas de debutante, quando tinha um pouco menos de vergonha na cara. Minha falta de coordenação motora continuava a mesma.

Tentei rebolar, mas caí na gargalhada. Todo mundo parecia dançar para valer, mas eu não conseguia levar aquilo a sério. Dei mais um gole na cerveja, que pareceu ainda pior.

— Se você precisa fazer algo várias vezes para achar bom, não é bom de verdade — protestei para Bernardo.

— Me dá!

— O quê?

—A cerveja. Eu bebo.

— Não, é minha!

—Você disse que é ruim.

— E você disse que não gosta — rebati. Ele deu de ombros.

Eu tinha enrolado o cordão da caneca no braço, então Bernardo não podia simplesmente pegar. Ele segurou minha mão e guiou até a boca dele. Bebeu de uma só vez, estalando a língua ao terminar.

— Delícia… — Então devolveu a caneca e me lançou um olhar demorado. Tive a ligeira impressão de que não estava se referindo à bebida, o que fez minhas pernas vacilarem.

— Você que é — falei sem pensar.

O que eu tinha acabado de dizer?

— O quê?

— Nada! — menti, desviando o olhar. *Tomara que ele não tenha escutado, tomara que ele não tenha escutado.*

Bernardo puxou minha mão e desenrolou o cordão da caneca vazia para pegá-la.

— Levanta o braço — ele pediu, colocando o cordão transpassado em mim. A caneca ficou pendurada na transversal, batendo na minha cintura.

Ele sustentou o olhar por um longo tempo, me deixando constrangida. Baixei o rosto e apertei os lábios, tentando pensar em outra coisa, qualquer coisa que não fosse ele. De repente, era como se Bernardo fosse capaz de ler meus pensamentos.

Àquela altura, tínhamos parado de tentar dançar.

Eu fitava os pés, tentando a todo custo fugir daquele olhar tão poderoso, mas Bernardo tocou meu queixo com delicadeza e ergueu meu rosto, forçando-me a encará-lo.

— Vou fazer uma coisa pela primeira vez, mas não quero que seja a última. E acho que, diferente da cerveja, você vai gostar de cara. E prometo que vai ficar melhor a cada vez.

Com o braço direito, ele me pegou pela cintura e levou a outra mão ao meu rosto. Acariciou meu cabelo e nossos lábios se encontraram.

Meus braços caíram ao lado do meu corpo, inertes. Ele me puxou mais para perto e meu desejo aumentou. Foi como se apertassem o botão que ligava todos os meus sentidos. Minhas mãos criaram vida própria. Puxei seu cabelo e aprofundei o beijo, cheia de vontade. A mão dele foi descendo pela minha cintura e parou em um ponto estratégico, me deixando louca. Como conseguia fazer aquilo com apenas um beijo?

Ele mordeu meu lábio inferior e continuou a me beijar. Esqueci tudo à minha volta. A única coisa que importava era sentir Bernardo, respirar Bernardo, beijar Bernardo.

Minha mão escorregou para o peito dele. Queria sentir seus batimentos. Queria saber se também sentia que o coração ia se partir em mil pedaços só para voltar ao mesmo lugar. Seus lábios traçaram o caminho do meu pescoço, e eu podia senti-lo em cada centímetro do meu corpo, me provocando.

Ele me manteve perto, dançando ao ritmo da música. Naquele instante, até acreditei que sabia dançar.

Minha música era ele, o ritmo que ditava cada movimento do meu corpo, dos meus lábios. E aquela era a melhor melodia que eu já tinha ouvido. Seu toque ativava cada milímetro do meu corpo ansioso e reativo.

Uma parte do meu cérebro dizia que era uma má ideia e trabalhava freneticamente para me mostrar todos os contras de estar ali, beijando o cara que sempre tinha desejado. Mas logo foi silenciada, porque eu só conseguia me concentrar nele. Só havia Bernardo, nada mais.

E eu tinha razão: se algo era bom, você sabia de primeira.

20

CECÍLIA

Na manhã seguinte, não sabia bem como agir.

Quando desci para tomar café, todo mundo ainda estava dormindo. Passei boa parte da noite anterior pendurada no pescoço de Bernardo, mas quando Iasmin reapareceu em nosso radar, nos separamos e fingimos que nada tinha acontecido. A volta para casa foi silenciosa e esquisita.

Tínhamos ficado, simples assim. Mas complicado também.

Eu morava na casa dele, sua irmã era minha melhor amiga e tudo na minha vida estava fora do lugar. Aquilo tinha todas as chances de dar errado.

Ainda assim, quando ele me beijou, não pensei em nada. Acho que nenhum dos dois pensou.

Enquanto o pão esquentava na chapa, peguei o celular e pensei em mandar uma mensagem para Rachel contando, mas me contive. E se Iasmin descobrisse por acaso? Eu sabia que ela morria de ciúmes do irmão, então duvidava que reagiria bem. Era melhor que eu mesma contasse; se soubesse por outra pessoa, ia fazer picadinho de Cecília para o jantar.

Ouvi passos descendo as escadas. Logo Bernardo estava ao meu lado com cara de poucos amigos.

Ai, meu Deus! Será que tinha se arrependido?

Não tive coragem de olhar nos olhos dele. Puxei meu celular e fingi que estava muito ocupada olhando as redes sociais.

— Bom dia — murmurou, um pouco grogue de sono.

De soslaio, vi ele abrir a geladeira em silêncio e tirar uma tonelada de frutas de dentro. Bernardo jogou um pouco de tudo dentro do liquidificador e bateu com água. Parecia um pouco menos nojento do que a bebida que ele me oferecera no outro dia.

— Aaahhh — ele exclamou, depois de um longo gole. — Pronto, agora consigo me portar como um ser humano decente. Desculpa, sou um idiota de manhã.

Pisquei, sem entender muito bem o que estava acontecendo.

— Tudo bem. Acho — falei, meio confusa.

— Tá servida? — ele perguntou, com leveza.

— Não, obrigada. Já tive experiências suficientes com suas gororobas. Você não pode... sei lá, fazer um suco de laranja?

— Normal demais — ele respondeu. — Continuando nossa missão de se conhecer melhor, agora você sabe duas coisas sobre mim: sou muito mal-humorado de manhã e adoro sucos esquisitos. Que cheiro de queimado é esse?

— Ah, meu Deus, o pão! — gritei, pulando da cadeira e correndo até a sanduicheira. Ele havia se transformado em uma massa preta. O queijo tinha escorrido para a grelha, grudando em toda parte.

Bernardo tirou o aparelho da tomada e caiu na gargalhada, enquanto eu me desesperava um pouco.

Bom, talvez *muito*.

— Sua meta de vida é destruir tudo aqui em casa? — ele falou, mas seu tom era simpático. Deu para perceber que só estava rindo da situação para fazer com que eu me sentisse melhor. E me fez gostar um pouquinho mais dele.

— É o meu jeitinho — respondi, dando de ombros e pegando

o pão queimado para jogar no lixo. Mingau escolheu aquele momento para entrar na cozinha e se enroscar nas pernas de Bernardo.

— Cuidado, esse folgado vai acabar roubando o pão — ele disse, pegando-o da minha mão e jogando na lixeira. — O que você vai fazer hoje?

Ele parecia interessado. O que poderia querer? Era difícil demais aquela coisa de tentar adivinhar as intenções dos outros.

Quando namorei Gabriel, não perdia muito tempo analisando as intenções dele. Provavelmente porque não enrolava muito, dizia tudo na lata — o que o tornava uma pessoa insuportável às vezes. Ele não era como Iasmin, que me divertia e até me estimulava a seguir meus instintos. Ele só... falava verdades demais, e às vezes doía.

Quer dizer... ele não precisava ter dito que eu tinha que emagrecer na primeira vez que tirei a roupa.

Sacudi a cabeça, afastando o idiota do meu ex-namorado dos meus pensamentos. O passado podia ficar onde estava. Até porque o presente me encarava com curiosidade e era quase impossível não sorrir para ele, parado bem na minha frente.

— Nada — respondi. — Preciso me recuperar de ontem à noite.

Ele inclinou a cabeça um pouquinho.

—Vou dar uma volta na praia, quer ir? Tomar um açaí?

Pisquei algumas vezes, sem acreditar.

— Açaí? Essa hora?

— Não tem hora para açaí — ele rebateu.

— Certo, nisso preciso concordar. Mas... por quê?

Bernardo deu um suspiro.

— Preciso deixar tudo tão claro? — Ao perceber minha expressão confusa, ele continuou: — Porque gostei de ficar com você ontem e, como disse antes, quero te conhecer melhor.

BERNARDO

Vestimos roupas leves e nos reencontramos na porta de casa pouco depois, prontos para caminhar no calçadão.

— Minha irmã ainda tá dormindo? — perguntei.

—Você sabe que ela só levanta depois do meio-dia.

Saímos de casa em silêncio, andando lado a lado em direção à praia. Depois de algum tempo quietos, Cecília perguntou:

— Como acha que a Iasmin vai reagir?

Demorei um pouquinho a entender o que ela queria dizer. O que minha irmã tinha a ver com aquilo? Só dizia respeito a nós dois.

Então olhei para a menina ao meu lado e percebi que "aquilo", o que quer que fosse, também dizia respeito a Iasmin.

Droga. Eu não tinha parado para pensar antes do beijo. Ela estava tão bonita e parecia se divertir comigo, fora inevitável. Só que a verdade era que, à luz do dia, dava para ver um brilhinho de medo em seus olhos castanhos.

— Não precisamos nos preocupar com ela — falei, tentando tranquilizá-la.

— Sua irmã morre de ciúmes de você — disse Cecília, levando a mão à boca para roer a unha. — Ela vai me matar.

— Acho mais fácil ela ameaçar cortar minhas bolas se eu magoar você — respondi.

Uma coisa eu podia dizer sobre a minha irmã: ela era fiel aos amigos. Dava para entender a hesitação de Cecília.

— As coisas não vão ficar esquisitas, né? Quer dizer, entre nós dois...

Parei no meio do caminho, a poucos metros da praia.

Ela parecia tensa. Não podia imaginar o que se passava naquela cabecinha que não parava de trabalhar um só segundo. E o dia anterior devia ter sido uma montanha-russa de emoções para ela. Respirei fundo e disse:

—Vamos fazer uma coisa de cada vez?

Voltei a caminhar, e ela me acompanhou.

Então um fusca azul passou ao nosso lado na rua, o barulho característico do motor em alto e bom som.

— Fusca azul! — gritou Cecília, estendendo a mão para me dar um soco no braço, como mandava a brincadeira. Segurei seu pulso no ar e a puxei para um beijo na testa.

— Já sei o que pode substituir o soco — eu disse, e ela beijou minha boca.

21

CECÍLIA

—Você vai comigo — disse Bernardo, como quem não dava margem para negociação.

Eu tinha pedido — na verdade, implorado — para mantermos em segredo o que quer que estivesse acontecendo entre nós, ao menos por um tempo. Eu estava morando de favor naquela casa. Não era tão simples como Bernardo tentava fazer parecer.

Apesar de estar nas nuvens por finalmente saber como era ficar com ele, de ter sentido o sabor do seu beijo e o cheiro do seu perfume, aquilo não consertava o resto da minha vida. Eu queria guardar aquela parte tão importante para mim em uma redoma de vidro.

— Já disse que minha aula começa mais tarde — menti.

Eu tinha visto no grupo da faculdade que era dia de entrega de trabalho, e não tinha feito nada. Meu plano era faltar e entregar na próxima, implorando para o professor aceitar mesmo que valesse menos, inventando alguma desculpa.

—Você acha que me engana — ele respondeu. — Não vi você na faculdade nenhum dia da semana passada.

— E posso saber por que ficou me vigiando?

Bernardo desviou da pergunta:

— A questão é que hoje minha mãe não tem clientes para atender, então me emprestou o carro. Você pode ir e voltar comigo.

— Por que você não leva a Iasmin pra escola? — sugeri.

— Ela já vai comigo. Anda, Cecília, troca de roupa rapidão, não dá pra ficar perdendo aula assim.

Amaldiçoei Bernardo por ser tão observador e subi as escadas, esbarrando com Iasmin no caminho. Ela vestia o uniforme horroroso do São João e parecia tão mal-humorada quanto eu.

— Oi — cumprimentou, com aquela cara de quem só voltaria ao normal no meio da tarde.

— Seu irmão pediu pra esperar, vou com vocês — falei. Ela deu de ombros e desceu para tomar café.

Ao menos alguém odiava mais as segundas-feiras do que eu. Por isso era a minha melhor amiga.

Joguei meu material de desenho na bolsa. Um rabisco que tinha feito na noite anterior, inspirada por Bernardo, caiu no chão. Eu estava tão abobalhada que até desenhava pensando nele.

Me sentia uma adolescente.

Dobrei o desenho e enfiei na mochila. Peguei a biografia da Malala que tinha começado a ler e coloquei debaixo do braço para me fazer companhia enquanto matava a primeira aula — e tentava escapar do olhar atento de Bernardo.

Desci as escadas correndo e logo estava sentada no banco traseiro do carro elegante de Sônia. Peguei o livro e comecei a ler. Bernardo me espiou pelo retrovisor e disse:

— Não sabia que você gostava de biografia.

— E você alguma vez soube do que minhas amigas gostam? — perguntou Iasmin, sentada no banco do carona. Ela olhou para trás e disse: — O Bê é rato de biblioteca que nem você, mas só lê coisas com explosões e afins.

— Eu sei, ele comentou esses dias — falei, sem desviar os olhos do livro.

— Vocês andaram conversando? — ela quis saber, me olhando com curiosidade.

— A Cecília está *morando* com a gente, Iasmin. E todo mundo acorda muito antes de você — disse Bernardo. — E já dei carona para ela outras vezes...

— Nossa, agora você se mistura com a pirralhada — debochou Iasmin, desviando a atenção para o celular quando vibrou com uma nova mensagem.

— Com quem você tanto conversa? — perguntou Bernardo, tentando não tirar a atenção do trânsito.

— Não é da sua conta — ela respondeu, mostrando a língua para ele. Os dois viviam implicando um com o outro, mas se defendiam com unhas e dentes.

— Deve ser o Otávio — me intrometi.

Não esperava era que Bernardo se irritasse com aquilo.

— Aquele cara é um idiota, sério.

Eu concordava com Bernardo. Otávio era muito bonito, não dava para negar, mas sempre me parecera meio exibido. Não tinha nada concreto contra ele, mas nosso santo não batia muito, e eu sabia que Iasmin estava interessada nele desde o início do ensino médio.

— Você nem conhece o cara, Bernardo — reclamou Iasmin.

Ele ia rebater, mas finalmente chegamos ao São João e Iasmin abriu a porta do carro.

— Só toma cuidado, tá? Não acho que seja legal o bastante pra você.

Iasmin não respondeu e saiu batendo o pé. Pulei para o banco da frente.

— Não precisava falar assim com ela — disse, quando Bernardo saiu com o carro. — Ela gosta dele, tipo, desde sempre.

— Tem alguma coisa de errado com ele.

— O Otávio é meio metido, mas sei lá… deixa a Iasmin curtir um pouco.

Bernardo não respondeu. Pouco depois, ele estacionou na rua e caminhamos até o campus.

— Você está sempre pegando o carro da sua mãe, né? — comentei. — Achei que seus pais fossem do tipo que davam um carro quando os filhos completavam dezoito.

— E eles são. Mas sei lá… Queria comprar um carro com meu dinheiro, sabe? Conquistar alguma coisa. Normalmente venho de ônibus pra aula. E a Iasmin não ganhou um carro porque repetiu de ano.

— Não sei se acho legal ou fico com raiva por você não aproveitar as coisas que recebe de bandeja. — Era verdade. Eu não fazia a mínima ideia de como era ter as coisas de mão beijada, sem ter que ralar muito. Aquilo despertava sentimentos conflitantes em mim.

Antes de seguir em direção ao prédio onde ele tinha aula, Bernardo se virou para mim e perguntou:

— Almoça no bandejão comigo? Quero ouvir sobre esse livro que você está lendo.

— Só se pagar em chocolate.

— Feito — ele respondeu, me dando um selinho. De repente, todas as nuvens escuras tinham se dispersado, e eu só conseguia pensar que queria ficar presa ao abraço dele para sempre.

22

CECÍLIA

—Você o quê?

Quinta-feira à noite, finalmente encontrei Stephanie numa lanchonete, para colocar o papo em dia. Era o único dia da semana que ela não tinha aulas na faculdade.

Minha avó depositou um dinheiro na minha conta para me ajudar com algumas despesas. Tentei dar uma parte para os pais de Iasmin, mas eles recusaram. Disseram que eu não deveria me preocupar e que podia usar o dinheiro comigo. Às vezes a generosidade deles me tirava do sério.

Eu era grata, claro, mas não queria me sentir uma parasita. Sempre gostei de retribuir o que os outros faziam por mim. Não queria dever nada a ninguém. Mas as circunstâncias tinham tornado aquilo impossível — eu sempre estava em dívida.

Para compensar, eu lavava minha louça, mantinha meu quarto em ordem e fazia o que estava ao meu alcance para não atrapalhar a rotina da família. Tinha até considerado ir de vez para a casa da minha avó, mas sabia que lá teria que encontrar minha mãe esporadicamente e ainda não me sentia pronta. Ela não me procurava desde que eu havia saído de casa, o que me machucava. Mas se alguém precisava consertar algo era ela, não eu.

No meio-tempo, eu me esforçava para parecer invisível a todos naquela casa. Exceto Bernardo.

— A gente ficou na chopada, mas ninguém viu — contei para Stephanie. — E continuamos ficando às escondidas. Ainda não contei pra Iasmin. Quer dizer... não é nada de mais, é?

Ainda que Bernardo tivesse me assegurado que não teríamos problemas, eu não estava totalmente convencida. Ficava repetindo aquilo para mim mesma, torcendo para que se tornasse verdade.

Stephanie era a única que sabia como Bernardo me afetava. Eu já tinha falado dele para ela, já que não podia fazer o mesmo com Rachel e muito menos com Iasmin. Quer dizer, eu adorava a Rachel, mas minha amiga tinha a língua muito grande quando o assunto era casal. Ela juntava os nomes para ver se combinavam, falava de romance o tempo inteiro... Não sei se ela conseguiria guardar esse segredo.

Contar o que estava acontecendo entre nós dois tornava tudo mais real. Eu andava com medo de que tudo fosse invenção da minha cabeça.

— Cecília, você sabe bem que esse negócio de guardar segredo não dá certo — Stephanie disse, bebendo um gole de suco. — E você está morando na casa da Iasmin... e do Bernardo! Por quanto tempo acha que vai conseguir esconder isso?

Eu me perguntava o mesmo a todo instante.

Mesmo enquanto conversava com ela, meu cérebro não parava de considerar as possibilidades, especialmente aquelas que acarretariam mais problemas. E se Iasmin descobrisse? E se os pais deles flagrassem nós dois? E se tudo não passasse de uma diversão passageira? Para onde eu iria se acabasse no dia seguinte? E se aquilo colocasse um ponto final na minha amizade com Iasmin?

Mas a pior de todas era uma que eu guardava no fundo do meu cérebro: e se ele não quisesse ficar comigo na frente dos outros? Eu não era do tipo que ele costumava ficar. E, exceto pelo selinho rápido no campus vazio e pelo breu da chopada, nunca havíamos nos beijado em público. E se *ele* estivesse me escondendo, enquanto eu pensava que manter o relacionamento em segredo era uma opção minha?

Eram muitas perguntas, e eu não queria descobrir as respostas. Era cansativo viver com um cérebro que pensava demais.

Eu sabia que era inevitável — alguém descobriria a verdade, aqueles beijos furtivos iam acabar, eu ia sair daquela casa... tudo naquela equação aconteceria em algum momento, eu só queria adiar.

— Estou trabalhando nisso — menti.

— Acho bom. É sério, você precisa conversar com esse garoto e chegar a uma conclusão. Quer dizer, se não estivesse morando na casa dele e não fosse o irmão da sua amiga, até dava para manter segredo. Mas não é o caso.

Eu odiava pessoas sensatas!

— É, preciso descobrir a melhor forma de fazer isso. Agora me conta suas novidades!

Stephanie suspirou, aparentemente exausta.

— Fui a mais uma entrevista de estágio hoje. — Ela estava no quarto período de direito, em uma universidade particular que bancava com o dinheiro que ganhava na livraria. Tudo o que queria era encontrar algo na sua área. — Disseram que eu não tinha o "perfil" da vaga — completou, fazendo as aspas com os dedos.

Eu sabia o que ela queria dizer com aquilo. Quando eu ainda trabalhava na livraria, ela tinha me contado que um recrutador dissera que o cabelo dela não a deixava com aparência profissional, apesar de ser qualificada.

— Você tinha que falar sobre isso com alguém. Denunciar, sei lá — falei, indignada.

Stephanie era muito dedicada a tudo o que fazia. Era a melhor funcionária da livraria, estava sempre estudando no horário de almoço, usava seus dias de folga para fazer cursos e melhorar o currículo, e gastava cada centavo tentando se tornar uma profissional melhor. Uma vez ela me disse que precisava ser duas vezes melhor do que todos os concorrentes. Que tinha nascido em desvantagem dupla, por ser mulher e negra. Tinha uma consciência enorme de sua própria identidade, o que tornava algumas coisas muito dolorosas.

Stephanie deu de ombros.

— É melhor não — ela disse. — Não me entenda mal, não é que eu esteja me conformando com isso. Mas tenho medo, sabe? Isso pode se virar contra mim. Sei que eu *deveria* defender meus direitos, mas nem sempre dá pra gente fazer o que é certo... — Stephanie tomou mais um gole do suco. — Eu nunca tive um estágio, sabe? Talvez todas as portas se fechem se eu denunciar. É muito complicado, prefiro continuar tentando até esgotar todas as minhas possibilidades.

— É tão injusto...

— A vida inteira é. A gente não pode fazer muita coisa quando não tem poder. Nada que eu faço parece suficiente. Não é meu cabelo que vai me tornar uma boa funcionária, mas ninguém parece querer saber disso. — Ela o jogou para trás, instintivamente. Havia trançado os fios, o que destacava seu rosto e a deixava ainda mais bonita. Mas aparentemente advogadas não deveriam usar tranças.

— Você vai encontrar alguma coisa — falei. Sabia que aquelas palavras não adiantavam de nada, mas era difícil saber o que dizer. Eu só queria que o universo fosse menos cruel com todo mundo.

— Obrigada — ela respondeu, daquele jeito que as pessoas dizem quando não têm muito mais o que falar. Stephanie mudou de assunto, cansada. — Enfim... e a sua faculdade, como vai?

— Nenhuma novidade — falei, com tanta naturalidade que até me espantei. Andava mentindo tanto que já estava me acostumando. Às vezes era a realidade que parecia falsa.

Eu costumava odiar mentiras. Com o tempo, no entanto, acabei precisando delas e me tornando uma especialista. Não me orgulhava disso, mas às vezes era tão espontâneo que mal percebia.

Era incrível como tudo mudava de uma hora para a outra. E parecia que as coisas estavam prestes a mudar mais uma vez.

23

BERNARDO

Eu não conseguia me concentrar nas minhas tarefas. Os números tinham perdido o sentido.

Cecília estava sentada à minha frente, na mesa de jantar, lendo *A nuvem envenenada*, que eu havia emprestado a ela. Aquela menina lia na velocidade da luz. Parecia absorta pela história, com os cachos caindo no rosto. Seus olhos passeavam pelas linhas. Era difícil prestar atenção em qualquer outra coisa.

Fechei o caderno, marcando a página com a folha de exercícios que deveria concluir. Por baixo da mesa, coloquei meu pé em cima do dela, para chamar sua atenção. Cecília levantou a cabeça e sorriu, mas logo voltou à leitura.

Arthur Conan Doyle um, Bernardo zero.

— Pelo visto você está curtindo o livro — falei.

— É muito bom — ela respondeu virando a página, ainda concentrada. Nada tirava sua concentração de um bom livro.

— É mais interessante que eu? — provoquei. Ela colocou um marcador na página que estava lendo. Tinha quase me matado um dia antes, quando me vira dobrando a orelha para não perder o lugar onde havia parado.

— Nada é mais interessante que você — ela disse, roçando seu pé descalço na minha canela. Ela ia dizer mais alguma coisa quando um barulho vindo da cozinha a fez recuar. Cecília chutou minha canela, assustada. Dei graças a Deus que não tivesse acertado mais em cima.

Ela sussurrou um pedido de desculpas e tentou se ajeitar na cadeira. Abriu o livro e voltou ao ponto onde tinha parado enquanto Iasmin se aproximava.

— Tá de cabeça pra baixo — minha irmã apontou. Cecília virou o livro, com um sorriso constrangido.

Iasmin lançou um olhar desconfiado para nós dois.

— O que você quer? — perguntei para Iasmin.

— Ô, cavalo! Não posso me juntar a vocês?

— NÃO! — exclamamos ao mesmo tempo. Cecília me lançou um olhar desesperado. A cada tentativa de acertar, piorávamos as coisas.

— Q-quer dizer, pode... — Ela tropeçava nas palavras. — Mas não se for ficar falando o tempo inteiro.

A segunda parte saiu com mais segurança. Era impressionante como tinha se recomposto rápido.

— Vocês dois são muito nerds, credo.

— Você deveria estar estudando.

Minha irmã supostamente prestaria Enem aquele ano, mas se a conhecia bem, era capaz de se atrasar só para sair na primeira página do jornal.

Ela deu de ombros.

— Tenho mais o que fazer.

— Então vai lá.

— Prefiro ficar olhando pra sua carinha linda — ela disse, puxando uma cadeira ao meu lado e dando um tapinha no meu rosto. — O que você está estudando? — Iasmin quis saber, tentando puxar um dos cadernos.

— Nada que você vá entender — respondi, puxando-o de volta. Ela provavelmente abriria o caderno e zombaria da minha letra.

— Eu repeti de ano, mas não sou tão burra assim.

Tá, peguei pesado.

— Não é isso, é que nem eu entendo direito isso aqui — falei, tentando aliviar.

Iasmin ignorou meu comentário, encostou a cabeça na mesa e tentou ver o título do livro que Cecília tinha em mãos.

— Tá lendo essas baboseiras do Bernardo?

— É um livro muito bom, você deveria experimentar ler de vez em quando — respondeu Cecília, sem dar muita atenção a ela.

Arthur Conan Doyle vencia mais um round contra os Campanati. Daquela vez até eu torcia por ele.

Iasmin bufou.

— Qual é o problema de vocês dois?

— Qual é o *seu* problema? — Cecília perguntou, deixando o livro de lado. — Você só fica assim quando tem alguma coisa te incomodando.

— Eu achava que ser um pé no saco estava no sangue dela.

— É de família, idiota.

Não me orgulhava, mas às vezes parecíamos crianças de cinco anos. Tudo com muito amor, claro.

— Estou entediada — ela desabafou.

— Achei que você tinha muitas coisas pra fazer.

Sim, eu também provocava. Às vezes não resistia a tirá-la do sério. Coisa de irmão mais velho.

Iasmin respirou fundo, visivelmente incomodada.

— Vou treinar o golpe novo que aprendi no muay thai em você, moleque.

— Vocês dois podem ir se digladiar lá fora? Tô tentando ler aqui.

— Cecília… — chamou Iasmin, fazendo biquinho. Já disse que odeio biquinhos? — Vamos lá em cima? Quero falar com você.

Cecília se encolheu, algo nela se transformando de repente. Se minha irmã percebeu, não disse nada. Cecília me olhou um pouco aflita, sem conseguir entender. Deixou o livro para trás e seguiu Iasmin.

Não pude deixar de reparar que ela coçava os braços, com muita força.

CECÍLIA

Quatro palavrinhas: *quero falar com você*. Em mim, tinham o mesmo efeito de uma bomba-relógio. Era capaz de ouvir o tique-taque da contagem regressiva para a explosão de neuroses. Não importava o tom ou quem dissesse, aquela era uma das frases que eu mais odiava.

Era irracional, como quase todos os meus medos. Às vezes eu me sentia tão imersa em meus próprios pensamentos que era difícil distinguir minha imaginação fértil (pessimista) da realidade.

Quando Iasmin me chamou para conversar, um nome veio à minha mente: Bernardo. *Não é possível*, pensei. *Ela não tem como saber de vocês dois*. Mas a voz da razão logo foi abafada pelo diabinho da ansiedade, que trazia centenas de desfechos apocalípticos para uma simples conversa.

Aquilo me desgastava.

Talvez por isso eu não tivesse paciência para atividades físicas. Já queimava meus neurônios diariamente, não aguentaria queimar calorias também.

Iasmin fechou a porta atrás de si e me fez sentar na beira da cama.

— O Otávio me chamou pra sair. — Deixei escapar um suspiro de alívio. Ela achou que era por causa da novidade. — Eu sei, né?

Também fiquei assim. Tipo… finalmente! Agora que a gente voltou a ficar, acho que as coisas vão se encaminhar.

— Então por que você está irritada? — perguntei, relaxando um pouco.

— É que eu descobri uma coisa…

Sobre mim e Bernardo? Ah, meu Deus, eu sabia que não era boa coisa quando ela disse que precisávamos conversar.

Foco, Cecília, foco. Se fosse isso, ela não teria falado do Otávio primeiro. A menos que tenha feito isso só para te distrair.

Os dois lados do meu cérebro travavam uma batalha inútil. Queria poder desligar meus pensamentos. Aquela história estava me deixando mais insana que o normal.

— Ah, é? O quê? — perguntei, tentando demonstrar interesse.

— Lembra da Júlia?

— Como esquecer?

Júlia era uma das amigas de Iasmin com quem eu menos simpatizava.

Iasmin fez uma careta.

— Me escuta, por favor!

— Tá, tá… desculpa!

— Ela veio me dizer que o Otávio chamou ela pra ir no cinema e blá-blá-blá. Perguntou se eu ficava chateada, porque sabia que a gente tinha ficado, então queria me falar antes e tudo mais.

— Não acredito que ela disse isso — exclamei.

— Cecília, você está perdendo o foco! Não acredito que *ele* chamou a Júlia pra sair!

— Bom, não acredito nisso também, mas…

— O Otávio sabe que a gente é amiga… sempre via nós duas juntas no colégio! E agora convida ela pra sair? É muita cara de pau!

— Ela recusou, né?

— Meu Deus do céu, estamos falando sobre a mesma coisa? Quem se importa com o que a Júlia decidiu? Eu disse que não tinha problema se ela quisesse sair com ele. Se alguém me deve satisfação é o Otávio, não ela.

Iasmin caminhava de um lado para o outro do quarto, pensando no que fazer.

— Tô irritada, mas não deveria estar, sabe? A gente não tem nada. Quer dizer, ninguém falou de exclusividade, né? Ai, no tempo da minha avó tudo devia ser mais fácil. Enfim, você não entende...

Ela parou no meio da frase, percebendo o erro que havia cometido. Eu "não entendia" porque, para todo mundo, minha vida amorosa era digna de pena. Namorei por poucos meses o único cara que tinha beijado, que ainda por cima era ruim de cama. E também era um idiota que tinha contado vantagem quando terminamos, mesmo que não tivesse muito do que se gabar.

Para todos os efeitos, era a mesma coisa que nada.

Iasmin não sabia do Bernardo e eu ainda tentava decidir se deveria saber. Não estava pronta para descobrir se nossa amizade resistiria. Ela reprovava todas as garotas com quem Bernardo saía. O fato de ser sua amiga não significava que estava aprovada automaticamente para beijar o irmão dela.

Bernardo estava realmente me afetando. Tínhamos trocado alguns beijos escondidos durante a semana e eu já estava falando como se o casamento tivesse data marcada!

De qualquer forma, ela não sabia que eu entendia. Não fazia ideia de que eu também queria saber como chamar o que estava acontecendo entre nós dois, mas tinha medo de perguntar. Que eu queria saber se Bernardo continuava encontrando a garota que tinha levado para casa no outro dia, se pensava em mim quando não estava por perto ou se tinha contado algo aos amigos.

Claro que não, pensei. Aquele Alan parecia um babaca. Já podia até imaginá-lo fazendo piada com meu peso, zombando de Bernardo por ter escolhido a gordinha. Aquilo não tinha futuro.

Iasmin, por outro lado, era linda. Nenhum cara em sã consciência ia esconder. Ela tinha razão. Eu realmente não entendia como era.

— Desculpa.

— Tudo bem, você só falou a verdade — respondi.

— O que acha que eu devo fazer?

— Toda a minha experiência se resume a um namoro desastroso e livros da Meg Cabot. Tem certeza que quer saber minha opinião?

— Cecília!

— Tá bom... acho que você deveria contar que sabe, dizer como se sente.

— Mas não quero dar a impressão de que estou colocando o cara contra a parede — ela disse, parecendo dividida.

— Ah, Iasmin... você que sabe. Mas às vezes a gente só precisa dizer a verdade.

Odiei como aquele conselho também valia para mim.

24

BERNARDO

ACORDEI DE MADRUGADA COM A DISCUSSÃO NO QUARTO AO LADO.

Era como um despertador que tocava todos os dias no mesmo horário. Um bate-boca abafado pelas paredes, o bater de portas, os pés se arrastando pelo corredor — ultimamente o tapete do escritório era a cama oficial do meu pai.

Não sabia por que os dois se davam ao trabalho de continuar encenando, quando ficava cada dia mais óbvio o desprezo que nutriam um pelo outro. Mas o desprezo maior era eu quem sentia — nas semanas anteriores, tinha presenciado meu pai sendo grosseiro com minha mãe gratuitamente repetidas vezes. O casamento dos dois se sustentava em uma corda frágil, prestes a romper.

Às vezes as discussões ficavam acaloradas, e eu o ouvia chamá-la por nomes que nem queria repetir. Como se fosse ele que tivesse perdoado uma traição, como se fosse ele que tivesse ficado ao lado dela durante uma doença grave, como se fosse ele que tivesse desistido de uma bolsa de pós-graduação no exterior, e não o contrário. Minha mãe fazia incontáveis sacrifícios, mas meu pai nunca retribuía. Duvidava que ele teria aguentado tudo que ela passou nos tempos que meu pai sempre voltava para casa bêbado.

Quando ouvia os dois brigando, tinha vontade de entrar no quarto e dizer algumas verdades. Quando escutava o som da porta do escritório se fechando, desejava ter coragem suficiente para ir confrontá-lo. Mas só continuava deitado.

As paredes de casa eram finas, mas todo mundo fazia de conta que não sabia o que estava acontecendo. Os motivos das brigas eram sempre fúteis. Ele começava as provocações no jantar, com uma troca de farpas que minha irmã não percebia ou fingia ignorar. Acreditava mais na segunda opção, mas nunca dava para ter certeza.

Iasmin não era idiota, mas gostava de fazer os outros acreditarem que sim. Eu tinha quase certeza de que havia repetido o último ano de propósito, deixando a escola de lado para mostrar que não se importava tanto com aquilo, que concluir os estudos era só mais uma baboseira, porque no final todo mundo tinha o mesmo destino.

Ela tinha uma forma diferente de encarar a vida. Queria ser um pouco mais parecido com ela. Sempre me importava mais do que deveria, mas nunca conseguia tomar uma atitude.

Esperei um tempo, até não ouvir ruído algum. Levantei da cama e, sem pensar, calcei os chinelos e saí do quarto.

Sabia que ela deixava a porta destrancada. Precisava dela. Não só fisicamente; queria conversar. Queria contar meus problemas, por mais simples que parecessem quando comparados aos seus. Ainda não sabia muito a seu respeito, Cecília vivia escondendo coisas.

Inclusive nós dois.

Cecília era uma caixinha de segredos e mentiras, tentando encobrir as partes feias da vida e pintar uma versão melhor de si mesma para o mundo. Ela não queria que sentissem pena.

Talvez por ela mesma já sentir em nome de todo mundo.

Que se dane.

Abri a porta e a encontrei dormindo tranquilamente. Era bom pensar que ao menos alguém naquela casa conseguia descansar a cabeça no travesseiro e esquecer os problemas por um segundo. Entrei e encostei a porta atrás de mim, pensando se deveria acordá-la ou não.

Ninguém merecia mais descanso do que Cecília.

Tínhamos conversado muito durante a semana anterior. Quando tinha gente em casa, eu ficava estudando enquanto ela lia. Percebi que nunca fazia as tarefas da faculdade e que continuava sem ir às aulas. Ela acordava cedo, e quando eu voltava estava sempre assistindo a uma série ou lendo. Nunca mais mencionou a mãe e usava sempre as mesmas roupas, ainda que tivesse comprado novas. Como não falava muito sobre si, eu tentava descobrir mais observando.

Cecília sempre deixava o tomate no canto do prato e não comia coisas verdes. Apertava os lábios quando estava pensando no que fazer ou quando queria resistir a algo que eu dizia.

Além de livros tristes, gostava de histórias de mortos-vivos e filmes de apocalipse. Toda noite eu me juntava a ela para assistir algo na sala. Iasmin às vezes sentava com a gente, mas cansava no meio e ficava mexendo no celular ou até caía no sono.

A amizade das duas era incrível, mesmo com tantas diferenças. Cecília fazia minha irmã colocar os pés no chão, e Iasmin a deixava voar um pouco. Fazia eu me dar conta de que não tinha uma amizade daquele tipo.

Igor e Alan eram as duas pessoas mais próximas que eu tinha, mas eu os via apenas como colegas. Nunca conversávamos sobre coisas sérias e eu nem me imaginava fazendo isso, muito menos procurando algum deles se estivesse com problemas. Mas Cecília não hesitara em procurar minha irmã quando se vira diante de uma situação difícil.

O restante dos caras eram companheiros de noitadas, churrascos e coisas assim. Eu não costumava pensar muito nisso, mas embora sempre estivesse cercado de pessoas, era bem sozinho.

Decidi não acordar Cecília. Virei de costas para sair do quarto, mas estava escuro e bati o mindinho na quina da cômoda.

— Merda!

Tentei me equilibrar, repetindo baixinho todos os palavrões que conhecia.

— Bernardo? — Cecília se ajeitou na cama, sonolenta, então sentou. — O que está fazendo aqui?

Eu não sabia. Tinha ido até lá para vê-la e pronto. A princípio achei que queria conversar sobre meus pais, simplesmente ser ouvido, mas percebi que era mais. A gente conversava sobre várias coisas. Deixava muitos assuntos importantes de lado, mas não importava. Era bom poder usar a versão de mim mesmo que costumava deixar de lado. Acho que o mesmo valia para Cecília.

—Vim te ver.

Ela puxou o celular de debaixo do travesseiro e conferiu a hora.

— Às duas da manhã? — Cecília deu dois tapinhas na beira da cama, indicando que eu me aproximasse.

Ela chegou para o lado e deitou, levantando a coberta. Eu não queria pensar no que poderia acontecer, deitando ao lado dela de madrugada, mas foi o que fiz. Cecília nos cobriu e encostou a cabeça no meu peito. Era um gesto tão natural e terno que parecia que já tínhamos feito aquilo diversas vezes.

— Não queria te assustar.

—Você parecia o Edward Cullen, velando o sono de uma donzela indefesa no escuro.

— Achei que vocês gostassem desse cara.

— Eu não, ele era esquisito. Mas você até que fica fofo me olhando dormir — disse ela, apertando a ponta do meu nariz. — Assustador, mas fofo. Faz sentido?

Dei uma risada e Cecília cobriu minha boca, por causa do barulho.

— Desculpa — sussurrei.

— O Edward não dava tanta bandeira quanto você. — Cecília afastou o cabelo do pescoço. Eu não sabia se tinha sido proposital ou não, mas não resisti ao ver o pescoço dela na penumbra: dei um beijo e uma mordidinha leve. — Ai!

— Foi mais forte que eu — falei, puxando-a para um beijo terno e demorado.

Minha mão abriu caminho por baixo da blusa dela, acariciando sua barriga. Cecília logo a tirou de lá.

— Não — ela pediu, redirecionando minha mão para a perna. Por um segundo pensei que estava com medo de avançarmos, mas então entendi.

—Você é linda — falei.

—Você não veio aqui à toa — ela disse, mudando de assunto. — O que aconteceu?

— Meus pais.

— O que houve?

— Às vezes não entendo como eles ainda estão juntos — respondi. — Eu não aguentaria viver assim.

— Assim como?

— Sem nenhum respeito um pelo outro, sabe? Bom, na verdade estou falando do meu pai. Ele nunca soube dar valor à minha mãe.

— Quando eu era mais nova, achava que sua família era perfeita — Cecília confessou.

— Um alcoólatra adúltero é a receita para a perfeição mesmo — falei, com um toque de amargura na voz. Cecília me encarou, confusa. — Meu pai teve problemas com a bebida. É por isso que não gosto de beber, na verdade. Ele fez tratamento, mas lembro que ele e minha mãe viviam se estranhando por causa disso quando eu era criança. Ele quase perdeu o emprego, traiu minha mãe, teve um tumor no fígado. Ela aguentou tudo isso, mas às vezes parece que ele não lembra de nada.

— Iasmin nunca me falou a respeito — disse Cecília, parecendo culpada por ter pensado que éramos uma família de comercial de margarina.

—Acho que ela quase não lembra do meu pai assim. Sou pouco mais de um ano mais velho, mas sempre observei mais. A gente era muito novo na pior época. E em alguns momentos minha irmã vê meu pai como um herói, sabe? Ignora os defeitos dele. Na verdade, gosta de ignorar a realidade em geral.

— Acho que é por isso que somos amigas — respondeu Cecília, entrelaçando os dedos nos meus.

— Fico feliz que minha irmã tenha você.

Dei um beijo na testa dela e suspirei.

— Só queria que as coisas entre meus pais melhorassem.

— Sinto muito. Queria poder fazer algo. Gosto muito da sua mãe, ela não merece ser tratada assim.

— Ela te vê como uma filha. Você sabe disso, né?

— Ela tem sido muito melhor que minha própria mãe. — Havia um quê de melancolia em sua voz. — Nunca te contei o que aconteceu, né?

— Não precisa, se não quiser. Se for desconfortável pra você — falei.

—Acho que é a primeira vez que me sinto confortável pra falar sobre o assunto, na verdade. Das outras vezes que contei só… tive que me explicar. Sabe quando você faz porque precisa, não necessariamente por querer? Eu não estava pronta, mas algumas pessoas precisavam saber. Acho que só vai melhorar se eu falar a respeito. Faz sentido?

— Claro — respondi, enfiando os dedos entre seus cachos macios.

Então ela começou a contar sobre a traição do padrasto, a demissão, o fato de ter guardado segredo.

— Não queria que as pessoas achassem que eu era incapaz, que era minha culpa ter perdido o emprego... Claro que fiz tudo errado.

—Você não precisa se cobrar tanto.

— Não consigo evitar.

Então ela contou sobre como a mãe descobriu e a mandou para a casa da avó.

— É muito difícil acreditar que tenha reagido assim...

— Sei que tenho minha parcela de culpa. Não deveria ter mentido. Ela já estava com a cabeça cheia de problemas.

— Você cria justificativas pra tudo sempre ou só de vez em quando?

Cecília riu, triste, e se aconchegou ainda mais no meu peito. O silêncio preencheu o quarto. Pouco depois, ela tinha caído no sono em meus braços.

Aquele nível de intimidade era novo para mim — muito mais profundo e forte que sexo. Pouco depois, deixei meu corpo relaxar. A presença dela, o calor da sua pele contra a minha, tudo parecia novo.

Fechei os olhos e descansei em seus braços, dormindo tranquilo pela primeira vez em muito tempo.

25

CECÍLIA

Fazia tempo que eu não tinha um sonho bom.

Minhas noites eram preenchidas por pesadelos nebulosos, tão assustadores que quase pareciam reais. Eu costumava acordar durante a madrugada, ofegante, ainda fugindo do que quer que me perseguisse quando fechava os olhos. Às vezes temia ficar presa nos meus sonhos ruins para sempre.

Acordei com duas batidas na porta. Rolei na cama e senti o cheiro de Bernardo impregnado em cada parte dela — nos travesseiros, no lençol branco recém-lavado, na colcha que cobria meu corpo. Ainda sentia o peso do braço dele sobre mim, embora tivesse partido havia horas. Sua presença me dominava.

Não queria levantar. Sair da cama seria como me despedir daquela noite e encarar a realidade, que nem sempre era agradável.

Meu desejo era descomplicar tudo. Naquele espaço de tempo entre permanecer na cama e abrir a porta, minha vida permanecia descomplicada. Só conseguia pensar era no cuidado que Bernardo demonstrara comigo, nada mais.

Ouvi mais duas batidas.

— Já vou!

Peguei o celular debaixo do travesseiro e conferi a hora: dez da manhã! Era provável que Iasmin e Bernardo ainda estivessem dormindo, mas eu sempre acordava antes das oito. Levantei, esbaforida, buscando os chinelos cor-de-rosa pelo chão do quarto. Bernardo havia chutado um deles para perto da porta, e estava de cabeça para baixo. Minha avó sempre ralhava comigo quando acontecia, dizendo que eu "estava matando minha mãe". Eu os desvirava, desesperada.

Calcei os chinelos e abri a porta, cambaleando. Dei de cara com Sônia, a mão erguida para bater mais uma vez. Eu ainda estava vestindo meu pijama curto e velho e meu cabelo estava completamente desgrenhado. Minha aparência era ainda pior ao acordar.

— Bom dia, querida…

— Desculpa acordar tão tarde, eu…

— Não, não. Pode dormir o quanto quiser, você deve estar cansada — disse Sônia, me tranquilizando. — Eu que preciso me desculpar por te acordar.

— Está tudo bem?

Ela parecia apreensiva, e temi que tivesse descoberto sobre Bernardo. Minha ansiedade começou a trabalhar com eficácia, preenchendo as lacunas com teorias e preocupações. Eu não aguentava mais esse medo de que descobrissem meu segredo. Todo aquele raciocínio exagerado àquela hora da manhã e num espaço de tempo tão curto me deixou exausta.

— Sua avó ligou.

Todas as minhas paranoias foram direcionadas a outro tema — minha família. De repente, desejei ter continuado na cama, me alimentando do conforto que a presença de Bernardo havia proporcionado. Aproveitei aquela sensação por pouquíssimo tempo — meu cérebro logo tratou de se ocupar com os assuntos mal resolvidos da minha família.

— Aconteceu alguma coisa?

Minha avó e eu éramos próximas. Afinal, antes que minha mãe

se casasse, moramos em uma quitinete que meu tio havia construído no quintal da casa dela. Era apertada e sem luxos, mas eu gostava de lá. Havia manhãs em que acordava com cheiro de bolinho de chuva e ficava sentada à mesa da cozinha comendo todos de uma só vez. Algumas noites assistíamos novelas mexicanas na televisão de tubo. Vovó tinha pavor às nacionais, dizia que tinha "muita safadeza". Era fã da Thalia e não se importava que reprisassem os mesmo capítulos centenas de vezes durante a tarde.

Ela me fez vestidos de princesa com restos de tecidos do trabalho como costureira. Vovó me acolhia quando minha mãe ficava melancólica e me deixava dormir na sala, com a televisão ligada, se estivesse triste demais. Eu a considerava mais minha mãe do que a mulher que tinha me parido.

Vovó era semianalfabeta, mas exigia que eu estivesse em dia com a escola e me ajudava como podia com as tarefas de casa. Foi por ela, não por minha mãe, que estudei tanto para ser aprovada no vestibular.

De repente, uma pontada de culpa me atingiu por ter negligenciado a faculdade nas últimas semanas. Eu tinha uma dívida com ela. Era por minha avó que tinha conseguido entrar.

— Não, acho que não — Sônia disse, trazendo-me de volta à realidade. — Ela só queria que você fosse almoçar lá hoje. Tentou ligar para seu celular. Eu disse que você estava dormindo e que ia passar o recado. Não queria te acordar, mas sua avó comentou que almoça cedo. Pensei que precisaria de um tempinho para se arrumar. Fiz mal?

— Não, não. Obrigada. Desmaiei essa noite — falei.

— É bom colocar o sono em dia. A Iasmin que o diga! — exclamou Sônia, dando risada. — Eu ofereceria uma carona, mas preciso fazer um monte de coisa hoje.

Pensei em tudo o que Sônia já tinha feito por mim nas últimas semanas. Lembrei de Bernardo dizendo que ela me considerava uma filha. Abri um leve sorriso — tinha minha avó e ela, afinal.

— Não precisa se preocupar com isso — tranquilizei. — Vou de ônibus, estou acostumada.

— Tem certeza?

— Absoluta.

— Bom, era só isso. Vou me arrumar também, daqui a pouco tenho que sair para atender uma cliente. Você vai ficar bem?

Percebi a preocupação em sua voz. Ela não disfarçava sua confusão em relação à minha família.

— Ótima. Minha avó é legal, juro.

Sônia riu e seguiu em direção ao próprio quarto.

O grande problema é a filha dela, pensei, certa de que seria a primeira vez que conversaria com minha mãe depois de muito tempo. A expectativa me paralisava.

São Gonçalo e Niterói não eram muito distantes uma da outra — quando se tinha um carro. Se dependesse de ônibus, como eu, o deslocamento se transformava em uma peregrinação.

Uma hora e quinze minutos depois, saltei no ponto mais próximo à casa da minha avó, tendo tomado dois ônibus.

Eu tinha deixado Sônia ainda se aprontando e Bernardo e Iasmin dormindo. Não fazia a menor ideia de onde estava Henrique e não tinha um pingo de curiosidade, agora que sabia de tudo.

Contei as moedas no bolso do short jeans — duas de vinte e cinco centavos, uma de cinquenta e duas de um real. Eu amava moedas de um real, e uma delas era novinha e reluzente. Fiquei com pena de gastar, mas entrei na padaria em frente ao ponto de ônibus e pedi um sonho e uma cavaca — o primeiro para mim, o segundo para minha avó.

São Gonçalo era uma cidade de contrastes. Na esquina havia um belo salão de festas com fachada de vidro, mas poucos metros à frente *porcos* reviravam sacos de lixo rasgados por algum vira-lata faminto. Às vezes apareciam cavalos ou galinhas no meio da rua. De onde aqueles bichos saíam em uma cidade de mais de um milhão de habitantes eu não fazia ideia. Uma vendedora de picolés pediu licença para passar, mais à frente, um bar aberto para o almoço vendia frango assado embalado pela trilha sonora do pagode dor de cotovelo que saía do alto-falante.

Era tudo tão desordenado que chegava a ser reconfortante. Cresci naquele mundo, muito diferente do bairro de classe média alta com casas projetadas por arquitetos e decoradas por designers de interiores onde estava instalada.

Uma senhora passou ao meu lado e acenou. Aquela podia ser a segunda maior cidade do estado e estar a poucos quilômetros da capital, mas às vezes parecia que a maior parte dos moradores tinha sido picada por um bichinho interiorano.

Quando comecei a estudar no São João, odiava ser tão diferente das minhas amigas. Elas viajavam de avião, tinham os brinquedos e as roupas que queriam, moravam perto uma da outra e nunca precisavam se contentar com material didático de segunda mão.

Sempre me senti um ponto fora da curva. Mas de repente, quando me vi envolta por cheiros, sons e imagens tão normais na minha infância, me senti acolhida. Entendi que aquilo era parte da minha história e de quem eu era.

Quando cheguei à casa da minha avó, não precisei tocar o interfone. Enfiei a mão por uma fresta que havia no portão e puxei o trinco.

Eu estava em casa.

26

BERNARDO

QUANDO DESCI PARA TOMAR CAFÉ DA MANHÃ, ERA QUASE MEIO-DIA. Iasmin, para minha surpresa, já estava de pé e havia esticado um tapete de ioga no meio da sala. Ela estava parada numa posição engraçada.

— Desde quando você faz ioga? — perguntei, curioso com o novo passatempo da minha irmã. Cada dia a pirralha inventava uma coisa.

Ela mudou de posição de olhos fechados, tentando manter a coluna ereta e o ritmo da respiração. Quando perdeu o equilíbrio e caiu de bunda no chão, soltei uma gargalhada.

—Você me distraiu, seu babaca.

— Nossa, dá pra ver que esse negócio zen tá funcionando bem — provoquei. Iasmin bufou e desistiu daquilo. Enrolou o tapete e me seguiu até a cozinha. — Cadê a Cecília?

— Não está no quarto dela — respondeu minha irmã.

— Ela foi pra casa da avó. — Minha mãe apareceu na cozinha, jogando a bolsa e a chave do carro no balcão. — Acredita que fui encontrar uma cliente para que escolhesse *um chinelo*? Sério, um CHINELO!

— Ela o quê? — perguntamos em uníssono, ignorando os absurdos das clientes da minha mãe.

Iasmin me lançou um olhar esquisito, mas estalou a língua e quis saber:

— O que a Cecília foi fazer lá?

— Almoçar.

Iasmin parecia contrariada. Eu também estava um pouco incomodado com aquela história.

— E você deixou ela ir sozinha? — perguntei, apreensivo. — Podia ter me acordado, eu dava carona pra ela.

— Bernardo, pelo amor de Deus! A Cecília tem dezoito anos. Ela não é mais criança. O que deu em vocês dois?

Iasmin e eu nos entreolhamos. Senti que se minha irmã me encarasse um pouco mais, descobriria o que havia de errado comigo, por isso virei para minha mãe.

— Nada. Só que… Ah, é longe, né? Eu podia ter levado ela, não tenho nada para fazer — justifiquei.

— Um: você estava dormindo. Dois: eu precisava do carro pra trabalhar.

— Pra comprar um chinelo — corrigiu minha irmã.

— Para uma cliente. É trabalho — resmungou minha mãe.

— Me empresta a chave, vou lá buscar ela — falei, percebendo tarde demais quão esquisito tudo aquilo parecia.

Iasmin ergueu a sobrancelha esquerda, um hábito irritante que adquirira na infância e eu sempre tentara imitar, inutilmente.

— Bernardo, o que tá rolando? — perguntou Iasmin. *Droga.* Mais um motivo para acabarmos com o segredo: Cecília podia ser mestre da mentira, mas eu era péssimo.

Demorei alguns segundos para pensar em uma resposta convincente. Por fim, dei um suspiro e falei:

— Quando a gente foi buscar as roupas dela, a Cecília contou que a mãe almoçava com a avó aos sábados. E esses dias a gente estava estudando e ela me contou o que aconteceu entre as duas. Sei lá, só acho que talvez ela ainda não se sinta pronta para encontrar a mãe. Depois de tudo o que ela fez. Quer dizer... a mulher trocou a fechadura de casa. Deve ser doida.

Iasmin pareceu convencida pela justificativa. Minha mãe suspirou longa e pesadamente.

— É a família dela — disse, simplesmente.

— Acho que uma mãe que trata a filha desse jeito perde alguns direitos — rebateu minha irmã, com um toque de rancor em sua voz geralmente entusiasmada.

— Bom, de qualquer forma, não é da nossa conta. E não vou te emprestar o carro.

— Por que não? — perguntei, levemente indignado.

— Porque preciso dele. Se você tivesse aceitado que a gente te comprasse um quando passou no vestibular...

— Tá, tá, já sei — resmunguei, contrariado.

Às vezes me sentia um idiota por ter recusado. Eu não precisaria dirigir um hatch com um daqueles adesivos de família feliz na traseira do carro.

Mas eu tinha meus motivos.

Guardava praticamente todo o dinheiro que recebia dos meus pais desde os dezesseis anos para comprar um carro. Faltava pouco para ter o suficiente para comprar um Uno do início dos anos 2000, usado. Queria demonstrar responsabilidade em alguma coisa — e o carro foi a forma que encontrei de fazer isso. Minha mãe não gostava da ideia, especialmente por reclamar que eu sempre sujava o banco com restos de biscoito, além de mudar todos os retrovisores e afastar demais o banco do motorista. Ela dizia que não era nada de mais aceitar um presente dos próprios pais, mas não sabia o quanto era importante para mim sentir que era capaz de atingir meus objetivos com meu próprio esforço.

Depois de muita insistência, ela acabou concordando com a minha ideia de economizar para comprar um carro.

—Vocês dois são muito exagerados — minha mãe disse. — Puxaram do seu pai. — Eu e Iasmin rimos. Ninguém exagerava mais do que minha mãe. — Eu também não gosto muito da ideia, mas vai ficar tudo bem. Daqui a pouco a Cecília volta. É a família dela. O que podem fazer de tão ruim?

Na verdade, a pergunta era outra: o que poderiam fazer de tão ruim que ainda não tivessem feito?

27

CECÍLIA

QUANDO ABRI O PORTÃO, meu tio Edir estava arrancando ervas daninhas da horta. Na verdade, ele era primo da minha mãe — a mãe dele era irmã da minha avó e tinha morrido antes de eu nascer —, mas dava no mesmo. Vovó adotava todos os sobrinhos como se fossem filhos.

Ele parou de escavar e levantou o rosto quando eu o cumprimentei. Se apoiou no muro para levantar, tirou as luvas sujas de terra, bateu as mãos no short e estendeu uma para mim.

— E aí, sumida? — ele cumprimentou, secando com o braço uma gota de suor que escorria pela testa.

— A vovó tá aí?

— Tá todo mundo aí — meu tio disse, apontando com o queixo para a casa nos fundos.

O quintal era grande. Meu avós tinham conseguido comprar por uma mixaria anos antes, mas eu suspeitava que agora aquele terreno valia um bom dinheiro, pela localização. Minha avó nunca considerara vender.

Segui pelo caminho de cimento; a porta da quitinete que tinha sido meu lar durante anos estava trancada. Subi a pequena rampa que levava à casa principal e encontrei todo mundo reunido à mesa da varanda, exceto minha mãe.

Uma sensação de alívio me dominou. Ou ela ainda não havia chegado ou nem apareceria. Eu torcia para que fosse a segunda opção.

Dei um beijo em Célia, esposa de Edir, que estava sentada na cabeceira da mesa.

— E a Taís? — perguntei, querendo saber da minha prima favorita.

— Alguém chamou? — Taís apareceu na varanda, exuberante como sempre. Ela vestia uma camisa xadrez e tinha prendido o cabelo crespo no alto da cabeça. Atrás dela estava uma menina franzina que eu não conhecia.

— Que saudade! — exclamei, pulando no pescoço da minha prima.

— Você quer me matar, Cecília? — ela perguntou. — Conhece a Rafaela, minha namorada?

— Ai, não! Me chama de Rafa — a menina pediu.

Eu a puxei para um abraço, não sem antes perceber um olhar de reprovação da irmã de Edir, Eunice. Não me importei.

Rafaela era negra, de um tom um pouco mais claro que Taís, que tinha a pele da mãe.

— Você não me contou que estava namorando — ralhei.

— Você sumiu do mapa, não sei nada da sua vida também — reclamou minha prima.

— A gente pode comer antes de colocarem as fofocas em dia? — sugeriu Rafaela. — Tô morrendo de fome.

Gostei dela na hora.

Estava feliz por ver Taís e Rafaela em um dos tradicionais almoços de sábado da vovó. Quando minha prima soltou a "bomba", nem todo mundo foi muito legal com ela, mas era bom ver que minha família estava aprendendo. Quer dizer, exceto tia Eunice.

Ela levantou da cadeira para me dar um abraço e soltou:

— Cecília! Você tá mais fortinha...

Ah, como era bom rever a família!

Ela nem se dignara a dizer "oi, tudo bem?" antes. Não me surpreenderia se aparecesse com uma fita métrica tentando descobrir o quanto minhas medidas tinham aumentado desde a última vez que me viu.

Eu nunca tinha uma resposta espirituosa para momentos como aquele. Se tentasse falar algo, era provável que me chamassem de exagerada, "mas que você deveria cuidar desse peso, isso deveria".

Eu esperava pelo dia que alguém sacaria uma balança da bolsa e pediria para eu subir. As pessoas queriam tanto saber quanto eu pesava, deixar claro que haviam percebido que eu tinha engordado, que parecia que meu corpo era de domínio público.

Eu não tinha autoestima suficiente para lidar com os holofotes. As respostas afiadas só me ocorriam tempos depois de terminadas as discussões. Na hora, só abria um sorriso amarelo e desconfortável, enquanto meu cérebro trabalhava em novas maneiras de autodepreciação.

Era difícil ser espirituosa quando você mesma achava que gordas eram uma aberração da humanidade.

— Eu acho que ela está ótima, tia Eunice — interveio Taís, percebendo meu incômodo, talvez por ela mesma lidar com sua cota de comentários preconceituosos por dia. Sorri, agradecida.

Eu sabia que era mais que meu corpo, mas naqueles instantes sempre me sentia reduzida a ele — fora do padrão, estranha, indesejável. A referência do que ninguém queria ser.

Balancei a cabeça, tentando me recompor. Pensar demais naquele assunto só podia me desestabilizar.

— Sabe da vovó? — perguntei, desviando do assunto.

— Na cozinha, onde mais? — respondeu Taís.

— Está fazendo frango com batata — completou Célia.

— Minha comida favorita — falei, animada.

Antes de ir, ainda escutei Eunice comentar que toda comida era minha favorita. Respirei fundo e deixei para lá. Certas coisas eram impossíveis de mudar.

Quando entrei na cozinha, vovó Marília estava com a colher de pau na mão, provando o molho. Ao me ver, largou a colher em cima da panela e correu para me abraçar.

— Ah, você veio!

O abraço dela era a melhor coisa do mundo. O mais próximo que eu tinha de um lar.

Ela segurou meu rosto com as duas mãos e me encarou, atenta a cada detalhe, como se não me visse havia anos. Fazia pouco mais de dois meses que eu não a visitava, e *realmente* era uma eternidade. Eu não sabia que estava com tanta saudade até vê-la me olhar com tanto carinho.

Puxei minha avó para um novo abraço, com uma vontade inexplicável de chorar.

— Senti sua falta — falei. Era bom estar próxima da minha família novamente, ou da parte dela que jamais me deixaria na mão.

— Eu também — ela respondeu, acariciando meu rosto. — Estou preocupada com você.

Me afastei, como se as palavras dela queimassem minha pele.

— Não quero falar disso. — Ergui a sacola da padaria. — O sonho é meu.

Minha avó foi até o armário e guardou o saco.

—Vou esconder aqui até seus tios irem embora. Depois a gente come — ela disse, com uma piscadela travessa.

Fui ajudá-la com o almoço, algo que costumava fazer quando morava lá. Cortei e refoguei cebolas, vigiei o ponto da sobremesa e lavei a louça usada no preparo da comida.

— Como vai a faculdade?

— Bem — respondi. Então me dei conta que era mais difícil mentir para minha avó.

Eu tinha conseguido entrar em uma universidade de prestígio, em um curso concorrido. Minha avó sequer chegara ao ensino médio, e minha mãe largou tudo quando engravidou de mim.

Para todos os efeitos, eu tinha "dado certo", embora minha mãe não parecesse concordar — muito menos eu. Fazia duas semanas que não ia às aulas e estava certa de que repetiria todas as disciplinas do primeiro período.

Será que eu poderia ser expulsa da faculdade por isso?

—Você parece preocupada — ela disse, trazendo-me de volta à realidade.

—Tem muita coisa acontecendo.

— Deveria vir morar aqui.

Considerei de novo a hipótese por alguns segundos. Se aceitasse, era como se concordasse com a atitude da minha mãe de me mandar passar uns tempos com a minha avó, como se desse razão a ela. Não ia ceder.

— Por enquanto não.

Em silêncio, abri o armário e peguei algumas travessas para servir o almoço. Minha avó entendeu aquilo como um ponto final na conversa.

— Pode colocar isso na mesa? — ela pediu, estendendo a travessa com frango e batatas. Tremendo um pouco, segui até a varanda com a comida.

Eunice me observava enquanto eu apoiava a travessa no centro da mesa e arrumava a toalha.

—Você não se parece em nada com a Luciana — ela disse. Cerrei a mandíbula. Ela estava mesmo a fim de ser desagradável. — Na sua idade, sua mãe era alta, magrinha… tinha um cabelão, batia quase na bunda!

— Na minha idade, minha mãe estava grávida. Eu estou na faculdade — rebati, sem paciência.

Eu estava furiosa, e responder à provocação não fez com que me sentisse melhor.

— Não foi isso que eu quis dizer...

— Mas foi o que disse — respondi; a tensão que pairava entre nós era palpável.

—Ah, Cecília, eu só estava dizendo que talvez você pareça com seu pai e...

— Eu não tenho pai.

— Claro que tem! Você não nasceu de geração espontânea.

As veias do meu pescoço saltaram. Eu não sabia se Eunice agia daquela forma por pura maldade ou falta de noção. Talvez uma mistura de ambas.

— Eunice, não piora as coisas — interveio Célia, que assistia nossa troca de farpas estupefata.

— Eu só fiz um comentário... — Eunice soltou um suspiro resignado.

—Tem muita gente nessa casa que podia viver sem eles — resmungou Taís, mas acho que fui a única a escutar.

— Desculpa, tá? Não foi por mal. É que você parece pouco com sua mãe, só isso.

Eu já tinha ouvido aquilo diversas vezes. A única coisa que tínhamos em comum eram os cabelos cacheados, quase crespos. Ainda que minha mãe não fosse um exemplo no quesito maternidade, aquilo me incomodava. Eu não parecia fisicamente com ela, o que significava que era a cara do meu pai. Era estranho saber que existia alguém por aí que tinha fornecido metade dos meus genes e de quem havia puxado a maior parte das minhas características, mas que nunca tinha conhecido.

Respirei fundo e balancei a mão no ar, como se espantasse algo invisível. Não queria que aquele almoço se tornasse insuportável. Estava ali por minha avó.

— Desculpa também, só estou nervosa — falei.

Eu estava cansada de pedir desculpas por meus sentimentos. Às vezes tinha a impressão de que fazia isso o tempo inteiro.

— Tudo bem, Cecília — disse Célia, bem mais compreensiva que a cunhada. —Vamos mudar de assunto. Como vai a faculdade?

— Ah, ótima — menti pela segunda vez naquele dia. Era a única coisa por que as pessoas se interessavam? — As aulas começaram há pouco tempo, ainda não dá pra falar muito.

Dei meia-volta para buscar os pratos e talheres. Queria muito que aquela tarde fosse apenas sobre minha avó e eu — bom, Taís e Rafaela também eram bem-vindas —, mas já que teria que lidar com o resto da minha família desajustada, precisava de um tempo para organizar os pensamentos.

Me recostei no armário da cozinha, repetindo aquele exercício idiota de respiração que tinha aprendido na internet. Às vezes funcionava, mas em momentos como aquele, eu achava que meu cérebro ia inflar e todos os meus pensamentos explodiriam com ele, atingindo quem estivesse à minha volta.

Depois de me recompor, peguei os pratos e talheres e voltei para a varanda.

Estava arrumando a mesa quando ouvi o barulho do portão batendo. Me virei para conferir quem tinha chegado em cima da hora para o almoço.

Então a vi, de jeans e camiseta, parecendo mais serena do que nunca.

Minha mãe, de mãos dadas com Paulo.

28

BERNARDO

RESOLVI SAIR DE CASA PARA FUGIR do olhar inquisidor da minha irmã. Se ela continuasse a me encarar daquela forma, eu acabaria dando com a língua nos dentes.

E não podia fazer isso antes de conversar com Cecília.

— Aonde você vai? — perguntou Iasmin quando me viu pegar as chaves de casa e calçar os chinelos.

— Encontrar o pessoal na praia — menti. Eu pretendia ir à praia, mas sozinho. Precisava de um tempo para mim.

— O Otávio vai?

— Não — respondi. — Ele não é meu amigo, é amigo do Alan.

Iasmin torceu o nariz, perdendo o interesse. Estava prestes a sair da sala quando deu um passo para trás e me encarou.

— O que foi?

— Se você tá ficando com uma garota sem definir nada... Tipo, se você vai só ficar com ela, se pode ficar com mais gente, essas coisas, sabe? — Assenti. — Bom, se essa garota pede pra você definir o que vocês têm, você ia se sentir pressionado?

Sabia que ela estava se referindo ao Otávio, que não tinha nada a ver com Cecília, mas foi impossível não fazer a relação. Será que eu ia me sentir pressionado se ela quisesse entender melhor o que nós dois tínhamos, definir aquela relação? Droga, agora eu também queria saber o que a gente tinha.

Mas nossa relação era diferente. Duvidava muito que, se tivesse a oportunidade, Otávio ia se esgueirar até o quarto da Iasmin só para conversar.

Tentei pensar como ele. Ou como eu mesmo, embora não me sentisse mais o mesmo.

— Você é péssima em formular frases, sabia? — disse apenas.

— Ah, não ferra, Bernardo! Tô aqui falando sério, abrindo meu coração... — Ela temperou a fala levantando o dedo do meio.

— Desculpa, tava zoando.

— Responde minha pergunta!

— Olha, não dá pra saber de fora. Mas acho que se alguma coisa te incomoda, se você sente que o que está rolando é importante, abre o jogo. Se ele pular fora, tudo bem. Mas não fica numa coisa que tá te fazendo mal, tá?

Iasmin pareceu analisar meu conselho e agradeceu, saindo do meu caminho em seguida.

Fui para a praia. Eu precisava ver o mar e pensar nos conselhos que andava distribuindo. Gostava de ficar sozinho, talvez porque nem sempre estar acompanhado significava me ver livre da solidão.

O mar estava calmo, sem ondas. Passei muito tempo na água. Às vezes me perguntava o que queria da vida, para onde estava indo, o tipo de coisa em que a gente se pega pensando de madrugada, quando ninguém pode entrar na nossa cabeça e ver o quanto é uma bagunça.

Quando eu era moleque, achava que já saberia tudo quando saísse da adolescência. Só gente grande ia para a faculdade, só quem fosse esperto o bastante. Mas me sentia mais moleque do que nunca. Eu podia ser bom em cálculo, mas não adiantava nada se não conseguia calcular meu futuro. Não tinha mais nenhuma certeza.

Saí da água e resolvi voltar para casa a pé. Estava cheio de areia e completamente encharcado. Saí da rua da praia e segui para a avenida principal. De repente, um cinquecento vermelho parou ao meu lado e alguém baixou o vidro do carona. Roberta estava ao volante.

Ela acenou e destravou as portas.

— Entra aí!

Minha casa ficava a poucas quadras de distância, e eu sabia que entrar naquele carro era uma péssima ideia. E não só porque minhas pernas eram compridas demais para ele.

— Não precisa — falei, continuando a andar. Roberta tirou o pé do freio e me acompanhou devagar.

— Como assim? Te dou uma carona. Tô te devendo uma... — ela disse, deixando o resto da frase em suspenso, mas dizendo tudo com o olhar.

Eu precisava fugir o mais rápido possível.

— Deixa pra próxima, não quero sujar seu carro.

— Cara, se você quer que eu dê o fora, precisa ser mais direto — ela falou, com um sorriso irresistível.

Pensa na Cecília, pensa na Cecília, repeti para mim mesmo dezenas de vezes, tentando afastar a tentação.

— Não te vi na chopada semana passada — ela disse, ainda com o vidro abaixado.

— Tava muito cheio — desconversei.

— Achei que você ia mandar mensagem.

— Não deu...

Dava para entender por que ela esperava que eu tivesse dado sinal de vida na chopada, ainda que não houvesse prometido nada. Me senti meio idiota, mas o sentimento veio e foi embora na velocidade da luz.

— Achei que você tinha gostado do encontro.

Suspirei, cansado.

— Foi ótimo, Beta, mas tô com outras coisas na cabeça.

Tipo uma garota de cabelos cacheados que dorme na porta quase ao lado da minha toda noite. Mas eu não queria compartilhar Cecília com ela ou com mais ninguém. Primeiro precisava saber o que tínhamos.

Não havia tido nenhuma iluminação depois daquele tempo todo na praia tentando pensar no futuro.

—Você vem ou vai ficar andando no sol quente? — perguntou Roberta mais uma vez.

Minha casa ficava a poucos metros da praia, mas realmente estava cansado de tanto andar pelo calçadão e correr na areia. Talvez fosse o sol fritando meu cérebro ou a influência de Cecília e seu jeito de pensar demais em tudo que estavam me fazendo demorar para responder.

Cecília. Minha mente sempre voltava a ela, mesmo quando eu não queria. Ainda que naquele momento eu tentasse, a todo custo, afastar seu nome da cabeça e me concentrar em Roberta, sua oferta de carona e o que havia nas entrelinhas.

Me senti no fogo cruzado.

Parecia que eu estava num episódio de desenho animado, quando o personagem tem uma decisão importante e difícil a tomar, que pode mudar o rumo de toda a história. No ombro esquerdo, um anjinho sussurrava em meu ouvido para não fazer aquilo, porque só ia criar problemas. Do outro lado, estava o diabinho que só pensava no prazer momentâneo. Ninguém precisaria saber, e não era nada de mais, era?

Nos desenhos, o diabinho quase sempre vencia. E não foi diferente naquele caso.

— Certo, vamos lá — falei, abrindo a porta do carona e sentando ao lado de Roberta, que me cumprimentou com um beijo perigosamente próximo da boca.

O que eu esqueci foi que, se você ouvia o diabinho, acabava se ferrando no final.

29

CECÍLIA

Minha mãe cumprimentou todo mundo com dois beijos na bochecha. Paulo deu um aceno geral e se recostou na mureta.

Ver os dois juntos fez meu sangue ferver.

Não havia nenhum exercício de respiração que me fizesse manter a calma naquele instante. Senti a mão da minha avó tocar meu ombro e me perguntei por que ela não me dissera que os dois estavam firmes e fortes de novo. Talvez porque minha mãe nem houvesse contado que eles tinham se separado. Talvez por imaginar que eu já soubesse.

Talvez porque fosse óbvio.

Minha mãe me deixou por último.

Nos encaramos por um tempo. Era como olhar para meu reflexo em um espelho quebrado, depois de muito tempo sem ter coragem de passar na frente de um. Conhecia a pessoa à minha frente, mas não a *reconhecia*.

De repente fui invadida por uma torrente de memórias.

Eu e minha mãe correndo naquele mesmo quintal, quando eu ainda era criança, brincando juntas. Ela me dando banho de mangueira.

A primeira vez em que me levou ao cinema, para assistir alguma animação que já nem lembrava mais. Ela tinha feito pipoca em casa e levara o saco e uma garrafinha de refrigerante que comprara no mercadinho da esquina escondidos dentro da bolsa. A pipoca estava murcha, mas tinha sido um dos dias mais felizes da minha vida.

Pequenos momentos que me fizeram lembrar que, lá atrás, eu e minha mãe tínhamos sido amigas. Mãe e filha. Então veio Paulo e tudo mudou.

No início ele me tratava como a filha que nunca tivera, me enchendo de presentes e brincando comigo. Mas o tempo foi passando e Paulo queria a filha *dele*, que nunca veio. Esse ressentimento fez nossa relação mudar, e logo começaram as brigas e discussões intermináveis.

Eu sabia o quanto o casamento dos dois era importante para ela. O quanto havia esperado por aquele tipo de "segurança". Mas um relacionamento daqueles era difícil de compreender. E por causa da intromissão dele, que deveria ter ido embora fazia tempo, eu e minha mãe estávamos em pé de guerra mais uma vez.

— Cecília — cumprimentou ela, sem muita emoção na voz. Me senti idiota por responder com a voz chorosa. Podia sentir as lágrimas se formando em meus olhos.

Queria abraçá-la e pedir desculpas por ter mentido, mas nada do que eu fizera justificava trocar a fechadura de casa.

Ela era minha mãe, apesar de tudo. Acima de tudo. E, embora eu me sentisse descartável, algo que ela sempre deixava de lado quando não estava disposta a lidar, não queria deixar nossa relação desmoronar daquele jeito, só por falta de comunicação.

Ao mesmo tempo, queria pegar a bolsa e ir embora, deixar para lá. Mas não faria isso à minha avó.

Minha mãe me deu um beijo desanimado na bochecha.

—Você parece bem.

Queria captar um fio de emoção, qualquer um, para me agarrar a ele, mas não conseguia sentir nada vindo dela. Apenas vazio, decepção.

Vovó olhou para nós duas, também decepcionada com a situação.

— Oi, Paulo — falei, tentando dissipar a tensão entre nós, mas meu padrasto apenas acenou com a cabeça.

— Como você está? — perguntou minha mãe, me medindo da cabeça aos pés.

Um lixo. Arrependida por ter feito burrada. Triste por você ter virado as costas para mim a troco de nada.

— Indo — falei.

—Você deveria vir pra cá em vez de dar trabalho para os outros.

— Cecília não dá trabalho para ninguém — interrompeu minha avó. — Minha casa está aberta, querida. Mas você fica onde quiser e *for bem-vinda* — ela completou.

— Obrigada, vó — falei. Minha mãe não disse mais nada.

— Pode ficar lá em casa também, se quiser — completou minha prima, que tinha alugado uma quitinete recentemente.

—Ah, não, não quero atrapalhar vocês duas — falei, apontando para ela e Rafaela com o garfo, o que fez Eunice engasgar com a comida. Ela achava que as duas ficavam jogando paciência quando estavam sozinhas?

Minha mãe não abriu a boca. Olhei para meu padrasto de esguelha. As coisas entre nós já não estavam boas fazia muito tempo, mas tinham ficado ainda piores depois que eu descobri — sem querer, quando ele deixou todas as janelas do navegador abertas — que traía minha mãe.

O almoço foi silencioso. Toda conversa que Célia ou minha avó tentavam engatar morria segundos depois. Ninguém estava no clima para bate-papo.

Peguei minha mãe me olhando entre uma garfada e outra.

Quando acabamos, recolhi os pratos e me ofereci para lavar a louça, com ajuda da Taís e da Rafa. Quanto mais me mantivesse ocupada, menos chances teria de desabar.

—Você esqueceu esse — disse minha mãe, colocando um copo na pia. Ela pegou um pano de prato e começou a secar a louça. Eu não disse uma só palavra. Ela limpou a garganta. — Precisamos conversar.

Minha mãe deu uma olhada na minha prima e na namorada, pedindo com o olhar para se afastarem. Elas saíram de fininho.

Larguei a louça na pia e lavei as mãos. Puxei o pano de prato que ela segurava e sequei. Então virei as costas e fui para a sala.

— CECÍLIA! — minha mãe ralhou, me seguindo. — Não seja infantil.

— Infantil? Mãe, sério, se tem alguém sendo infantil aqui não sou eu — respondi.

Eu tinha passado as semanas anteriores esperando. Qualquer coisa, qualquer gesto, por menor que fosse. Queria que me procurasse, o que não aconteceu. Tudo o que ganhara fora uma fechadura trocada. E agora ela queria conversar?

— Cecília, eu…

— Eu queria pedir desculpas, mãe — falei. — Errei em ter mentido sobre o trabalho e ido embora antes de me explicar. Fiquei com medo, tanto medo… — Senti um aperto no peito, mas respirei fundo e continuei, por mais difícil que fosse. — Mas eu tô cansada. Cansada de ser mandada pra casa da minha avó quando estou dando trabalho. Só queria que minha mãe aparecesse e… e… me escutasse… mas você nunca escuta! Eu passei em casa, sabia?

— Em casa?

— Semana passada. Fui lá com o irmão da Iasmin buscar umas coisas, mas não consegui abrir… Aí descobri que você trocou a fechadura. Pra quê, mãe? Então eu vi... vi que meu medo não era infundado...

— Cecília, eu...

—Você nunca quis me ter, sei disso — falei, sentindo um aperto cada vez mais forte. Era como se alguém tivesse arrancado meu coração com as próprias mãos e apertasse sem parar. — Não pedi pra estar aqui. Mas meu pai foi embora, você foi embora e...

Parei, sem saber o que dizer. Ela parecia prestes a falar alguma coisa, rebater um dos meus comentários, mas então me senti fraca e sentei. Estava tonta, com o ar preso na garganta. Mais uma onda incontrolável de desespero vinha, e eu não tinha onde me agarrar.

De repente ela sentou ao meu lado, parecendo preocupada.

—Você continua sentindo essas faltas de ar? — perguntou, segurando minha mão. Eu a puxei de volta. Não queria olhar para ela, não queria falar com ela. O motivo *era* ela. Se fosse embora e me deixasse em paz, talvez eu conseguisse voltar a respirar.

Um soluço se formou, depois outro e mais outro. Não estava preparada para vê-la.

Entre lágrimas, concordei. Abri a boca, tentando falar alguma coisa, mas era como se faltasse oxigênio. Eu me encolhi, abraçando o próprio corpo, cravando as unhas na pele. A dor era excruciante. Nenhum lugar doía, mas *tudo* doía. Era a pior sensação do mundo, e tudo o que eu conseguia fazer era me balançar para a frente e para trás, olhando para o vazio. Era tudo na minha cabeça. A dor era toda na minha cabeça, mas isso não a tornava menos real.

Quando consegui encará-la, depois de um longo e terrível momento de paralisia, vi uma faísca da mãe que parecia me amar acima de todas as coisas. Acima de um marido traidor, acima de qualquer besteira que eu fizesse.

— Me desculpa...

Sua voz era triste, mas eu não sabia se por me ver daquela forma ou por se sentir culpada. De qualquer maneira, as desculpas dela não me interessavam.

Minha avó surgiu na sala e correu até mim quando viu que eu tentava puxar o ar com todas as minhas forças.

— O que aconteceu?

Minha mãe levantou como uma criança assustada, saindo de perto de mim e deixando aquela parte desagradável da tarefa para alguém mais esperto.

— E-eu... eu não sei! Tentei conversar, ela começou a gritar comigo e... e depois estava assim...

Minha avó segurou meus braços e sustentou meu olhar.

Eu tentava fazer o maldito exercício de respiração, mas não funcionava. Me sentia tão, tão vulnerável.

— Ela vai ficar bem? A gente precisa ir ao médico? — minha mãe perguntou. Minha avó tentava me tranquilizar, ignorando o desespero da filha. Inspirava e expirava, indicando que eu a imitasse.

— Isso... isso...

— O que ela tem?

— Acho que é um ataque de pânico.

— Ela precisa voltar para casa — sussurrou minha mãe, enquanto conversava com vovó na cozinha. As duas tinham me deixado na cama, mas eu não queria ficar por lá. Precisava ir embora. Ir para casa. Uma casa diferente daquela que minha mãe estava falando.

— Você não pode obrigar ela a nada, Luciana.

— Mas...

— Sem "mas". Você fez besteira, agora precisa corrigir. E não vai conseguir desse jeito, obrigando a menina a voltar para aquele apartamento.

— Ela claramente não está bem e...

— E de quem é a culpa?

Minha mãe se calou. Vê-la discutir com minha avó a respeito do meu destino me incomodava. Mais uma vez, tentava definir o que eu deveria fazer, sem nem me ouvir.

Entrei na cozinha, pouco preocupada em disfarçar que estava ouvindo a conversa. As duas pararam, ligeiramente assustadas, e me encararam.

— Você está melhor?

— Onde está o Paulo? — perguntei.

— Pedi que ele fosse para casa. Todo mundo foi — esclareceu minha avó. — A Tatá não queria te deixar, mas achei melhor ela ir também. Muita gente em volta é pior.

— Bom, eu também vou pra casa — respondi.

— Ah, que bom, vou pegar suas coisas e...

— Mãe, eu vou pra *minha* casa, não pra sua.

Aquilo saiu tão naturalmente que eu mesma me surpreendi. Tinha acabado de chamar a casa da Iasmin de minha. E era verdade — me sentia mais à vontade em uma casa que não me pertencia do que perto dela, que havia me magoado tanto.

— Não seja ridícula, Cecília...

Quis protestar, mas não tinha forças. Minha avó interveio.

— Luciana, vai pra casa. Peço um táxi para deixar Cecília no lugar onde está morando desde que *você* a expulsou. Por uma bobagem, aliás.

— Eu não a expulsei de casa — disse minha mãe, parecendo ultrajada com a acusação.

— Trocar a fechadura agora é o quê? — rebateu minha avó, irritada. Minha mãe não pareceu satisfeita, mas suspirou resignada.

— Vocês precisam resolver isso e Cecília precisa ver essas crises, mas não hoje.

— Obrigada — sussurrei para minha avó, que me abraçou de

forma protetora. Então virei para minha mãe e disse: — Preciso de uma cópia da chave nova da sua casa. Quero buscar minhas coisas que ficaram lá.

Minha mãe jogou um chaveiro de borracha com o emblema do Colégio São João na mesa.

— Toma, pode ficar.

Então ela foi embora, sem dizer adeus.

— Tem certeza que não quer que eu te leve pro pronto-socorro? — perguntou minha avó, antes que eu entrasse no carro para ir embora. — Isso não é normal.

— Foi só estresse, vó — respondi. — Passou. Eu juro.

Ela não pareceu convencida, mas me deixou ir. Na verdade, nem eu estava. Durante todo o percurso até a casa de Iasmin, só conseguia pensar nas palavras da minha avó. *Ataque de pânico*. A definição que dera para aquelas crises constantes que me atingiam vez ou outra pairava acima da minha cabeça. Fazia sentido. Muito sentido.

Antes de sair, minha avó me deu um pouco além do suficiente para uma corrida de táxi e pediu que eu me cuidasse. Assenti, feliz por não precisar voltar de ônibus quando me sentia tão exausta e desnorteada. Aquele almoço havia sugado todas as minhas energias.

— É ali, onde o carro vermelho está estacionado — informei ao motorista. Será que havia visitas? O taxista parou do outro lado da rua e eu paguei a corrida.

Saltei do táxi, ansiosa por um banho e um cochilo. Estava muito, muito cansada.

Então vi quem estava dentro do carro — e meu mundo desabou pela segunda vez naquele dia.

30

BERNARDO

— Não, Roberta — falei, afastando-a.

— Não o quê? — perguntou ela, se inclinando para me beijar mais uma vez.

— Não de "não quero", "não dá", "não posso" — respondi, tentando abrir a porta do carro. Um táxi branco contornava a vizinhança naquele momento.

De repente Cecília estava lá, olhando para dentro do carro com a expressão vazia. Parecia incapaz de se mover.

— Merda — amaldiçoei, lutando contra a porta travada do carro.

— O que foi? — Roberta perguntou, sem entender o que estava acontecendo. Cecília virou de costas e tentou abrir o portão.

— Destrava isso.

— Não antes que você me diga o que está acontecendo — disse Roberta, parecendo séria. — O que deu em você?

— Foi um erro, foi tudo um erro. Tenho outra pessoa e quero fazer dar certo. — Olhei para o lado de fora. Cecília já tinha entrado em casa. *Droga*.

Ouvi os sons das portas destravando.

— Cai fora — ordenou ela, me expulsando. Não precisou pedir duas vezes.

Abri o portão e disparei pelo gramado. Iasmin estava deitada em uma das espreguiçadeiras no deque da piscina e levantou, preocupada.

— O que houve?

Não respondi. Entrei em casa e disparei escada acima, abrindo a porta do quarto de Cecília.

Naquele curto espaço de tempo, ela conseguira subir, abrir o armário e jogar metade das roupas no chão. Se movimentava de um lado para o outro, tirando tudo dos cabides.

— VAI EMBORA! — gritou, jogando um travesseiro na minha cara. — Sai da minha frente!

Horas antes eu estava naquele mesmo quarto, deitado na cama ao lado dela, observando-a dormir tranquilamente. Agora, ela estava abrindo a mala e jogando as peças lá dentro de qualquer jeito.

— Cecília, eu posso explicar...

—Você não tem que explicar nada. A gente não tem NADA. Eu fui o quê? Sua obra de caridade?

Eu me aproximei, tentando alcançá-la.

— NÃO ENCOSTA EM MIM! — ela berrou, se esquivando. Seus braços estavam arranhados, como se tivesse entrado em uma briga com um gato e perdido. Parecia desolada e fora de si. Eu estava completamente atordoado.

— Ela que me beijou e...

— Ela que te enfiou naquele carro sem camisa também?

— Fala baixo! — pedi, pensando na minha irmã.

— Me deixa! — ela disse. — Se quiser posso gritar mais alto. NUNCA MAIS vou pisar aqui, entendeu? NUNCA MAIS.

— Não é isso, é que a...

Fui interrompido quando uma segunda voz feminina soou atrás de mim, confusa.

—Alguém pode me dizer o que está acontecendo? — perguntou Iasmin, irritada.

Era *isso* que eu estava tentando evitar.

Cecília parou o que estava fazendo. Seu olhar disparou entre Iasmin e eu. Ela estava furiosa, mas também assustada.

— Agora não, Iasmin…

— Agora sim!

Ótimo. Era tudo de que eu precisava.

— Seu irmão é um babaca, é isso.

— E qual é a novidade?

— Ai, não ferra, Iasmin — resmungou Cecília.

Meu olhar passeava entre as duas.

—Você — disse Iasmin, apontando para mim —, vem comigo. E você, Cecília, não vai a lugar nenhum até a gente conversar, tá entendendo?

O tom dela era ameaçador. Cecília recuou, concordando.

Segui minha irmã pelo corredor. Ela abriu a porta do próprio quarto e a trancou assim que entramos.

O quarto era tão cor-de-rosa que dava náuseas, resquício do início da adolescência, quando minha irmã ficou obcecada com a cor e fez meus pais redecorarem todo o cômodo. Eu não sabia como ela conseguia dormir sem ficar com dor de cabeça. Paredes, cortinas, puxadores, era tudo rosa!

Iasmin me encarava de braços cruzados, esperando que eu dissesse alguma coisa.

Eu *era* um idiota. Não deveria ter entrado naquele carro, para começo de conversa. Mas me afastei assim que Roberta me beijou.

Ah, que se dane! Não tinha justificativa. Eu havia estragado tudo e ponto. Queria fazer a coisa certa com Cecília, mas havia estragado tudo. E agora me via obrigado a contar à minha irmã a verdade — ou parte dela. Não fazia a mínima ideia de como ela reagiria.

— A Cecília me pegou beijando a Roberta.

— E…?

— E aí que eu estava ficando com a Cecília...

— VOCÊ O QUÊ?!

Iasmin partiu para cima de mim, desferindo tapas, como fazia quando éramos crianças. Só que dessa vez estava *realmente* furiosa.

— Ai, ai!

— Eu tinha... que quebrar... sua cara... seu idiota!

Protegi o rosto e implorei:

—Você disse que a gente ia conversar!

— Isso foi antes de você dizer que traiu minha melhor amiga! *Hein?!*

— É com isso que está preocupada? — perguntei, baixando a guarda, ligeiramente surpreso.

— Lógico. Quer dizer, eu tô bem bolada por terem escondido isso de mim, mas agora estou me concentrando no detalhe de que... meu... irmão... é... um... idiota — ela disse, me dando soquinhos a cada pausa.

— Cara, você é louca.

— O que você tem na cabeça, Bernardo? Ar? Não é possível, você entrou em engenharia na federal e não consegue raciocinar! Tem noção do que fez?

— Na verdade, não — respondi. Tudo tinha acontecido tão rápido que eu não fazia ideia do que estava acontecendo.

Iasmin suspirou, tentando se acalmar. Então sentou na cama e disse, exausta:

— Não acredito, sabe? Não consigo acreditar que você seja tão idiota. Olha tudo o que a garota tá passando, cara. Pra que brincar com os sentimentos dela, hein?

— Eu não...

— Cala a boca e me escuta, você não tem direito de falar nada. Desde quando estão ficando?

—Você disse que...

— Ah, não é para ficar dando desculpas. Mas vai ter que me explicar tudo, cada detalhe. Como não percebi isso antes, meu Deus?! Sou muito lerda mesmo.

Respondi cada pergunta que Iasmin fez, mas não havia muito a contar. Ela fez uma intervenção ou outra, com xingamentos ocasionais, mas na maior parte ouviu o que eu tinha a dizer. Parecia atenta à minha versão da história, mas não abandonava o olhar de julgamento.

— Cecília gosta de você — Iasmin disse, simplesmente.

—Você sabia disso?

— Não, ela nunca falou. Mas conheço a Cecília. Se ela arriscou nossa amizade escondendo isso de mim, gosta de você. E não é pouco.

Me joguei na cama ao lado dela.

— É.

— O que você vai fazer?

— Não sei. Ela não vai querer me escutar.

— Não mesmo — Iasmin disse. — Aliás, nem deveria. A Cecília já passou por poucas e boas, não precisa de mais problemas. Você sabe, você *viu* isso, o que torna tudo pior. Ela não consegue lidar com mais decepções, já teve sua cota.

— Mas…

— A Cecília só teve um namorado na vida, Bernardo. Ela pode estar desiludida, mas é romântica. Tem medo de se envolver.

— Ela gostava desse outro cara?

— Do Gabriel? Não. Ela só… sei lá. Era meio necessidade, sabe? Acho que a Cecília sempre acreditou que não tinha ninguém pra ela. Sempre faz pouco de si mesma, aceita o que vier. Ele estava ali, ela queria saber como era, então pronto. Sentiu falta dele quando acabou, tinha ciúmes, mesmo o cara sendo um idiota. Mas não gostava dele.

As palavras de Iasmin pesaram sobre mim.

— Não sei o que me deu, sabe? Eu não queria ter pegado carona com a Roberta, mas acabei fazendo isso. Eu não queria me envolver com ninguém, mas com a Cecília é diferente. Tô meio assustado com isso, queria provar pra mim mesmo que não era nada, mas... na hora que a Roberta me beijou só pensei nela. Na Cecília. Empurrei a garota na hora, sabe? Não queria, senti que era traição, mesmo a gente não tendo nada definido. Então a Cecília apareceu.

— E a Roberta deve ter ficado bem bolada também — pontuou minha irmã. Assenti. — Ah, Bernardo, sei lá. Vocês dois são uns idiotas, sabia? Estão complicando as coisas. Vou tentar ajudar, mas não acho que vai funcionar. Não agora. Você vai precisar esperar a poeira baixar.

Era o que eu temia.

31

CECÍLIA

A QUITINETE ESTAVA MUITO DIFERENTE de quando eu morava lá. Havia apenas uma cama de armar, um fogão de quatro bocas e uma geladeira pequena.

— Falei com sua mãe — disse vovó, tocando meu ombro. — Seu tio vai passar lá amanhã com um amigo dele que faz carreto, pra pegar sua cama, seu armário, essas coisas... — Ela parou por um instante, depois completou: — Pedi pra ela deixar tudo arrumado. Não se preocupa.

Assenti. Estava muito cansada.

Arrastei a mala de rodinhas até o canto, pensando o que faria para tornar aquele lugar meu mais uma vez. A cama estava aberta, forrada com um lençol fino. Mais tarde, minha avó trouxe um ventilador e itens de higiene pessoal: toalha, xampu, condicionador, sabonete, pasta de dente e escova.

— Se você quiser ir lá pra casa, é só dizer — ela lembrou.

Eu não queria. Vovó tinha um quarto confortável arrumado para mim, mas precisava de um espaço só meu, não queria ficar perto de ninguém.

— Obrigada, vó.

— De nada, querida. Estou aqui pra isso.

Ela fechou a porta, me deixando sozinha.

Deitei na cama desconfortável. O colchão era fino, e eu conseguia sentir o estrado de metal contra minhas costas. A cada movimento, um rangido.

Como se não bastasse, minha mente se recusava a ficar quieta. Me sentia uma idiota por ter dito que não voltaria para a casa da minha avó e, no fim da noite, ter batido à sua porta de mala e cuia. Como se não bastasse, agora sabia que havia perdido meu tempo com alguém que só fingia se importar comigo.

Aquela parecia ser a história da minha vida. Confiar em gente que virava as costas para mim na primeira oportunidade.

Às vezes achava que Deus só podia estar rindo da minha cara no céu.

A imagem de Bernardo preenchia meus pensamentos. Sorrindo. Iluminado pelo luar. Sem camisa. Deitado ao meu lado. Me puxando para um beijo inesperado. Ele, ele, ele. Tudo era Bernardo, lembranças boas e ruins.

Como poucos dias podiam ter feito um estrago tão grande? Uma semana antes, ele nada mais era do que uma ideia, um amor platônico que eu nunca pensara que pudesse se tornar real. De repente tinha sido sugada pelo encanto dele, me apaixonando por cada pedacinho que me mostrava. Em pouco tempo estava hipnotizada, mas era tudo parte de um jogo. Eu acreditava fácil demais nas pessoas, em seus sentimentos. Tinha necessidade de fazer parte de algo.

Eu sentia um vazio. Quando fechava os olhos, ele era preenchido por cenas que eu gostaria de esquecer. Como Bernardo podia ter feito aquilo comigo?

Ele não me devia nada, eu sabia. Mas não pude me controlar. O que tinha visto me dilacerara, eu mal conseguira olhar para ele. Mal conseguira me expressar. Quando entrei no quarto, queria quebrar tudo, como eu mesma estava quebrada por dentro.

Iasmin veio falar comigo antes que eu saísse, para tentar me convencer a ficar, dar uma chance para que Bernardo se explicasse.

— Ele foi um babaca — ela disse. — Mas pode explicar.

Eu não queria que explicasse nada.

Se por um centésimo de segundo eu achasse que sua resposta tinha algum sentido, cederia. E não queria ceder. Já havia cedido demais.

Não queria ceder porque sabia que entregaria tudo o que ainda tinha nas mãos dele, só para me decepcionar de novo. Era como funcionava comigo. Eu sempre era deixada para trás, tendo que recolher os pedaços do que quer que fosse. Dessa vez, não permitiria.

Uma sensação cresceu dentro de mim. Algo amargo, uma dor pulsante, vinha de dentro para fora. Sabia que meu corpo ia se rasgar a qualquer instante se eu não fizesse alguma coisa, qualquer coisa.

Minhas unhas se cravaram na pele, tentando expurgar aquele sentimento, mas não era o bastante. Eu me concentrava no caminho que elas faziam, na ardência que aquilo produzia. Eu podia me concentrar na dor, podia controlá-la.

Mas era uma dor leve. Eu ainda podia sentir tanta coisa. Podia sentir tudo.

A falta de um pai, a traição do meu padrasto, a incompreensão da minha mãe, a decepção com Bernardo. Tudo caía sobre mim, mostrando quão difícil eu era. Como era impossível me amar.

O desespero aumentou, uma sensação de sufocamento que subia pelo meu peito e se alojava na minha garganta. Me sentia presa e anestesiada. Já tinha doído tanto que era como se alguém tivesse tirado toda a minha capacidade de sentir. E eu não sabia o que era pior: sentir tudo de uma vez ou nada.

Abri a mala e joguei tudo no chão, tentando encontrar o que procurava: o estilete lilás que usava para apontar o lápis de desenho.

Fiquei um tempo olhando para ele, pensando em como tinha gostado do lilás quando comprei. Pensando em como fazia tempo que não apontava um lápis ou como mal desenhava ultimamente.

Pensando em como tinha me perdido em tão pouco tempo.

Descartei a primeira lâmina, que estava suja de grafite, enrolando no papel higiênico e jogando no lixo. Destaquei a segunda e segurei entre os dedos, na altura dos olhos. Não dava para ver meu reflexo nela.

Abri minha bolsa e encontrei um vidrinho de álcool em gel. Andava com ele para cima e para baixo. Joguei uma gota no metal e esfreguei, para desinfetar. Cortei o polegar sem querer.

Por um segundo, eu me senti bem. Não bem de verdade, mas pelo menos voltei a sentir alguma coisa.

Mas não era suficiente. Eu precisava sentir mais. Se continuasse daquele jeito, ia desaparecer.

Sentei no chão e ergui o vestido, exibindo a coxa nua. Sem pestanejar, tracei uma linha reta com a lâmina. Meus lábios se comprimiram de dor. Eu finalmente senti uma dor que podia controlar.

Sentada no banco de madeira da Igreja Batista que minha avó frequentava, me senti vigiada. Minhas costas doíam e ainda podia sentir a ardência na coxa. Eu não cabia naquele banco, não cabia naquele lugar.

Quando ainda morava com ela, ia à igreja todos os domingos, frequentava a escola dominical e tudo mais. Minha mãe sempre achara perda de tempo, então quando nos mudamos para Niterói, aquilo acabou.

Lembro que costumava gostar da igreja, me sentir acolhida. Não mais.

Era como se todos soubessem o que eu havia feito. Eu sentia a respiração quente dos outros próxima ao meu pescoço. Sentia que o sermão do pastor era sobre mim, como se Deus tivesse contado todas as besteiras que tinha feito.

Eu me sentia exposta, invadida.

Levantei do banco e segui para o pátio, com a desculpa de beber água. Precisava de ar.

Entrei no banheiro e me fechei em uma das cabines. O som de um hino do *Cantor Cristão* passava pelas frestas da porta, chegando até onde eu estava.

Há uma terra de prazer...

Sentada na tampa da privada, levantei o vestido e olhei para aquela linha fina mais uma vez — rosada, ainda recente.

... morada dos que creem...

Apertei a pele machucada. Ardeu um pouco, mas fui atingida pela vontade de repetir aquilo.

... o dia eterno reina ali...

Enterrei a cabeça nas mãos, com um suspiro profundo de dor e desespero. Queria tanto resolver as coisas...

... tristezas nunca têm.

Queria tanto que aquelas canções fossem reais.

Parte 2

Podemos conversar? Juro que posso explicar tudo.

Por favor, não me ignora.

Fui um idiota. Me escuta, por favor?

Desculpa.

Você me excluiu???

32

BERNARDO

Alan fez alguma piada atrás de mim, mas não ouvi. Estava tentando prestar atenção no professor, que corrigia os exercícios da revisão na lousa. Os números dançavam diante de mim, sem fazer sentido algum.

Pressionei os dedos contra a testa, tentando em vão me concentrar.

Tinha visto Cecília aquela manhã. Sempre que a via percebia como o tempo era traiçoeiro. Às vezes os três meses que haviam passado pareciam pouco, comparados àquela semana intensa que passamos juntos. Às vezes três meses pareciam uma eternidade, enquanto aquela única semana havia evaporado junto com qualquer chance de mostrar que a valorizava.

Eu a vira sentada no pátio, conversando com uma garota de cabelo azul. As duas comparavam anotações, e Cecília oferecera um biscoito para a colega. Pelo menos tinha começado a fazer amigos na faculdade.

Três meses eram pouco para superar o erro que tinha virado minha vida de cabeça para baixo.

Já fazia mais tempo que ela tinha deixado minha casa do que o tanto que ficara lá, mas eu ainda podia senti-la em cada cômodo. Às vezes, quando ouvia meus pais discutirem de madrugada e perdia o sono, fugia para o quarto de hóspedes, o quarto *dela*, e dormia lá.

Me perguntava se também tinha saudade.

Eu me sentia bobo fazendo aquilo, porque sabia que era culpa minha. Mas talvez a gente não fosse necessariamente o que o outro precisava e aquilo estivesse fadado a acabar de qualquer forma.

Iasmin não falava dela — toda vez que se encontravam era longe da minha casa, em qualquer lugar onde eu não estivesse. Se Cecília cruzava comigo na faculdade, fingia que eu era invisível. Por um tempo, tentei me explicar, até que desisti. Ela não daria o braço a torcer.

Mas sempre que a via, ficava daquele jeito... distraído, fora de mim.

— Você me empresta suas anotações pra tirar cópia? — Alan perguntou no final da aula. Peguei o caderno e abri na parte de desenho básico. —Valeu, cara!

Eu o segui até a xerox e pedi a pasta de um professor que tinha deixado uma lista de exercícios para a prova. Parecia que todo o meu dinheiro ia parar nos bolsos do dono daquela copiadora.

Cheguei à conclusão de que deveria abandonar a faculdade, comprar uma máquina de xerox e abrir meu próprio negócio. Provavelmente era muito mais lucrativo.

— Tem uma festa na sexta e... — Alan começou a falar, mas logo o interrompi.

— Passo.

— Faz tempo que você não sai, cara. Que bicho te mordeu?

Naquele mesmo instante, Cecília parou em frente à xerox, acompanhada da mesma menina de cabelo azul com quem a tinha visto conversar de manhã. Ela sussurrou algo para a amiga e deu meia-volta.

— Nada — respondi, desviando o olhar. — Só não tô no clima.

Alan deu de ombros.

— Falaí, Serjão! — ele exclamou, cumprimentando o dono da copiadora. — Tira uma de cada página marcada, beleza?

— Dá um e vinte — respondeu o homem já na casa dos cinquenta anos. Alan contou as moedas e passou a ele, que logo depois voltou com as cópias e o caderno.

— Valeu, cara.

— Seu diploma tem que vir com meu nome impresso — resmunguei. — Eu te safo de tudo!

— É pra isso que servem os amigos, não?

Não respondi. Eu não sabia pra que amigos serviam. Desconfiava que não tinha nenhum.

— Bernardo, posso falar com você? — perguntou uma voz feminina, correndo para me alcançar. Era Graça, uma das minhas professoras.

— Claro! O que foi?

Ela estendeu um punhado de papéis e me entregou.

— Estou com um projeto de iniciação científica e pensei em você. Precisa fazer uma prova, claro, mas tem bolsa e acho que é um tema que vai te interessar. Isso aí — ela disse, apontando para os papéis — é o edital. Tem as instruções para a prova e outras coisas. Se precisar de ajuda me fala.

Passei o olho pela papelada.

— Vou dar uma olhada, obrigado por lembrar de mim — falei.

— De nada. Vamos trabalhar um pouco durante as férias, mas seria interessante para o seu currículo.

Assenti. Graça parou outra menina mais adiante no corredor e estendeu os mesmos papéis para ela. Eu fazia uma aula com ela, e todo mundo dizia que era um crânio.

Dei uma lida no edital, avaliando se tinha chance ou não de conseguir a vaga. Não havia pensado naquela possibilidade ainda — buscar uma bolsa de iniciação científica, incrementar meu currículo de alguma forma —, mas não era má ideia.

Com tanta coisa na cabeça, não tinha certeza se conseguiria dar conta de estudar para a prova. Estava com dificuldade de me concentrar, com a mente sempre voltando ao que não deveria. Mas aquela era uma motivação — ainda que pequena — para fazer algo diferente e investir um pouco em mim, em vez de ficar pensando nas besteiras que havia feito.

Na última página, havia uma ficha de inscrição. Sem pensar muito, preenchi. Mais tarde, deixei no escaninho da Graça, pensando que pela primeira vez em meses eu tinha algo a que me dedicar.

CECÍLIA

O inverno se aproximava com temperaturas mais amenas, me obrigando a trocar os vestidos e outras peças leves por roupas mais quentes. E as blusas de manga comprida eram muito úteis para mim.

Eu ainda me desdobrava em duas — quem as pessoas queriam ver e quem eu realmente era. Tinha me acostumado com a dupla identidade — evitava mentir, mas havia me tornado especialista em esconder o que não queria que ninguém visse. Como as cicatrizes nos braços.

Eu estava tentando seguir em frente, por mais frágil que fosse a tentativa.

Ir à faculdade era um exercício hercúleo, mas quase sempre conseguia. Às vezes simplesmente pegava o ônibus e descia em um ponto qualquer da cidade e ficava andando, só para fugir das minhas obrigações. Mas não era sempre, e se tornava cada vez mais raro. Eu estava me esforçando para encarar as coisas.

O que não era fácil, porque tinha muito com que lidar.

Ir à faculdade implicava esbarrar com Bernardo vez ou outra. Nos primeiros dias, ele insistiu, tentou se explicar, depois deixou para lá. Eu ainda não sabia o que me incomodava mais.

Aquela era uma das manhãs em que estava me sentindo mal. Tinha visto Bernardo duas vezes e tentava, a todo custo, afastar a imagem dele da minha cabeça. O sol fraco começava a esquentar. Minha pele coçava e ardia. Queria erguer as mangas, mas me contive.

—Você ouviu o que eu disse? — perguntou Paola, a única colega que fiz naquele semestre.

Sacudi a cabeça em negativa.

— Desculpa, estava distraída.

Pensando em como essa blusa está pinicando minha pele.

— Eu estava falando sobre iniciação científica.

Paola tinha cabelo azul e usava camisetas de séries de TV, animes, filmes de ficção científica ou com piadas internas que ninguém além de um seleto grupo entenderia. Eu me achava nerd até conhecê-la.

— Quê? Ficção científica?

— Não, tá surda? I-ni-ci-a-ção científica.

— O que que tem?

— Saiu um edital multidisciplinar. Estão aceitando alunos do primeiro período de desenho industrial. Começa durante as férias, mas parece uma boa.

— Por que você não se inscreve? — perguntei, desinteressada.

— Ah, não tenho tempo — ela respondeu. — Mas talvez você pudesse se inscrever, sei lá.

Olhei para Paola e dei uma risada, incrédula.

— Até parece.

— Ué, por que não? Tem bolsa. E sei que você está precisando de dinheiro. Não custa nada tentar... — Ela tirou um papel dobrado da bolsa em formato de pokébola. — Toma, eu tinha pego essa ficha para mim, mas desisti. É só preencher e colocar no escaninho da Graça. Sabe quem é, né?

Eu tinha uma vaga ideia. Os alunos a adoravam, mas eu só teria aula com ela no terceiro período.

Fiquei encarando o papel, considerando a possibilidade.

— Bom, preciso ir. Me manda uma mensagem dizendo se vai se inscrever, posso ajudar com o que precisar — ela se ofereceu, levantando e pendurando a bolsa no ombro. — Promete que vai pensar?

A folha parecia pesada em minhas mãos. Era uma oportunidade que provavelmente seria útil no futuro, quando precisasse buscar um estágio ou um emprego. Mas eu me sentia tão despreparada...

— Tudo bem, prometo — falei. Com um aceno, Paola partiu, me deixando a sós com aquele pedaço de papel.

Quando me dei conta, estava abrindo o estojo e sacando uma caneta para preencher cada campo em branco.

Não custava nada tentar.

33

CECÍLIA

— VOCÊ NÃO ESTÁ COM CALOR? — Rachel perguntou na tarde seguinte, enquanto eu puxava uma cadeira para sentar à mesa de um quilo onde costumávamos almoçar na época da escola.

Eu estava. Como era de praxe no fim de outono fluminense, o dia havia amanhecido gelado, mas o sol tinha dado as caras ao meio-dia e metade das pessoas havia tirado o casaco ou arregaçado as mangas. Eu não podia fazer nenhum dos dois, porque não queria que ninguém visse meus braços.

— Estou gripando — menti.

Rachel deu de ombros e pediu um refrigerante para a garçonete. Já tínhamos começado a comer, mas Iasmin ainda não tinha aparecido.

— Não acredito que ela está atrasada de novo — resmungou Rachel. — Daqui a pouco preciso ir pro escritório.

Rachel havia começado a estagiar no escritório de advocacia dos tios. Basicamente atendia telefonemas e tirava cópias, mas de acordo com seus pais era "uma ótima oportunidade para conhecer o dia a dia da profissão".

— Como está lá?

— O "dia a dia da profissão" — ela disse, fazendo as aspas com os dedos — é bem entediante se você for a menina da xerox.

Dei risada.

—Você passou aquele currículo pro seu tio? — perguntei, me referindo a Stephanie. Ela tinha conseguido uma vaga de estágio, mas o lugar pagava bem pouco e não era na área que a interessava. Os tios de Rachel trabalhavam com vara de família, que ela preferia.

— Passei, ele adorou. O contrato do estagiário vence em breve. Meu tio falou que vai ligar pra ela.

Suspirei, aliviada. Não custava ajudar uma amiga, já que não conseguia consertar minha própria vida.

— Muito obrigada — respondi.

Iasmin atravessou a porta do restaurante parecendo exausta.Vestia o uniforme do São João, com o casaco amarrado na cintura. O cabelo dourado estava preso em um rabo de cavalo frouxo.As pontas haviam ganhado novas cores, numa mistura de tons pastel: verde, lilás, azul e rosa. Rachel acenou e ela veio até a gente.

— Desculpa, desculpa — pediu, jogando a mochila na cadeira livre. —Vou ali pegar a comida e já volto.

Assim que saiu, Rachel se inclinou sobre a mesa e sussurrou:

— Não acha que ela anda meio estranha?

Olhei para Iasmin, que decidia se enchia seu prato com batata frita ou não.

— Deve ser por minha causa — respondi. — Quer dizer, desde que eu saí da casa dela as coisas ficaram meio esquisitas. Sempre que estou por perto algo parece… diferente, não sei. Enfim.

—Ah, isso eu percebi. Mas estava falando de outra coisa. Enfim, deve ser paranoia minha — completou Rachel, voltando a se concentrar na própria comida quando Iasmin se juntou a nós.

— Do que estamos falando? — ela perguntou, travando uma pequena batalha com um pedaço de bife.

— Estágio — Rachel respondeu rapidamente.

— É tão esquisito ver vocês duas nessa vida de adulta — disse ela, levando o garfo à boca.

— Nem é tão vida de adulta assim. Eu só vou pra faculdade... É tipo escola, só que não tem uniforme ou professor pegando no pé.

Iasmin engoliu a carne e apontou o garfo para mim:

— Duas vantagens. Ainda tenho que usar essa coisa — ela falou, referindo-se à camiseta da escola. Eu costumava odiar aquela roupa. Era quente e feia. Sempre que chegava em casa, estava fedendo a suor.

— Logo você chega lá — consolou Rachel. Iasmin deu um sorrisinho irônico.

— Ah, sei. Quando eu *finalmente* sair da escola, se é que vai acontecer esse ano, vou pegar minhas coisas e ir embora pra São Paulo.

— São Paulo? — perguntei, querendo saber qual era a ideia da vez.

— É, estou pensando em trabalhar com moda, e é em São Paulo que as coisas acontecem nessa área.

—Você poderia trabalhar com sua mãe — disse Rachel. Iasmin fez uma careta.

— Não quero. Quero fazer as coisas por minha conta. — Ela deu um suspiro e mudou de assunto. — Enfim, não é sobre isso que quero falar, tem outra coisa mais importante.

— Seu aniversário está chegando — dissemos, eu e Rachel, em uníssono.

Todos os anos Iasmin transformava seu próprio aniversário em um grande acontecimento, e queria que todo mundo estivesse sintonizado na mesma frequência.

— Pra onde você vai arrastar a gente? — perguntei, já me preparando psicologicamente para qualquer comemoração louca que tivesse em mente. Não tinha me saído muito bem nas anteriores.

— Lugar nenhum — ela respondeu.

Rachel me olhou com uma sobrancelha levantada, claramente confusa.

— Quem é você e o que fez com Iasmin Teles Campanati?

Estiquei o braço e fingi que verificava a temperatura dela. Iasmin fez uma careta e afastou minha mão da testa.

— Ai, deixem de ser idiotas! Não vou deixar passar em branco — ela falou, com uma nota de irritação surgindo em sua voz. — Só não quero fazer algo grande ou ir pra um lugar cheio de gente que não conheço. Além disso, o Otávio não gosta e...

— Ah, claro. O Otávio — repetiu Rachel, como se aquilo explicasse tudo. E, na verdade, explicava.

Os dois tinham começado a namorar fazia pouco mais de um mês. Tudo girava ao redor dele. Ninguém aguentava mais.

— Pode guardar sua reprovação pra você, Rachel — ela respondeu rispidamente. — Ele falou que não ia ser legal a gente ir pra noitada, agora que tô namorando. E acho que é verdade.

Rachel e eu nos entreolhamos. Queria dizer o que estava na ponta da língua, mas andava pisando em ovos com a Iasmin. Nossa amizade nunca esteve tão instável, e eu não queria comprar briga. Mas Rachel não tinha as mesmas reservas que eu.

— É seu aniversário, você deveria fazer o que *você* quiser — disse ela.

— Ah, Rachel, não tô no clima para grandes comemorações. Não foi decisão do Otávio, foi minha. Ele só me ajudou a encontrar uma solução — ela falou, contrariada.

Tentando impedir que uma discussão mais séria se desenrolasse, intervim:

— E qual é a solução?

Iasmin largou o garfo no prato.

— Fazer uma coisa simples. Tipo um churrasco. Já falei com

o Bernardo e... — Ela parou e me encarou, como se estivesse em dúvida se deveria continuar ou não. Desde que me mudei, Iasmin raramente tocava no nome dele. — Enfim, vai ser lá em casa. Você vai, né?

Respirei fundo e assenti, embora tivesse prometido a mim mesma que não voltaria lá tão cedo. Não podia simplesmente fugir da festa, com nossa amizade do jeito que estava. Forcei um sorriso, embora por dentro estivesse prestes a rachar.

— Claro, é seu aniversário — respondi.

— Ah, que bom. Não teria graça sem você — ela falou, suspirando aliviada.

Eu já começava a me desesperar.

Minha prima estava sentada na beira da minha cama tentando me convencer a ir ao shopping com ela.

— Tirando a faculdade, você não faz nada além de ficar trancada nesse quarto. Abriu uma hamburgueria ótima, e sei que você ama hambúrguer.

— Amo mesmo, mas não tenho dinheiro — falei. Minha avó me daria, se eu pedisse, mas não queria gastar o dinheiro dela com isso.

— É por minha conta. Por favor! — implorou Taís, fazendo cara de cachorrinho pidão.

— Ai, Tatá — respondi, cansada.

— Hoje é meu dia de folga, meu salário caiu ontem... Me dê a honra, por favor! — Taís trabalhava em uma loja de roupa no shopping durante o dia e à noite fazia cursinho. Ela já tinha mudado de ideia mil vezes, mas o curso do momento era enfermagem.

Eu não entendia como poderia querer ir ao shopping em seu dia de folga. Quando trabalhava na livraria, era o último lugar onde queria passear.

— A Rafa pode te dar essa honra. — Minha prima fez biquinho. — Eu tenho trabalho da faculdade...

— Hoje a Rafa trabalha, e faz tempo que não saio com minha prima favorita!

— Que também é sua única prima... — falei, revirando os olhos.

Dei graças quando meu celular começou a vibrar na mesinha de cabeceira. Era um número desconhecido ligando.

— Não vai atender? — perguntou Taís, olhando para o celular. Eu odiava falar ao telefone.

Depois de muito hesitar, atendi com um "alô" vacilante.

— Posso falar com a Cecília? — uma voz feminina pediu do outro lado da linha.

— Sou eu — respondi.

— Oi, tudo bem? É a Graça, professora da UFF.

Fiquei surpresa por um instante. Tinha preenchido a ficha de inscrição um dia antes e não esperava que ninguém entrasse em contato por, no mínimo, uma semana. Isso *se* entrassem. Em meu pessimismo, já imaginava que ninguém veria minha ficha, ou que seria descartada na mesma hora. Depois de tanto tempo à procura de um trabalho, já estava me acostumando a ser ignorada. Ouvir a voz dela, no entanto, me deixou um pouco animada. E ansiosa e apreensiva.

— Ah, sim, claro! Pode falar, estou ouvindo.

— Bom, querida, estamos marcando as entrevistas dos candidatos do seu período. Gostei do que você escreveu. — Havia um espaço para preenchermos nossas áreas de interesse e metas durante a vida universitária e depois dela. Aquilo me pegou de surpresa. Ela tinha gostado? Eu nem sabia muito bem o que tinha escrito, só preenchera como achara que pareceria melhor aos olhos de quem pegasse o papel. — Podemos nos encontrar amanhã às quatro? Se tiver aula, posso te dar uma dispensa.

Eu não precisava conferir nada — sabia que estaria livre. Não era como se muita coisa acontecesse na minha vida, como Taís tinha pontuado minutos antes.

— Com certeza. Onde?

Ela me passou as informações e pediu que eu chegasse com antecedência, caso algum candidato faltasse ou concluísse a entrevista mais cedo.

Após desligar o telefone, me joguei na cama, levemente satisfeita.

— O que foi? — perguntou Taís, ao me ver com um sorriso no rosto, coisa que não acontecia fazia tempo.

— Tenho uma entrevista na faculdade! Para uma bolsa — falei, quebrando minha própria regra de não contar coisas boas da minha vida com medo de que desaparecessem no mesmo instante.

Taís pulou pelo quarto.

— Ótimo, agora temos um excelente motivo para ir ao shopping — ela disse, me puxando pelo braço. Por instinto, segurei a manga da blusa antes que subisse. Minha prima não percebeu, claro.

Eu cedi. Ainda me sentia magoada e cansada, mas podia me permitir um segundo que fosse de normalidade, não? Podia sair com minha prima e me distrair. Podia tentar, e talvez as coisas começassem a melhorar.

34

BERNARDO

A REDOMA DE VIDRO ESTAVA NA MINHA CABECEIRA, lido pela metade. Depois que ela partiu, não tive coragem de devolver, mas tampouco conseguia retomar a leitura.

Cecília estava com meu exemplar de *A revolução dos bichos*, que havia pegado emprestado logo que concluíra *A nuvem envenenada*. Apesar de gostar muito de ler, meu ritmo era de tartaruga, especialmente em uma história densa como aquela. Me perguntava se ela tinha terminado o Orwell ou deixado de lado.

Resolvi recomeçar. Abri o volume e, logo na terceira página, encontrei um trecho sublinhado a lápis de forma quase imperceptível:

Acontece que eu não estava conduzindo nada, nem a mim mesma.

Logo abaixo, outro:

(Me sentia muito calma e muito vazia, do jeito que o olho de um tornado deve se sentir, movendo-se pacatamente em meio ao turbilhão que o rodeia.)

Eu não havia notado o destaque na primeira vez, muito menos como as citações eram tristes. Mais passagens estavam marcadas, então senti que lia junto com ela. Que, meses depois, Cecília me guiava através daquela história.

Fechei o livro, me sentindo idiota por perder tempo com aquilo.

Eu precisava estudar para as provas e para a seleção da iniciação científica, mas peguei meu celular e mandei uma mensagem para Igor e Alan, convidando os dois para sair. Queria me distrair.

Uma hora depois, estávamos reunidos num bar em plena quarta-feira.

— Olha quem saiu da toca — disse Igor, me cumprimentando com um aperto de mão.

— Ao contrário de vocês, eu estudo — respondi.

— E eu colo! — exclamou Alan, estufando o peito.

— Então cola mal, ou estaria fazendo todas as matérias comigo — provoquei. Igor deu uma risadinha.

Chamei o garçom e pedi petiscos.

— Por minha conta — falei para os moleques. — Tô me sentindo generoso.

Na verdade, eu estava me sentindo um merda. Se fosse legal com os outros, talvez começasse a me sentir melhor comigo mesmo. Eles deram tapinhas de agradecimento nas minhas costas. O garçom voltou com a comida, uma torre de chope para os meninos e refrigerante para mim.

Pensei em uma das citações que Cecília havia destacado, me sentindo vazio. Como eu tinha me tornado o tipo de pessoa que se sentia vazio numa mesa de bar no meio da semana?

Otávio apareceu do nada e puxou uma cadeira.

— Quem te chamou, moleque? — perguntei, em tom de brincadeira, mas ligeiramente incomodado. Embora agora namorasse minha irmã, ainda o achava meio babaca.

— O Alan — ele disse, pedindo mais uma caneca para o garçom e enchendo de chope.

Lancei um olhar para Alan que dizia "você vai se ver comigo". Odiava como Otávio tentava forçar uma amizade. Ele era oco, só falava de superficialidades. Não entendia por que minha irmã estava tão apaixonada por ele. Quando olhei para os outros dois, me dei conta de que eram iguais. Eu também tinha sido um dia?

Não me sentia como eles. Me sentia vazio, como se faltasse algo, mas não oco. Eram duas coisas diferentes. Era mais uma falta, uma ausência, enquanto ser oco era não ter nada a acrescentar.

— Minha irmã sabe que você tá aqui?

Ele parou com a caneca a poucos centímetros dos lábios, como se pensasse naquilo pela primeira vez. Depois de alguns segundos, bebeu e enxugou a boca com a palma da mão.

— Ela não precisa saber cada passo que dou.

— Engraçado que ontem você perguntou onde ela tava tipo... oito da manhã, na hora do colégio — dedurou Alan, que levou um cutucão de Otávio.

Às vezes era bom ter um fofoqueiro no grupo.

— Ah, é? — perguntei, erguendo a sobrancelha e analisando Otávio.

— O Alan é exagerado, eu só tava conversando com ela — respondeu o moleque, com a voz trêmula. Bancava o macho pra cima das mulheres, mas quando alguém o questionava, suas pernas logo começavam a tremer.

— Hum, tudo bem — falei, em um tom que dizia que não estava nada bem. —Você não liga se eu comentar com ela, né?

— Não, não.

Igor tratou de mudar o tom da conversa, falando sobre o estágio que tinha conseguido e um convite "irrecusável" para uma festa na casa de algum moleque cheio da grana em Camboinhas, regada a bebidas e outras coisas mais.

—Você tem que ir, Bernardo, vai ser irado.

—Vou pensar. Acho que tô sossegando um pouco.

Eles me encararam.

— Pô, cara, você não pode se aposentar assim — disse Alan.

— Aposto que tem mulher na parada — palpitou Igor. — Quem é que tá te pondo o cabresto, hein?

— Não tem cabresto nenhum.

— Mulher nenhuma me faz perder uma parada dessas aí — disse Otávio.

— É mesmo? — perguntei. — Minha irmã sabe disso?

Ele se retraiu. É, o cara tinha um pouco de medo de mim.

—Tô brincando — ele se justificou, sem graça.

Depois de um longo suspiro e um dia de muita reflexão, resolvi me explicar.

—Vocês não se sentem meio... incompletos às vezes? — perguntei.

— Cara, tu nem bebe e tá com esse papo? — provocou Alan, arrancando risadas do restante do grupo.

— Não, pô! Tô falando sério. Sei lá, a gente só faz essas coisas. Vai pra balada, fala de mulher... o que a gente tá fazendo da vida? Parece que só tem isso, tô meio cansado — desabafei.

— O cara pirou legal.

Me dei conta de que eles não entenderiam. Aquilo era tudo o que tinham, a vida parecia boa daquele jeito — não havia nenhum buraco para completar, coisas mais complexas ou preocupações. Estava tudo bem para eles no momento.

Será que algum dia deixaria de ficar?

Minha mente voltava ao livro que tinha pegado emprestado com Cecília. Não tinha nada a ver comigo, mas de alguma forma me afetara. Porque me lembrava dela.

E Cecília me lembrava que a vida podia ser um pouco mais que encontrar a galera no bar no meio da semana para uma conversa fiada. Que às vezes você tinha a sorte de encontrar alguém que era capaz de ouvir as questões existenciais que você tinha para compartilhar sem rir ou fazer pouco caso. Que amizade era muito mais que ir a festas — era arrombar portas por quem você se importava se fosse preciso. Havia algo além de beijos e amassos no carro. Era possível dormir ao lado de alguém por quem você morria de tesão sem rolar nada.

Cecília me mostrou em poucos dias que a vida era muito mais do que eu estava acostumado. E que, por ter me contentado com pouco até então, eu tinha estragado tudo por uma migalha.

35

CECÍLIA

Minha avó me levou para comprar um terninho. Um terninho!

Se comprar roupas comuns já me tirava do sério, aquilo me deixava ainda mais desconfortável.

—Vó, tenho certeza de que *ninguém* veste uma coisa dessas para tentar conseguir uma bolsa na faculdade — comentei.

— E você por acaso é todo mundo? — ela perguntou, naquele tom maternal típico. Só faltou completar com "se todo mundo se jogar da ponte, você se joga também?".

— É algo informal — tentei argumentar.

— Mas você precisa estar bem-vestida, e não com essas blusas largonas que coloca todo dia. — Ela me pegou pela cintura e me colocou de frente para o espelho. — Olha como fica bonita com essa saia e essa camisa!

Olhei para meu reflexo e me senti esquisita. Os botões estavam meio abertos no peito, e eu sentia que iam explodir se eu respirasse.

— Não quero pagar mico, vó. — O olhar dela murchou. Estava levemente decepcionada. Voltei a me olhar no espelho e me dei conta de que a saia preta até que não era tão ruim e ajudava a afinar a silhueta. — Vamos fazer assim: levo a saia, mas a gente escolhe outra blusa, certo? E nada de blazer.

Ela ponderou por um instante, mas acabou cedendo. Resolvemos bater perna pelo restante da rua da Feira, no centro comercial de São Gonçalo. Estava sempre lotada, com ambulantes gritando promoções e pessoas entregando panfletos de óticas, estúdios de tatuagem e lojas barateiras.

— Você não pode se atrasar — ela disse, olhando para o relógio. Era quase meio-dia e ainda não tínhamos escolhido uma blusa. Às três e meia eu precisava estar em Niterói, pronta para a entrevista.

Minha avó apontou para uma loja com uma manequim gorda na porta e eu torci o nariz. Embora Iasmin tivesse me provado que era possível encontrar peças bonitas de marcas plus size, eu ainda me sentia mal por não achar o que queria nas comuns.

A loja ficava em um dos muitos corredores estreitos do fim da rua, onde era possível encontrar lingeries, moda praia, trajes de festa e roupas de trabalho, tudo por uma pechincha.

Havia apenas uma vendedora dentro do estabelecimento, que estava vazio e não tinha muitos luxos — só araras de metal, um mostruário e uma estante atrás do balcão que ia do chão ao teto, com nichos repletos de roupas divididas por tamanho e dobradas dentro de sacos plásticos. O provador era protegido por uma cortina antiga, e a vendedora fazia as vezes de caixa.

As roupas na primeira arara eram todas de velha, então logo desisti de procurar. Mas minha avó era mais persistente — começou a fuçar todos os cabides à procura da blusa perfeita.

Ela parou, pegou uma e me mostrou. Era rosa, cor que eu raramente usava, mas muito bonita, um encontro perfeito entre formal e casual.

Contrataria a mim mesma se estivesse usando aquela blusa.

Exceto por um motivo: meus braços ficariam à mostra, assim como as marcas que começavam a cicatrizar. Ninguém contrataria uma louca que se cortava nas horas vagas.

— Rosa não é minha cor — justifiquei, pegando a blusa e colocando-a de volta na arara.

— Tenho em verde — disse a vendedora.

— Ah, pode trazer — respondeu minha avó, animada. —Você ama verde!

— Tá — cedi, sentindo o desespero crescer em mim. — Me vê a verde, então.

A vendedora vasculhou sua estante mágica e tirou de lá uma blusa idêntica à que estava no cabide, verde-água. Era linda. Meus dedos tocaram o tecido e eu morri de vontade de experimentá-la, mas o medo me dominava.

Entrei no provador e tirei a blusa de mangas compridas. Me sentia exposta, mesmo que a cortina me protegesse. Era como se a qualquer momento alguém fosse puxar o pano e me pegar no flagra.

Havia três linhas finas, com casquinhas se formando, na extensão do meu braço direito. Outras marcas mais claras também podiam ser notadas, olhando de perto.

Vesti a blusa, que caiu perfeitamente.

— Ficou bom?

— Um pouco apertada — menti.

— Tenho um número maior — gritou a vendedora, provavelmente preocupada com a comissão, que não seria grande coisa naquele dia sem movimento. Quis esganá-la.

— Me deixa ver — pediu vovó, abrindo a cortina sem cerimônias.

—Vó! — exclamei, escondendo os braços atrás do corpo.

— Ficou linda, adorei. Dá uma voltinha!

— Não temos tempo pra isso — falei, tentando agilizar. —Vou levar essa mesmo. Agora deixa eu me trocar.

Fechei a cortina. Com um suspiro de alívio, tirei a blusa verde-água e coloquei a que vestia antes.

Eu tinha que parar de machucar meus braços.

— Obrigada, vó, é linda.

— O melhor para minha princesa — disse ela, apertando minha bochecha.

Eu tinha certeza de que princesas não escondiam cicatrizes.

Eu estava sentada em frente à sala da professora Graça, contendo o impulso de roer as unhas. Não me sentia muito confortável perto de estranhos, e entrevistas me apavoravam. O processo seletivo dos calouros era diferente daquele aplicado aos veteranos — enquanto eles tinham que fazer uma prova para confirmar que estavam aptos, a gente passava apenas por uma entrevista. Sinceramente, preferia mil vezes uma prova. O relógio do celular marcava 15h32 quando a porta se abriu e Graça saiu da sala.

— Cecília — ela chamou. Havia duas meninas e quatro rapazes sentados ali, aguardando. Olhei para os lados e levantei. Minhas pernas suavam e o atrito entre as coxas causava incômodo.

Graça fechou a porta atrás de nós e sorriu para mim. Ela segurava uma prancheta de acrílico com uma série de fichas, que provavelmente pertenciam a alunos muito mais capacitados que eu.

— Pode sentar — ela disse, apontando para a cadeira vazia. Com medo de esbarrar em alguma coisa, sentei com cuidado e esperei pelas próximas instruções. Eu suava frio, e a blusa começava a ficar úmida logo abaixo dos seios.

Era o desespero me consumindo pouco a pouco.

Mantive os braços abaixados, com medo de que ela percebesse algo de errado. *Como se estivesse reparando nisso*, pensei. Mas era melhor não arriscar.

— Você deve ter lido sobre o projeto de pesquisa — ela começou.

— Sim, parece bem interessante — respondi, genuinamente entusiasmada. Era um projeto na área de ecologia e sustentabilidade que reunia estudantes de desenho industrial e engenharias mecânica, naval, de petróleo e gás e ambiental. — É uma área que me chama a atenção, tenho vontade de aprender mais para saber se quero me aperfeiçoar nisso.

— Ótimo! Você está no início do curso, então é óbvio que não tem conhecimento suficiente para muitas partes do projeto, mas a ideia é ter alunos de diferentes níveis trabalhando nele — ela explicou. — Gosto de introduzir os alunos à pesquisa desde o início do curso. A área acadêmica pode ser muito interessante.

Me imaginei no lugar dela anos depois, como professora universitária. Era uma possibilidade que eu conseguia visualizar. A primeira desde que voltara a assistir às aulas. Aquilo aqueceu meu coração.

— Por que escolheu esse curso?

Sentei em cima das mãos e me encolhi, pensando em uma resposta aceitável. Graça notou.

— Não precisa ficar nervosa, só espero interesse dos calouros. Estou à procura de alguém realmente apaixonado pelo que fazemos aqui. Gosto de ensinar.

Podia entender por que todo mundo na faculdade a elogiava. Graça parecia tão calma e acolhedora enquanto falava...

Fechei os olhos e pensei na minha mão passeando pelo papel em branco, em como desenhava em aulas tediosas, inventando novas formas para coisas que já existiam... Desenhar era o que eu sabia fazer, o que me trazia paz.

Às vezes eu tinha dúvidas se fizera a escolha certa. Gostava das linhas retas, do design inteligente, das formas, de me debruçar diante da mesa digitalizadora e inventar algo novo. Gostava da utilidade daquilo, de como os números eram aplicados para criar um desenho perfeito. Às vezes esquecia como tudo aquilo, de certa forma, me gerava prazer, era uma válvula de escape. Queria saber mais sobre tudo, compartilhar conhecimentos, descobrir meu lugar no mundo e na profissão que havia escolhido.

Então abri a boca e expliquei, da forma mais passional possível. Contei sobre minhas escolhas, sobre como me via assim que concluísse a faculdade e dez anos depois. Comentei as áreas que chamaram minha atenção logo de início e outras opções que cogitara quando estava prestando Enem. Graça ouvia tudo atentamente, fazia perguntas pontuais e anotava algo em seu bloquinho vez ou outra.

O tempo voou. Ao fim da entrevista, eu já não estava tão nervosa, mas era impossível não me preocupar em saber se tinha causado uma boa primeira impressão.

Ela se despediu com um aperto de mão firme e chamou o próximo candidato, um menino magrelo e comprido chamado Samuel, que usava óculos e camisa xadrez.

Antes de voltar para casa, sentei em uma das cadeiras vazias no corredor, fechei os olhos e fiz uma breve oração em agradecimento. A primeira em muito tempo.

36

BERNARDO

A SEMANA DE PROVAS PASSOU EM DISPARADA. Fiz cada questão com cuidado e atenção, preocupado em manter minhas médias aceitáveis.

Tudo o que eu fazia tinha um único objetivo: me sair bem na prova para a bolsa de iniciação científica. Havia saído a listagem dos candidatos e vários bons alunos concorriam à vaga. Sempre que tinha um tempo livre, eu estudava um pouco dos assuntos que iam cair, sem descuidar do restante das disciplinas.

Mas aquilo não seria suficiente para me garantir. Se eu reprovasse em alguma disciplina, minhas chances de bolsa iriam pelo ralo.

Eu não sabia muito bem a razão, mas queria aquilo mais que qualquer outra coisa. Precisava fazer algo útil para passar o tempo, para sentir que tinha um objetivo.

Objetivos. Era estranho pensar nisso, e a palavra soava engraçada em minha boca. Eu tinha planos, claro, ideias de como seria minha vida em alguns anos — trabalhando em alguma boa empresa, levando uma vida confortável como a que sempre tive, talvez com esposa e filhos, viajando para lugares diferentes e só.

Aqueles planos eram robóticos, o que todos esperavam que eu fizesse. Parte do manual para a vida que era distribuído a cada pessoa antes de pisar na terra — nascer, aprender, trabalhar, reproduzir, morrer.

Eu ainda queria aquelas coisas, mas não pareciam o bastante. Tinha que haver mais, algo que me motivasse a seguir em frente. E era hora de tentar descobrir o quê.

— Estudando de novo? — minha mãe perguntou ao me ver sentado na mesa de jantar, repassando mais uma lista de exercícios. —Vai ficar com dor de cabeça.

— Estou interessado numa bolsa — expliquei. — Me disseram que pode ser bom mais pra frente.

Ela puxou uma cadeira e sentou, observando enquanto eu somava números imensos na calculadora científica.

— Eu jamais entenderia essas coisas — disse ela, encostando a mão no queixo, admirada.

— É tudo lógico — falei. — Faz sentido, por isso é legal.

— Quem disse?

— A natureza. A matemática está em tudo. É perfeita.

Minha mãe fez uma careta.

— Não gosto de perfeição.

— Fico me perguntando como *você* consegue. Nada no seu trabalho faz muito sentido pra mim.

— É só ajudar as pessoas a construírem uma imagem delas mesmas — minha mãe respondeu. — É um pouco subjetivo, claro. Preciso conversar com os outros, descobrir o que têm em casa, como se veem e como gostariam de ser vistos. Encontrar um meio-termo entre bem-estar, conforto e imagem sem perder a identidade. Nenhum cliente é igual ao outro. Apesar de saber que você não entende muito o que faço e de seu pai achar uma bobagem, é algo que gosto de fazer. É roupa, é superficial, mas... é uma forma das pessoas se sentirem melhores com elas mesmas. Não é uma ciência nem nada disso, não é exato. Cada um tem muitas facetas, e eu tento explorar isso ao máximo para ajudar a encontrarem um estilo próprio.

— Então você acha que isso é ajudar as pessoas a criar uma identidade?

— Sim, em parte. Mas só você pode criar sua própria identidade. A roupa certa pode ajudar a transmitir um pouco mais de segurança, mas não adianta nada se não vem de dentro de você.

— Psicóloga de roupas, então?

— Fala sério, Bernardo! — exclamou minha mãe. — Longe disso. Só gosto de deixar as pessoas felizes consigo mesmas de alguma forma. E, de quebra, ganho uma grana. Mas as clientes vivem alugando meu ouvido — ela completou, rindo. — Pessoas são sempre complexas. Gosto disso. É útil na hora de ajudá-las a se encontrar, mesmo que seja através do visual.

Logo larguei o lápis em cima do caderno, refletindo.

— Eu pensei em fazer psicologia, sabia? — comentei. — Pra entender a mente humana. Mas é algo que a gente não consegue entender, não adianta o quanto estude. Não vai fazer sentido de verdade, nunca vai. Então fui atrás de algo que fizesse sentido. E que pagasse bem — completei, com uma risada.

— Essa última parte é importante também — ela disse, em tom brincalhão, tocando meu ombro. — Mas você não precisa entender as pessoas sempre. Ninguém consegue, por mais que tente. Mais do que compreensão, as pessoas buscam apoio, ou às vezes só alguém disposto a ouvir.

Assenti e peguei o lápis mais uma vez, voltando minha atenção para a equação que tentava resolver. No final, sempre chegava a um resultado. Com as pessoas, não. Isso andava me deixando louco.

Se eu pudesse ter calculado todas as possibilidades...

Minha mãe deu um tapinha no alto da minha cabeça.

—Vou te deixar estudar — ela disse, saindo da sala de jantar.

Depois de algumas horas de estudo, minha cabeça estava cheia. Era impossível que qualquer outra coisa fizesse sentido. Guardei o material e resolvi dar uma olhada nas rede sociais. Rolei a linha do tempo, curtindo fotos e momentos que meus amigos tinham postado naquela semana. Nenhuma das imagens me encheu os olhos. Havia passado dias e dias estudando, mas não sentia que perdera algo importante, embora Alan tivesse me enchido de histórias sobre as aventuras deles.

E, claro, precisou de algumas respostas na prova de desenho básico. Não conseguia lidar com os números por conta própria, estava ocupado demais se recuperando de uma ressaca.

Às vezes me perguntava como ele tinha conseguido entrar em uma faculdade pública, com tanta gente mais interessada que poderia ocupar a vaga dele.

A vida nem sempre era justa.

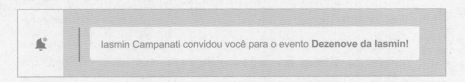

A mensagem pulou na tela. Li as informações. A festa seria em casa — aquela era nova, ser avisado de um evento no meu próprio quintal pela internet!

Confirmei presença e, poucos segundos depois, uma notificação apareceu na tela do aparelho.

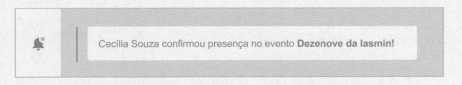

Meu olhar travou na tela por um instante, no nome e na foto de perfil. Ela havia desfeito nossa amizade quando fora para a casa da avó, mas aquilo não me impedia de dar uma olhada ocasional no perfil.

A foto mostrava seu rosto sorrindo e parecia ter sido tirada por uma câmera profissional. Cliquei na imagem e vi um comentário da menina de cabelo azul com quem ela conversava na faculdade às vezes.

Logo abaixo, membros da família deixavam aqueles comentários típicos, com LINDA em maiúsculas e muitas exclamações. Quase curti sem querer, mas consegui me impedir de fazer tal burrada.

Fiquei olhando para a foto daquela Cecília sorridente e diferente da que deixara minha casa meses antes. Tentei me convencer de que não era mesmo para ser.

Ela parecia feliz. Estava com a avó e tinha voltado a assistir às aulas. Não havia motivos para me preocupar, repeti para mim mesmo.

Eu ainda não sabia o que poderia fazer para reverter a situação. O que acontecera tinha abalado até a amizade dela com minha irmã. Quebrava a cabeça, mas nunca chegava a uma resposta.

Precisava esquecer aquela menina.

Ao mesmo tempo, queria que ela ficasse bem.

37

CECÍLIA

—Vocês podem ir no mercado pra mim? — minha avó perguntou para Taís e eu.

Era sábado, dia do almoço em família — ou, como Taís tinha começado a chamar, o dia em que vovó tentava fazer com que eu e minha mãe nos entendêssemos.

Olhei para minha prima, que deu de ombros, e fomos até o mercado com uma lista.

— Odeio mercado — resmunguei, enquanto Taís checava a data de validade das latinhas de milho.

— Qual será a estratégia da vovó pra tentar aproximar você e a tia Lu dessa vez? — quis saber minha prima.

— Hoje vai ter fricassê de frango — respondi, o que fazia parecer que estava me esquivando da pergunta, mas não. Minha avó acreditava que o cardápio certo seria capaz de colocar um ponto final no principal problema da família Souza no momento: eu.

Claro que tia Eunice achava uma *péssima* ideia, porque era contra tudo que envolvia comida e eu. Ainda bem que ninguém se importava muito com a opinião dela.

— Não acha que é hora de uma trégua? — perguntou Taís.

— Ah, não. Aí vovó não vai mais querer me comprar com comida — respondi, tentando soar engraçadinha. Taís deu um suspiro. Ela sabia que eu não diria mais nada.

Ainda que estivesse tentando demonstrar que estava tudo bem, por dentro eu me sentia no olho do furacão. Cocei o braço. O último corte ainda ardia.

Eu odiava os sábados, porque eram um lembrete constante de que minha mãe achava mais fácil perdoar a traição do marido do que ter uma conversa decente com a própria filha. Sempre que a gente se via, era estranho. Aliás, "estranho" nem chegava perto de descrever. Mal conseguia acreditar que tinha passado nove meses dentro daquela barriga.

Respirei fundo e me obriguei a não pensar a respeito. O dia já seria difícil demais encarando minha mãe e trocando apenas algumas palavras.

Dali para a frente, agi no automático. Ajudei Taís a passar as compras pelo caixa, digitei a senha do cartão de débito da minha avó e segurei as sacolas, fazendo o caminho até em casa sem me dar conta, de tão acostumados que meus pés estavam a andar por ali.

Fui despertada do meu torpor por um soco no ombro.

Um soco que doeu *demais*.

— Tá louca? — gritei para Taís, que tinha até parado para rir.

— Vacilou, levou — ela disse, puxando ar. Então riu mais um pouco, como se não fosse capaz de se conter. — Gritei fusca azul, você que não ouviu.

Olhei para a rua e lá estava o carro, quase desaparecendo do nosso campo de visão. De repente, o problema não era minha mãe, ou o fricassê de frango da minha avó, ou mesmo meu braço coçando debaixo da manga. O problema era *tudo*. E *tudo* era demais para suportar. Porque aquela brincadeira, que um dia tinha sido minha e de Taís, quando éramos crianças bobas, tinha se tornado *minha e dele*.

E isso fez crescer algo em mim. Algo que eu não sabia que estava lá dentro, mas de repente tomou conta e eu não conseguia mais controlar.

— Nunca mais faça isso, tá me ouvindo? — falei pra Taís, seca.

Ela me encarou com os olhos esbugalhados, então olhou para o próprio braço.

Eu estava segurando o punho dela com força, sem me dar conta. Soltei rápido, um pouco confusa, e balancei a cabeça. Em vez de me repreender, minha prima deu um passo à frente.

— Ceci...

— Não chega perto... — choraminguei, não por causa da brincadeira, mas pela minha reação. Era como se tivesse perdido e recobrado a noção em questão de segundos.

Taís suspirou e colocou a mão no meu ombro, com delicadeza. Olhou para mim e disse:

—Você está bem?

Pisquei, um pouco confusa por estar me perguntando aquilo quando era para ser o contrário, mas assenti, envergonhada. Não conseguia olhar para minha prima.

— Certo, passou. E não vou mais fazer isso, fica tranquila. Só estava brincando, desculpa — falou. — Agora vamos, a vovó deve estar esperando desesperada pra fazer comida — ela completou, com um sorriso meio triste.

Não sei o que me deixou pior: a reação calma da minha prima ou me dar conta de que tinha perdido o controle, mais uma vez.

Me tranquei na quitinete com a desculpa de que tinha trabalho da faculdade para terminar antes do almoço. Taís não me seguiu, ficando na cozinha para ajudar vovó. Só estávamos nós três em casa.

Sentei à escrivaninha com meu caderno de desenho. Peguei

um lápis 2B e fiz uns rabiscos na folha em branco. Deixei tudo o que estava me atormentando guiar a mão que desenhava. Esfumei alguns detalhes com a ponta dos dedos e finalizei o desenho.

Um fusca.

Ouvi duas batidas na porta. Antes de levantar para atender, arranquei a folha, amassei e joguei no lixo.

— O almoço tá pronto, minha filha — disse minha avó do lado de fora.

Levantei, limpando os dedos sujos de grafite no short velho, e segui até a varanda como quem ia para um campo de batalha.

Minha mãe já estava lá, sentada ao lado da única cadeira vazia.

Ah, vó...

Minhas tias estavam envolvidas em alguma conversa sobre um programa de TV; meu tio, como sempre, não esperou pelos outros e já tinha começado a atacar a comida. Taís sentou do outro lado da mesa e sorriu para mim, como se dissesse que estava tudo bem. Estaria mesmo?

Puxei a cadeira ao lado da minha mãe, que permanecia observando tudo ao redor como uma estátua.

— Oi — murmurei, quase inaudível.

— Oi — ela murmurou de volta, e ficamos naquilo.

A comida estava ótima, como sempre, mas minha mãe mal tocou nela. Parecia muito mais desconfortável que o normal.

Quando eu era mais nova, adorava os almoços de sábado, mas desde que saíra da casa da minha mãe, era uma espécie de tortura.

— Cecília teve uma entrevista — disse minha avó, espalhando a novidade. Eu não tinha contado nem mesmo para Paola, que tinha me incentivado a me inscrever.

Aquilo pareceu chamar a atenção da minha mãe.

— De quê? — ela perguntou.

— Para uma bolsa — respondi, desconfortável em discutir minha vida com minha mãe. Quando pensava em qualquer questão relacionada a trabalho, lembrava do que havia me levado até aquela situação.

— Bolsa de...?

Suspirei. Ela ia transformar aquilo em mais uma batalha?

— Iniciação científica — respondi.

—Ah. Achei que era para um trabalho de verdade — disse minha mãe. — Mas espero que pelo menos a entrevista tenha sido de verdade — completou, amarga.

— Luciana... — repreendeu minha avó, com um tom que intimidou até a mim. Minha mãe fez uma careta e disse:

—Tá... E como foi?

— Bem, acho. Não sei quando vou ter a resposta — falei, com sinceridade. A conversa parou por ali.

Minha mãe voltou a comer e aquele clima esquisitíssimo se manteve. Taís contou alguma coisa para descontrair, o almoço acabou, meu tio foi lavar a louça e as mulheres ficaram de papo na sala.

Minha mãe foi para o quintal e ficou cochichando ao telefone, provavelmente com meu padrasto. Ela voltou, um pouco abalada, e pegou a bolsa que estava pendurada numa cadeira.

— Aonde você vai? — perguntou minha avó. Eu podia jurar que minha mãe estava prestes a chorar.

— Ainda tenho que passar na casa da família do Paulo e...

— Ele não veio hoje por quê? — questionou Eunice, como sempre perguntando o que não deveria.

Minha mãe me olhou, como se explicasse tudo.

— Não queria atrapalhar — ela respondeu. Mais uma vez, a sensação de que eu era uma pedra no meio do caminho me atingiu em cheio.

Obrigada, mãe.

— Por que você é tão cruel?

A pergunta me pegou de surpresa. Tinha vindo de Taís, que observava a cena incomodada.

— Não se mete no que não é da sua conta — disse tia Eunice, mas podia jurar que ela estava ansiosa por uma briga entre minha mãe e a sobrinha. Amava uma discórdia.

— Quando é com minha família, é da minha conta — minha prima respondeu, simplesmente. Pensei no que tinha feito com ela mais cedo, mesmo sem querer. Aquilo só aumentou meu mal--estar.

— Deixa pra lá — falei, querendo que minha mãe sumisse de vista o mais rápido possível para voltar à minha vida nada normal.

Contrariando minhas expectativas, minha mãe virou para Taís e depois para mim.

— Não estou sendo cruel. É só que ele não se sente confortável aqui e não quer atrapalhar a Cecília…

— Mais do que já atrapalhou? — falei, me dando conta do quanto estava sendo grossa em seguida. Deveria ter ficado quieta.

— O que ele fez para *você*, Cecília?

— Deixa, falei demais — respondi.

— Não, agora eu quero saber — disse minha mãe, para a plateia de mulheres da família, que nos encaravam com curiosidade.

Minha avó levantou e disse:

— Quer saber? Nenhuma das duas vai falar nada. Não hoje. E não com todo mundo olhando. Luciana, você pode voltar aqui outro dia pra ver a Cecília. Vocês duas têm muito o que conversar. Você mesma disse que está atrasada para encontrar a família do seu marido. Então vai…

Minha mãe me lançou um último olhar, então virou as costas e foi embora.

Pedi licença e me tranquei na quitinete. Não queria olhar para a cara de mais ninguém naquele dia.

★

Tinha muitas coisas para perguntar à minha mãe e nenhuma coragem. Então dei um grito silencioso — aquele que não produzia som, mas era visível na minha pele. Não era para chamar atenção, porque não havia como fazê-lo quando ninguém estava olhando. Era só um lembrete de que a dor podia ser sentida de outras formas — que podia ir para fora, que por uns instantes não ia me consumir toda por dentro.

Olhei para a fina linha vermelha no braço, para aquele filete de sangue que me mostrava que não importava quanta dor existia do lado de fora, ela era maior dentro de mim.

38

BERNARDO

A PROVA ERA EXTENSA E CANSATIVA, mas as questões eram relativamente fáceis. Tudo o que eu havia estudado estava lá, era só relembrar dos exercícios e executar os cálculos.

Havia cerca de dez alunos fazendo a prova, todos em silêncio, alguns parecendo desesperados. Eu me concentrava nos números, nos enunciados, preocupado em acertar o máximo de questões possível. Queria muito aquela bolsa. A pesquisa era interessante e, mesmo sendo uma peça pequena em todo o projeto, adoraria participar.

Uma garota levantou e entregou a prova para o monitor. Ela recolheu seus pertences e saiu. Estávamos na sala havia menos de uma hora e ela já tinha terminado — ou era muito inteligente ou tinha deixado metade das questões em branco.

Pouco a pouco a sala foi esvaziando. Faltando cerca de quinze minutos para o fim do horário estipulado, eu só precisava conferir minhas respostas. Havia apenas mais uma pessoa lá, a mesma garota que eu tinha visto a Graça convidar. O nome dela era Fernanda, descobrira depois.

Guardei o material e entreguei a prova ao monitor. Fernanda mantinha a testa enrugada, ainda raciocinando.

— Dez minutos — alertou o monitor, com a voz entediada.

Ela começou a apagar algo freneticamente e a correr o lápis pelo papel. Secretamente, eu torcia para que ela não conseguisse resolver todas as questões a tempo.

Saí da sala confiante de que tinha dado meu melhor. Encontrei Alan do lado de fora, conversando com uma garota. Quando me viu, se despediu da menina e foi até mim.

— O que você tá fazendo aqui? — perguntei.

— Prova final. E você?

Não tinha comentado com ninguém que havia me inscrito no projeto.

— Um processo seletivo — respondi, vagamente.

— Aquela parada da Graça?

— Uhum, parece interessante.

— Talvez você consiga, ela vai com a tua cara — ele disse.

— Pode ser, mas ela adora aquela Fernanda, que parece que é bem inteligente. Fora os candidatos que eu não conheço — respondi. — Mas eu queria muito.

— Um de nós tem que ser responsável e inteligente — ele falou, em tom de brincadeira, mas também levemente chateado. — Acho que vou trancar a faculdade.

— Você o quê?

— Isso mesmo que você ouviu. Tô de saco cheio, essa parada aqui não é pra mim. Eu achava que curtia matemática e essas coisas, mas isso foi no colégio. Na faculdade a gente não tem tudo na mão, precisa correr atrás... e acho que esse negócio de engenharia não é minha praia. Não tenho saco nem disciplina pra ficar estudando, talvez repita de novo duas matérias... Sei lá, cara, não quero ser calouro para sempre.

Não lembrava a última vez que havíamos tido algo que lembrasse uma conversa séria.

— Bom... se você não está gostando, não tem motivos pra

insistir mesmo. É o que você vai fazer a vida toda. Não pode odiar.

Alan assentiu. Eu tinha me matriculado na faculdade sem ter certeza de que era aquilo que queria. Uma parte de mim ainda se perguntava como seria ter feito outro curso, mas estava aprendendo a gostar da mecânica e a encontrar utilidade e fascínio no que estudava.

— Não gosto de nada no curso, não levo jeito pra coisa — ele confessou. — Mas não sei o que fazer. Só consigo pensar no próximo fim de semana, sabe? Não no resto da vida.

—Você já sabe que não quer fazer *isso* pro resto da vida. É um começo — falei.

Saber o que a gente não queria era um passo para descobrir o que realmente desejava. Tinha lido aquilo em algum lugar.

— Eu te zoei aquele dia no bar, mas depois fiquei pensando e fez sentido, sabe? Tu tava certo, cara. Às vezes eu me sinto meio incompleto. Não sei o que tô fazendo aqui. Achei que fosse frescura, só que quanto mais penso nisso mais sentido faz.

— Daqui a pouco você tá dizendo pra todo mundo que eu te fiz chutar o pau da barraca e viver das coisas que a natureza dá.

— Pô, Bernardo, não enche! Tô falando uma parada aqui na moral, que eu sei que você entende…

— Tô zoando. Tá vendo como é quando alguém implica se você fala de uma coisa séria? — provoquei, dando um cutucão no braço malhado de Alan.

— Eu sei, eu sei… Enfim, só tô falando porque você é meu amigo, sabe? Sei que a gente fala só besteira quando se encontra, mas você é legal e tem mais coisa no cérebro que eu. Enfim, queria um conselho. Tranco mesmo a faculdade?

Era uma decisão importante, que não cabia a mim. Ainda assim, dei meu palpite.

— Olha, se você quer saber minha opinião... tranca! Caso se arrependa, pode voltar no outro semestre. Mas não dá pra adivinhar o que vai dar certo ou não sem tentar, né? E se é uma coisa que está te fazendo infeliz, melhor resolver de vez.

Alan deu um tapinha no meu ombro, em concordância.

— Pô, cara, valeu mesmo. Você me ajudou pra caramba. Eu já estava pensando nisso, mas sei lá, precisava conversar com alguém pra organizar as ideias. Agora a parte difícil vai ser falar com meu pai.

Suspirei, pensando no meu próprio, que tinha me feito desistir da ideia de ser psicólogo.

— Boa sorte, cara — falei, dando um tapinha de consolo em seu ombro.

Iasmin tinha dito que iria ao supermercado com as amigas para fazer compras para o churrasco de aniversário.

Estou passando aí perto, quer uma carona?

Eu não estava bancando o irmão bonzinho, só queria a chance de cruzar com Cecília fora da faculdade. Ela e minha irmã costumavam fazer tudo juntas — antes de eu ter me metido e ferrado as coisas. Ainda assim, Cecília sempre ajudou Iasmin com o aniversário dela.

Esperava que naquele ano não fosse diferente.

Você ainda pergunta? Já tô na fila do caixa, vem logo!

Virei à esquerda, pegando a rua que levava em direção ao supermercado. Estacionei o carro bem próximo à porta principal e entrei, buscando minha irmã na imensidão de caixas.

Quando a encontrei, estava sozinha. Quer dizer, não sozinha, mas sem Cecília. O incompetente do Otávio estava com ela, assim como duas meninas que já tinha visto em fotos nas redes sociais, a quem ela geralmente se referia como "as gêmeas".

— Achei que você vinha com suas amigas — falei, quando me juntei às duas garotas para empacotar.

— Eu vim, ué! Essa é a Lara — ela apontou para a primeira — e aquela é a Luana. Elas são lá do colégio.

— Prazer — cumprimentei. Não pude deixar de notar que Lara e Luana me olharam e depois trocaram risadinhas animadas. Virei para Otávio. — Vai ficar aí de braços cruzados, cara?

— Tô de segurança — ele respondeu, na maior cara de pau possível.

Eu já estava irritado, então alfinetei:

— Acho que ninguém tá precisando de segurança agora. O que eu preciso é de alguém pra ajudar a colocar essas compras no carrinho. Uma mãozinha não vai mal. Dá pra ser ou tá difícil?

Contrariado, Otávio saiu de sua posição de rei e foi ajudar, mais atrapalhando do que qualquer outra coisa. Ele mandava as gêmeas fazerem tudo do jeito dele, misturava comida com itens de limpeza e mantinha a cara mais feia possível no rosto.

Aquele moleque me tirava do sério.

Fiquei feliz quando Iasmin se despediu dele e das amigas e caminhou comigo até o carro. Assim que abrimos uma distância segura, ela disparou:

— Você podia tentar ser mais agradável com o Otávio.

— Ele podia tentar ser menos otário — respondi, sem conseguir evitar.

Ela revirou os olhos, irritada.

— Ele é meu namorado!

— Ele é um babaca — respondi.

— Não foi ele que se agarrou com uma garota no carro quando estava ficando com outra — ela alfinetou. Aquela doeu. — Então, babaca por babaca, você ainda ganha o troféu.

Iasmin acelerou o passo, empurrando o carrinho emburrada.

— Só não gosto dele, é isso.

— Ainda bem que ele não é *seu* namorado, não é mesmo?

E assim ela encerrou a discussão.

39

CECÍLIA

Encontrei minha mãe na porta da faculdade na segunda-feira depois do almoço catastrófico. Tinha ido até lá para fazer uma prova substitutiva, por conta das faltas no começo do semestre.

— O que você está fazendo aqui? — perguntei.

Paola estava comigo, então tive que apresentar as duas.

— A gente se vê depois das férias — ela disse, percebendo o clima de tensão no ar.

— Depois te mando mensagem falando como me saí — respondi, deixando que ela seguisse seu caminho, com o cabelo azul balançando no ar. Quando já tinha sumido de vista, repeti a pergunta para minha mãe: — O que você está fazendo aqui?

Era estranho vê-la ali, no meu habitat — embora, na verdade, não me sentisse tão à vontade na faculdade.

— Saí do São João mais cedo. Queria conversar com você — ela explicou.

— Só agora? — perguntei, ainda guardando muito ressentimento.

— Que tal uma trégua?

Respirei fundo e assenti, embora estivesse impaciente.

Ela começou a caminhar. Sem saber o que fazer, fui junto. Ficamos em silêncio por alguns minutos, como se precisássemos nos acostumar outra vez à presença uma da outra. Nos últimos meses, eu sempre prendia a respiração quando minha mãe estava por perto, sentindo uma palpitação pesada e querendo correr para o banheiro e vomitar de nervoso.

— Não está com calor? — ela perguntou, quebrando o silêncio.

Falar sobre o tempo: um quebra-gelo internacional.

De repente fiquei muito consciente de tudo, das minhas feridas físicas e emocionais. A mulher que estava ao meu lado era parte do problema.

— Não — respondi.

Andamos mais um pouco e percebi que estávamos seguindo para o shopping.

— Quer comer um hambúrguer? — minha mãe perguntou, tentando me agradar ou arrancar mais de duas frases de mim que não fossem carregadas de sarcasmo.

—Você odeia quando como hambúrguer, mãe. Sempre diz que vou ficar que nem uma vaca.

Ela desistiu de tentar me agradar, porque eu não estava disposta a dar o braço a torcer. Quase quatro meses fora de casa e era a primeira vez que ela me procurava para conversar. E sozinhas. Na rua. Longe da segurança da casa da minha avó, que estava sempre de olho, pronta para intervir se uma de nós tentasse esganar a outra.

— Além disso — continuei —, fiquei de encontrar a Rachel para almoçar.

Era mentira. Eu só queria me livrar de toda aquela situação… esquisita.

— Manda uma mensagem para ela e desmarca. É importante — minha mãe pediu. Eu a encarei, sem acreditar muito.

Fiz uma cara emburrada. Finalmente entramos no shopping, e o ar-condicionado aliviou o calor que sentira durante a caminhada. Continuava suando, mas de nervosismo.

Peguei meu celular e fingi digitar alguma coisa nele. Então joguei dentro da bolsa e esperei.

Minha mãe não disse nada até sentarmos na praça de alimentação, atipicamente vazia para a hora do almoço. Entre o lanche dela ficar pronto e finalmente começarmos a conversar, eu já tinha elaborado mil cenários assustadores na cabeça. Estava muito, muito tensa.

Sentia minhas mãos tremendo e meu coração disparado. Quanto mais tempo esperava para saber o que ela tinha a dizer, mais minha expectativa me sufocava.

— E então? — perguntei.

— Eu queria conversar com você, colocar as coisas a limpo — disse.

—Você podia ter feito isso meses atrás, mas preferiu escutar o Paulo a me entender. — Quando falei aquilo em voz alta, para ela, senti meu coração se apertar.

— Nós duas erramos — minha mãe disse, tentando amenizar a própria culpa.

— Por que você trocou a fechadura? — perguntei. Senti um nó subir pela garganta. *Não vou chorar*, repeti para mim mesma.

—Você que escolheu ficar na casa daquela sua amiga.

— Não vamos a lugar nenhum desse jeito — falei, cansada daquele cabo de guerra sem fim. — Estou exausta, mãe. Sempre pareceu que eu era uma boneca que você deixava de lado quando cansava de brincar.

Ela parou, como se estivesse pensando em uma resposta.

—Você mentiu porque quis.

— E você trocou a fechadura porque quis. Sei lá, mãe… você faz suas próprias escolhas na vida. Mas desde que te contei que o Paulo te traía, meses atrás, passou a me ver como a culpada. E eu nunca te culpei por não saber coisas básicas… tipo quem é meu pai.

Ela me olhou como se tivesse levado um tapa na cara.

— Não tem nada a ver falar do seu pai. Você sabe... que foi um erro de uma noite só.

— O erro já tem dezoito anos.

—Você não é um erro, Cecília — ela falou, se dando conta do que tinha dito tarde demais. — Mas não posso te dar o que você quer. Acho que é por isso que dói. Quando olho pra você e vejo que não pude te dar tudo de que precisou, nem o mínimo, que é dizer quem você é... Não tenho a resposta.

— Não preciso de respostas. Mas precisava de você — respondi, enfiando as unhas no braço.

Ela não pediu desculpas, só perguntou:

— O que eu posso fazer?

— Parar de me abandonar já seria um bom começo.

Então peguei minha bolsa e fui embora.

— Onde você foi? — perguntou minha avó, assim que cheguei.

— Encontrei minha mãe — respondi.

— Como assim?

— Ela apareceu lá na faculdade — contei, explicando o que tínhamos conversado antes que ela perguntasse, para poupar tempo. — Mas agora estou cansada. Não quero ficar pensando nisso, tá? — pedi, indo para a quitinete.

— Quer que eu leve algo para você comer?

Eu até que adoraria um lanche saboroso como prêmio por ter sobrevivido ao dia, mas estava tão desgastada que tinha até perdido o apetite.

— Não, obrigada. Mais tarde peço alguma coisa — falei, fechando a porta atrás de mim.

Eu tinha duas opções: me torturar pelo que havia acontecido

ou desenhar. E meus braços já tinham traços suficientes, então era hora de preencher o papel.

Estava fazendo os contornos de um casal quando meu celular começou a vibrar na escrivaninha.

Busquei o aparelho e vi o nome da Graça na tela — havia salvado o número depois da última ligação.

— Alô?

— Cecília?

— Sou eu, pode falar. — Minhas mãos tremiam, tanto por curiosidade quanto pela sensação esquisita que sempre tinha ao falar com alguém pelo telefone.

— É a professora Graça, tudo bem? Desculpa ligar tão tarde, mas é que acabei minha análise dos candidatos agora e queria te dar a boa notícia.

Comecei a suar em antecipação.

—Você foi escolhida — disse ela. —Vou precisar que venha até a faculdade entregar a documentação e assinar a papelada.

Eu queria gritar de alegria. Depois de um dia tão frustrante e de quase ceder à vontade de me machucar por causa da conversa horrível que tivera com minha mãe, merecia uma boa notícia. Aquilo era melhor que delivery de açaí.

Graça pediu meu e-mail e me passou mais algumas instruções. Em duas semanas, o projeto começaria — eu não teria férias, mas não importava. Estava muito mais interessada em me aperfeiçoar na área que tinha escolhido, descobrir se era aquilo mesmo que queria da vida e, de quebra, ganhar um dinheirinho.

Quando desliguei o telefone, fui empolgada contar a novidade para minha avó, que resolveu preparar bolinhos de chuva para comemorar.

—Você é o orgulho dessa família, sabia?

Eu sabia que era o orgulho *dela*, o que já me bastava. Não me importava com o restante, porque sabia que éramos as duas contra o mundo.

Quando deitei, mal conseguia acreditar que tinha conseguido. Rolei de um lado para o outro na cama, tentando cair no sono, mas sempre voltava à bolsa de iniciação científica. Não era o bastante para apagar a tensão que ainda sentia pela discussão que tivera com minha mãe, mas foi o suficiente para me deixar um pouco mais leve.

Levantei e fui até a estante pegar um livro. Foi então que vi, no cantinho, entre um exemplar de *As virgens suicidas* e As Crônicas de Nárnia, a edição de *A revolução dos bichos* que Bernardo havia me emprestado.

Puxei o livro da prateleira, pensando nele pela primeira vez naquele dia. Gostaria de compartilhar a novidade com ele, porque sabia que entenderia minha empolgação. Mas não podia, porque Bernardo havia estragado tudo.

Devolvi o livro à estante. Não estava pronta para lê-lo. Peguei o celular e mandei uma mensagem para Paola.

Consegui a vaga! Obrigada pelo empurrãozinho ☺

Quando peguei no sono, sonhei com Bernardo.

40

BERNARDO

Minha irmã era uma aniversariante insuportável.

— Tá no lugar errado! Chega mais pra direita — ela ordenava, da segurança do chão, enquanto eu tentava pendurar uma faixa ridícula de "Feliz Aniversário", me equilibrando em uma escada bamba.

— Cara, se decide! — reclamei. Segundos antes ela tinha ordenado que eu colocasse mais à esquerda.

— Aí, tá ótimo! — ela disse, erguendo um cacho de balões. — Agora pendura isso do lado.

—Você não acha que está muito grandinha para festa com faixa e bexigas? — perguntei. Iasmin me encarou, cobrindo os olhos do sol com a mão.

—Você não acha que está muito grandinho para encher meu saco? — ela rebateu.

— Segura! — exclamei, jogando o rolo de barbante para que Iasmin agarrasse, o que ela fez.

Desci as escadas e admirei minha arrumação. Se tudo desse errado, poderia trabalhar no ramo de festas.

Minha mãe apareceu e balançou a cabeça ao olhar para a faixa.

— Quem pendurou isso? Tá tudo torto.

Talvez eu tivesse que pensar em outro plano B.

Fazia tempo que não tínhamos uma festa em casa. Até meu pai estava envolvido, temperando as carnes. Todo aquele clima era um pouco diferente para mim. Em geral, cada um passava a maior parte do tempo no seu canto. Eu até que gostava daquilo. Quando ficávamos juntos, chegava a acreditar que estava tudo bem.

— Onde está seu namorado pra ajudar a gente aqui? — perguntou minha mãe. Eu tinha feito a mesma pergunta poucos minutos antes, enquanto cedia aos caprichos da minha irmã do alto da escada. E eu odiava escadas.

— Ele vem mais tarde — ela respondeu, um pouco desatenta.

— Pode me ajudar com as mesas? Daqui a pouco o pessoal começa a chegar...

A manhã passou comigo arrastando mesas, armando cadeiras e afins. Duas horas depois, eu estava morto, mas a casa parecia levemente um lugar onde uma festa de aniversário estava prestes a acontecer. E o Otávio não tinha aparecido para ajudar, claro.

Logo mais, o quintal estava cheio de colegas da escola de Iasmin, mas a única pessoa com quem eu me importava não chegava.

—Você viu a Cecília por aí? — perguntei pro meu pai, procurando-a na multidão. Me senti culpado, pensando que desistiria de vir por minha causa.

Ele ergueu o garfo que segurava e apontou para o portão.

— Acho que ela ouviu você chamar.

CECÍLIA

O presente pesava em minhas mãos, assim como a decisão de atravessar ou não o portão.

Fazia meses que não ia àquela casa, um lugar que tinha feito parte da minha vida das mais diversas formas. A última vez que ficara parada naquela calçada, pensara que o chão ia se abrir sob meus pés.

Queria dar meia-volta e ir para casa. Me dei conta de que, por mais que dissesse o contrário, não estava pronta para voltar a conviver com Bernardo. Achei que estivesse, mas não.

Eu tinha mandado uma mensagem para Rachel mais cedo, só para me certificar de que ela iria — embora soubesse que, se uma de nós perdesse o aniversário de Iasmin, estaríamos mortas. Com ela ao meu lado, a situação não seria *tão* horrível assim. Respirei fundo, tentando lembrar que era só um churrasco. Só que, por mais que tentasse enganar meu cérebro, ele não era tão tolo.

Algumas pessoas que estudavam com Iasmin vinham em minha direção, todos falando alto e conversando. Soltei um suspiro pesado e empurrei o portão, como quem arrancava um curativo de uma só vez.

O quintal estava cheio de mesas e cadeiras, e as pessoas conversavam espalhadas pelo gramado. Reconheci alguns rostos, mas não conseguia encontrá-la.

De repente, vi Rachel vindo em minha direção, enfrentando um pouco de dificuldade para cruzar o gramado com a cadeira de rodas.

— Ai, meu Deus, como eu odeio grama! — ela resmungou ao chegar perto de mim. Abaixei para abraçá-la. Quando nos afastamos, ela ralhou: — Você podia ter ido até mim, hein? Ajudaria muito.

— Desculpa, Rach, não tô pensando direito e...

— Que cara é essa? — ela perguntou, me analisando.

— Acho que não vou ficar muito tempo — falei.

— Você sabe que a Iasmin vai te matar se fizer isso, né?

— Eu só... Ah, é muita coisa — respondi, resistindo ao impulso de procurar certo rosto conhecido.

Aquela casa me trazia muitas memórias, lembranças que eu andava me esforçando para enterrar a sete palmos do chão. Não estava em condições de festejar.

— Me dá esse presente — ordenou Rachel. — Agora me leva de volta para um lugar cimentado. E vamos comer. Depois você tem sua crise existencial, agora eu tô com fome.

—Você é muito folgada, sabia?

— E você é muito dramática.

— Tenho uma boa notícia pra você — disse Rachel, enquanto mordiscava um pedacinho de carne. Bernardo havia desaparecido: eu estava ali fazia quase meia hora e ainda não o tinha visto.

Não sabia dizer se isso era bom ou ruim.

— É tudo de que preciso — falei, brigando com um pedaço de picanha.

— Meu tio entrevistou a Stephanie! Ela foi lá no escritório. Tomara que dê certo.

— Ela comentou comigo. Está morrendo de medo de não conseguir a vaga.

Na noite anterior, minha amiga tinha me mandado uma centena de mensagens de voz contando detalhes da entrevista, morta de nervosismo, e concluíra com um "tenho certeza de que estraguei tudo".

— Não conta pra ela ainda, mas ouvi meus tios conversando e parece que gostaram bastante da Stephanie. Só falta mais um candidato pra entrevistar, mas por enquanto a vaga já é dela — Rachel fofocou, batendo palminhas. — Estou na torcida.

— Isso é o máximo. Você vai adorar trabalhar com ela — respondi. Stephanie era uma excelente colega de trabalho e amiga. Seria bom inseri-la de vez em nosso grupinho.

Atualizei Rachel sobre as novidades da iniciação científica, mas não mencionei o encontro esquisito com minha mãe. Ainda doía pensar que eu tinha sido fruto de um "erro", mas pelo menos eu sabia que não adiantava insistir — nunca saberia ou entenderia certas coisas.

Rachel estava falando quando o mundo pareceu sair da órbita. Não conseguia me concentrar em mais nada.

Bernardo estava a poucos metros de mim, me encarando.

— E-eu... eu acho que vou embora. Diz pra Iasmin que sinto muito e...

Rachel girou a cadeira para ver o que estava me perturbando, embora já imaginasse. Levantei abruptamente e bati o joelho na mesa, derramando refrigerante na calça jeans.

— Ah, droga!

Comecei a dizer todos os palavrões que conhecia, então peguei um guardanapo na mesa e limpei a calça. O refrigerante derramado pingava no chão, formando uma poça.

Olhei para a frente e percebi que Bernardo continuava me encarando, parecendo tentar decidir se dava ou não um passo à frente para me ajudar.

— Você precisa de ajuda? — Rachel perguntou. Neguei com a cabeça, praguejando mais um pouco, e segui em direção à casa.

Abri a porta e corri até o banheiro, o mesmo onde tinha me escondido depois de entrar em pânico meses antes. Olhando para trás, agora o que tinha acontecido não parecia tão desastroso quanto achara na época.

Fechei a porta e olhei no espelho. Um pouco de coca havia respingado na blusa e minha calça estava tão molhada que parecia que eu tinha feito xixi. Definitivamente não era o que eu tinha em mente para aquele reencontro.

Na verdade, tudo o que queria era ir para casa assistir *Gilmore*

Girls na Netflix, sonhando com uma relação de mãe e filha igual à de Lorelai e Rory. Seria muito melhor do que me embananar toda ao encontrar meu ex... meu ex-alguma-coisa.

Esfreguei um pouco de sabonete líquido na blusa, para tirar a mancha marrom. Piorei as coisas, agora estava com a blusa toda molhada.

Sentei na tampa do vaso e fiquei pensando se poderia passar o resto do dia ali, até todo mundo ir dormir, e então sair de fininho. Mas achava que não conseguiria pular o muro.

Céus, eu era o tipo de pessoa que fugia para o banheiro para não lidar com a vida.

Recolhi o pouco de dignidade que me restava e levantei. Já tinha marcado presença suficiente naquele churrasco. Diria a Iasmin que estava indisposta e voltaria para casa, onde buscaria conforto em um balde de pipoca.

Abri a porta e dei de cara com Bernardo.

Fechei de novo. O que mais podia fazer?

41

BERNARDO

— CECÍLIA, ABRE A PORTA!

— Só quando você sair daí — ela gritou, do lado de dentro do banheiro.

Cecília era *realmente* complicada.

— Então acho que você vai dormir aí dentro. Não vou sair daqui até você vir aqui fora falar comigo.

Eu a ouvi bufar.

— Sou resistente.

Ela era. Passaram quinze minutos, meia hora, uma hora... e ela continuava trancada no banheiro. Mas eu também sabia ser teimoso e não arredei pé.

Não sabia o que faria quando ela saísse. Meu único plano era tentar conversar, sobre qualquer coisa. Queria me explicar, mas nas vezes que tentara não dera muito certo. Só que eu sentia uma saudade monstruosa daquela garota.

Tudo o que eu queria era me acertar com ela.

Não estava pedindo muito — não se tratava de sermos melhores amigos muito menos futuros namorados. Eu só queria que ela me perdoasse por ter sido um idiota.

Mudei de posição, desconfortável. Mingau apareceu e se esfregou nas minhas pernas. Quando fui fazer carinho nele, saiu correndo.

Do outro lado da porta, Cecília se manifestou:

— Ainda está aí?

—Vou ficar aqui até você sair, já disse.

— Então vamos apodrecer juntos.

— Pelo menos vamos fazer alguma coisa juntos… — Deixei a frase escapar, me dando conta tarde demais de quanto significado carregava.

Ela não respondeu.

Uma menina apareceu, querendo usar o banheiro. Já tinha perdido a conta de quantas pessoas que tinham ido até lá eu precisara despachar para o andar de cima. Iasmin teria uma surpresa quando fosse usar o banheiro de noite.

— Tá ocupado! Sobe a escada, primeira porta à esquerda — expliquei para a menina. Em seguida, alto o suficiente para que Cecília pudesse ouvir, disse: — Você está impedindo as pessoas de usar o banheiro.

— Na verdade, você é que está — ela respondeu, sua voz abafada pela porta.

— E quem está dentro dele, hein?

Mais uma vez, ela não respondeu. Mas aquela já era a conversa mais longa que havíamos tido em meses. Para mim, era uma evolução.

— Só quero pedir desculpas.

— Já pediu e eu não aceitei. Fim de papo. Agora me deixa sair.

— Não estou impedindo que saia — falei. —Você é que não quer me ver. Mas como essa é a minha casa, posso ficar onde eu bem entender.

Ouvi Cecília soltar um grunhido. Minha bunda estava doendo de tanto ficar sentado no chão, mas não me importava. Não ia perder aquela disputa, era questão de honra. Eu precisava que ela me escutasse.

De repente, um par de pernas brancas e compridas se materializou à minha frente. Olhei para cima e dei de cara com minha irmã.

— O que você está fazendo parado aí? — perguntou Iasmin com as mãos na cintura. — Levanta, vamos cantar parabéns.

— Não posso.

— Por quê?

— Longa história — respondi, dando de ombros. Iasmin bufou.

— Quer parar de ser doido? Vai perder o bolo — ela falou, batendo o pé. — E você viu a Cecília? Ela sumiu há uma eternidade!

Apontei para o banheiro.

— Ela está *lá dentro* há uma eternidade. Se recusa a sair. A não ser que eu suma — expliquei.

— Então sai. Eu, hein?! Vocês dois são cheios de maluquices, não tenho o dia inteiro pra isso — disse minha irmã, me apressando. Neguei com a cabeça. Ela parecia ainda mais irritada. — Era só o que me faltava pra fechar o dia com chave de ouro: ser metida na briguinha de vocês dois. Chega essa bunda pra lá — ela ordenou, pedindo passagem e dando duas batidas fortes na porta com a palma da mão.

—Vai embora, Iasmin.

— Ah, mas eu não vou mesmo! Vão ser três acampando então, não saio enquanto você e meu irmão não pararem de criancice. Apesar de que até meu priminho de três anos é mais maduro que vocês dois juntos.

Cecília ficou em silêncio. Resolvi me manifestar, tentando dar um ponto final àquela baboseira toda.

— Cecília, só quero que você me escute. Preciso te contar direito o que aconteceu e pedir desculpas, nada mais. Depois você faz o que bem entender, mas me deixa falar…

—Vocês não podem conversar *depois* do parabéns? É meu aniversário. Eu deveria ser o centro das atenções. EU! — reclamou Iasmin.

— Alguém já te disse que você é meio narcisista? — Quem falou foi Cecília, finalmente abrindo a porta. Uma coisa eu precisava admitir: Iasmin sempre conseguia o que queria.

— E tem como não ser? Sério, olha pra mim… — ela disse, com um sorriso ridículo no rosto.

Iasmin era a pessoa mais intrometida e convencida do mundo, mas também era a melhor irmã de todas. Que outro ser humano conseguiria fazer com que Cecília saísse daquele banheiro?

— Podemos conversar? — perguntei. Ela desviou o olhar e se virou para Iasmin.

—Vamos cantar parabéns primeiro — disse, e seguiu na frente.

CECÍLIA

— Onde você se meteu? — perguntou Rachel assim que me aproximei dela, tentando manter o máximo de distância possível de Bernardo. Por mais que tentasse evitar, vez ou outra olhava na direção dele.

— No banheiro.

— Esse tempo todo? Dor de barriga?

Lancei um olhar fulminante para Rachel, que abafou uma risadinha. Dei um cutucão no braço dela.

— Ai! Isso é agressão a deficiente — ela protestou, rindo mais ainda. Minhas amigas eram péssimas, péssimas! Mal sabia como aguentava as provocações constantes.

—Você é ridícula.

— Não vai me contar o que aconteceu? — ela insistiu, enquanto nos dirigíamos para mais perto do bolo.

— Bernardo — falei, simplesmente. Ela não tentou extrair mais detalhes. O nome já era suficiente para que soubesse que meu humor não estava dos melhores. — Não estou vendo o Otávio.

— Ih, menina, você perdeu o babado — sussurrou Rachel. — Enquanto você estava no banheiro, ele se estressou quando viu Iasmin conversando com uns amigos dela, deu um empurrão nela e foi embora. Ficou o maior climão, mas pouca gente viu.

— *Ele empurrou a Iasmin?* — perguntei, atônita.

— Foi meio esquisito. Ela foi tocar nele pra se explicar, e o Otávio meio que tentou se afastar e sei lá. Enfim, depois disso ele foi embora.

Então era por isso que Iasmin não estava com o melhor dos humores...

Queria perguntar a ela se estava tudo bem, mas Iasmin não falava muito do Otávio comigo. Desde que tinham começado a namorar, ela se afastara, e nossa amizade também andava esquisita. Além disso, aniversários não eram o melhor momento para perguntar "está tudo bem entre você e seu namorado idiota?".

Talvez aquele fosse o motivo pelo qual estivesse tão afoita para cantar parabéns e encerrar logo o churrasco, que tinha sido ideia dele, aliás.

— Ninguém fez nada? — perguntei de volta para Rachel. As pessoas se aglomeravam ao redor da mesa do bolo, parecendo extremamente concentradas no que se desenrolava à frente, não na fofoca que Rachel e eu compartilhávamos.

— Pouca gente viu. Tentei falar com a Iasmin quando o Otávio foi embora, mas ela entrou na casa e foi procurar o Bernardo. Não sei como ela consegue manter o sorriso na cara. O Otávio não parava de xingar ela. Se fosse eu, estaria afogada em lágrimas.

— Sinceramente, não entendo a Iasmin — falei. — Mal encontra a gente e tá se afastando cada vez mais. Tá na cara que esse garoto é problema. Ele sempre quer saber onde ela tá. E faz tão pouco tempo que eles começaram a ficar sério — completei. — Se eu tivesse visto, tinha dado um soco na cara dele.

De repente toda raiva que eu guardava de Bernardo foi redirecionada para Otávio. Um homem podia me sacanear o quanto quisesse, mas ninguém mexia com minha melhor amiga.

— Calma, Ceci. Ele não empurrou a Iasmin de propósito — disse Rachel, tentando amenizar a situação.

—Você disse que ele *xingou* ela. Não estou gostando nada disso — falei, e Rachel pareceu concordar.

42

BERNARDO

UM DOS MOMENTOS MAIS CONSTRANGEDORES de qualquer aniversário é a hora do "com quem será?".

Essa musiquinha sempre despertava o instinto assassino da minha irmã. Quando criança, quase enfiou no bolo a cabeça de uma menina que disse na frente de todos os coleguinhas da escola de quem ela gostava.

Aparentemente, você podia estar num relacionamento há cem anos e as pessoas continuavam cantando aquela desgraça.

Olhei para Iasmin quando a música começou. Havia algo além de sua irritação normal. Parecia querer que aquela tortura psicológica acabasse logo.

Procurei entre as cabecinhas ao redor do bolo, mas não vi Otávio em lugar algum. Estranho.

Quando a cantoria finalmente acabou, minha irmã cortou o primeiro pedaço, colocou um sorriso meio artificial no rosto e fez um discurso.

— O primeiro pedaço vai para a pessoa mais irritante do universo, mas também a que eu mais amo... Bê!

Fiquei até emocionado com o que ela disse e estendi a mão para pegar o bolo. A emoção foi pelo ralo quando a idiota enfiou o dedo na cobertura e esfregou no meu nariz.

Um momento fofo entre a gente nunca durava muito tempo.

Iasmin lambeu o dedo sujo e eu limpei o nariz com a palma da mão, pegando meu pedaço de bolo e dando uma farta mordida.

— O segundo pedaço vai para o pai mais incrível do mundo inteiro e que faz tudo por mim e pela nossa família! — Ela ofereceu o bolo pro meu pai e o abraçou de lado.

Iasmin o amava muito. Para ser justo, minha irmã era mesmo tudo para ele. Meu pai podia tentar controlar minha mãe e eu, mas sempre fazia o que Iasmin pedia.

Seria uma grande decepção quando ela se desse conta de que papai não era tão perfeito quanto ela gostava de fingir.

Ela cortou mais uma fatia e entregou à minha mãe, que a beijou no alto da cabeça. O resto do bolo foi cortado com muito mais habilidade por uma das vizinhas, amiga da minha mãe de longa data.

Iasmin entrou em casa. Eu queria perguntar se estava tudo bem, já que a cara dela não era das melhores, mas no momento tinha uma coisa mais importante para fazer. Precisava falar com Cecília.

Ela havia puxado uma cadeira para perto da piscina, ao lado de Rachel. Quando me viu, não derrubou nada em volta.

Era um bom começo.

— Podemos conversar agora? — perguntei.

Cecília soltou um suspiro de pesar, mas acabou levantando.

—Volto já, tá bem? — ela disse para Rachel.

— Relaxa, vou conversar com o pessoal do colégio — respondeu a amiga, dando ré com a cadeira e nos contornando. Ela era tão rápida com aquele negócio que minha irmã às vezes a chamava de Ligeirinho. Em um segundo estava do nosso lado, no outro já se intrometia na conversa de um grupo de amigos.

Um silêncio pesado pairou entre nós dois, até que Cecília o quebrou.

— Então, o que você quer falar? — ela perguntou, cruzando os braços para demonstrar sua vontade de dar o fora dali o mais rápido possível.

— A gente pode ir num lugar mais reservado?

Por um segundo, Cecília parecia disposta a protestar, mas acho que havia cansado de erguer tantos obstáculos em uma única tarde. Muito lentamente, assentiu.

— Hum, tá… tudo bem, acho.

Fiz sinal para que me seguisse. Subimos as escadas que levavam ao segundo andar e parei por um instante, cogitando entrar no antigo quarto dela, então mudei de ideia. Abri a porta do meu quarto e pedi que entrasse.

Estava uma bagunça. Havia uma meia suja jogada no encosto da cadeira, a cama estava desfeita e metade dos meus livros e jogos estava espalhada pelos cantos mais improváveis.

Cecília se deteve por um segundo, olhando para minha escrivaninha. Pensei que fosse soltar algum comentário sobre minha desorganização, mas então percebi por que havia parado. Ela tocou a capa de *A redoma de vidro*, o livro que me emprestara meses antes.

Cecília pegou o exemplar com um olhar indecifrável. Folheou rapidamente e parou no ponto onde eu havia colocado o marcador.

— "Pensei que só precisava contar a ele o que quisesse. Isso controlaria a imagem que ele faria de mim, e ele continuaria se achando muito esperto." — ela leu em voz alta. Eu havia passado por aquele trecho na noite anterior, antes de dormir. — Faço isso às vezes — confessou ela, esquecendo por um segundo com quem estava falando. Cecília deu uma batidinha na capa e, estendendo o livro na minha direção, perguntou: — Está gostando?

Parecia uma de nossas conversas antigas. Não queria responder de imediato, para poder congelar aquele momento, antes que ela explodisse comigo mais uma vez. Sentia que estava pisando em ovos ao redor dela.

— É triste.

— Muito. Mas ela capta como eu me sinto.

Pensei em toda loucura contida em Esther, a protagonista do romance. Ou na própria história trágica da autora. Tudo aquilo me dava calafrios. Era um pouco perturbador saber que Cecília se identificava.

— É uma leitura pesada. É impossível não sentir com ela — respondi com sinceridade. O livro tinha uma espécie de força própria. Era tão carregado de sofrimento e sentimentos que você mergulhava junto na história.

Cecília parou por um instante e devolveu *A redoma de vidro* à escrivaninha. Seus dedos passearam pelas lombadas da minha coleção do Bernard Cornwell. As Crônicas Saxônicas eram minhas favoritas. Eu poderia ter emprestado todos aqueles livros a ela.

— Pode ler no seu tempo. Quando terminar, a Iasmin me devolve — ela falou, sem me olhar. Sua voz estava fraca. Ela parecia emotiva. — Ainda não li o seu, desculpa.

— Não faz seu estilo?

— Não sei… Tenho muita coisa na cabeça, não deu tempo — ela respondeu, sem se virar. — Se não se importar que eu fique com ele mais um pouco… Eu gostaria de ler.

Era uma simples conversa sobre livros emprestados e não devolvidos, mas havia algo pesado na atmosfera. Muitas coisas não ditas entre nós dois.

Sacudi a cabeça, afastando aqueles pensamentos. Aquele não era eu. Não pensava naquele tipo de coisa. Não ficava confabulando sobre meus romances fracassados.

— Pode devolver quando quiser. Ou ficar. Como um pedido de desculpas — acrescentei, tentando lembrar o motivo de estarmos ali.

Cecília se virou. Sua expressão estava rígida e seca, como se de repente recordasse quem éramos e o que tínhamos para resolver.

Droga, eu deveria ter mantido a conversa como estava.

— Pode começar, não tenho todo o tempo do mundo — ela disse, impaciente. Era como se o som da minha voz tivesse despertado a dor dentro dela, ativando todas as suas armaduras.

— Eu não queria que tivesse sido daquele jeito...

— Mas foi — ela disse, seca. — Não precisa ficar se justificando, a gente não tinha nada.

O jeito como disse a última frase me machucou.

— A gente tinha, sim — respondi. — E eu vacilei. Eu estava voltando da praia, a Roberta passou e me ofereceu uma carona. Quando eu ia descer, ela me puxou para um beijo. A gente ficava antes de... hum... você sabe.

— Testemunhei de perto — disse Cecília, se apoiando na cômoda.

Abaixei a cabeça, levemente envergonhado.

— Certo... Enfim, quando a gente começou a ficar eu... eu estava realmente disposto a tentar algo mais. Você despertou algo em mim que eu achava que não conseguia sentir, sabe?

— A gente só ficou uma semana — Cecília lembrou. — Não dá pra sentir muita coisa.

Ela se controlava para não demonstrar nenhuma emoção, mas eu sabia que estava mentindo. Era impossível que não tivesse sentido nada.

— Você sabe que dá. Enfim... eu tinha ido pra praia pensar na gente naquele dia. Queria conversar com a Iasmin. Quando entrei no carro a Roberta presumiu que, bem, você sabe... aí veio tentar me beijar. Mas eu me afastei.

— Na mesma hora que eu apareci, que coincidência.

— A pior de todas.

Ela puxou a cadeira com a meia suja e sentou, enterrando a cabeça entre as pernas, finalmente deixando suas emoções falarem mais alto.

Queria me aproximar e consolá-la, mas hesitei. Sabia que a qualquer momento Cecília podia sentir falta de ar outra vez, tremendo daquele jeito esquisito de quando ficava muito nervosa.

— Eu tenho tentado... me convencer de que o que a gente teve foi uma besteirinha, uma coisa passageira. Uma semana, meu Deus! O que é uma semana? Fiquei magoada, mas não tinha o direito de falar daquele jeito... — Eu quis protestar, mas ela ergueu a mão, me interrompendo. — Me deixa falar. Só quero deixar isso pra trás, sabe? Evito você porque me faz mal, mesmo sem querer. O que aconteceu hoje, no banheiro, foi péssimo.

— Desculpa, não foi minha intenção...

— Mas foi ruim mesmo assim. Eu *realmente* não queria sair pra conversar. Você forçou a barra, Bernardo. Foi ridículo. Precisa aprender a respeitar o espaço das pessoas, sério. Se eu disse não, era não. Falar disso aqui é difícil demais pra mim. Só quero tentar retomar minha vida.

Me senti mal por fazê-la se sentir daquele jeito. Não conseguia enxergar uma forma de consertar minhas burradas. Queria estar com ela, mas não queria magoá-la.

— Como está sua família? — perguntei, cauteloso.

— Pedi pra minha mãe não falar mais comigo. E estou me acostumando a ficar com minha avó. A vida está quase normal, acho. Eu só preciso me ajeitar, sabe? E com você por perto... sinto muito, mas não consigo.

Segurei a mão dela e, com a outra, enxuguei a lágrima que se formava no canto do seu olho. Aquele breve contato fez meu corpo queimar de saudade. Queria Cecília mais que tudo. Nos momentos de força e fraqueza, honestidade e raiva, insegurança e confiança. Daria o tempo que ela precisasse, mas não ia desistir da gente.

— Desculpa — sussurrei, próximo demais dela. Aquilo não era seguro para nenhum de nós.

— Tudo bem... — ela respondeu, se aproximando, hesitando um pouco. Nossos lábios estavam tão perto que não resisti. Um último beijo, uma despedida.

Cecília segurou meu rosto e correspondeu, enfiando a língua e colando o corpo ao meu. Foi impossível não reagir. Eu queria tanto...

Ela se afastou, com os olhos cheios de lágrimas.

— Foi a última vez — disse.

— Eu sei — respondi. Nossos rostos estavam colados, assim como as palmas de nossas mãos. Eu poderia ficar parado daquele jeito por muito tempo, nossas respirações em sincronia.

— Preciso ir — ela falou, virando de costas.

Segurei seu braço, prestes a dizer alguma coisa, mas as palavras sumiram quando a manga comprida levantou e reparei o que ela escondia.

Queria perguntar o que era aquilo. A compreensão veio aos poucos, se estampando em meu rosto à medida que a consciência crescia.

Ela puxou o braço, como se queimasse ao meu toque. Em seu olhar havia o mais puro e genuíno desespero.

Era impossível não distinguir aquelas marcas, tão perfeitamente traçadas. Não era um arranhão de animal ou fruto de um acidente durante um dos trabalhos da faculdade. Era proposital.

Cecília me olhava com vergonha.

Ela se afastou lentamente, caminhando de costas para a porta, olhando para mim aterrorizada. Eu sabia o que seus olhos diziam.

Não conta pra ninguém. Por favor, não conta pra ninguém.

Antes que eu pudesse formular uma frase, ela já havia fugido. Nenhuma palavra que eu conhecia parecia certa, não havia nada a ser dito. Estava confuso, assustado.

Mas não tanto quanto ela, pensei. Ninguém estava tão assustado quanto ela.

Fiquei paralisado onde estava. Me sentia um inútil, incapaz de ajudar a pessoa que mais merecia minha compaixão e meu apoio.

Eu sabia que tinha parte naquilo. Lembrei dos seus pulsos limpos e lisos, e de como eu fazia círculos com os dedos neles. Agora estavam cheios de cicatrizes.

Você fez isso com ela. Você fez isso com ela. Você fez isso com ela.

O que eu tinha feito? Como as coisas tinham saído de controle após um único beijo? Não na Roberta, mas nela. Quando beijei Cecília pela primeira vez, tudo ficou diferente.

Eu não me arrependia, mas ainda assim queria voltar atrás, por ela. Por aquelas marcas. Para que aquelas cicatrizes nunca existissem. Para que Cecília vivesse sem aquele tipo de dor. Ela já tinha tantos problemas...

Mas muitos deles estavam na minha conta.

Quando ela se foi, tive plena consciência de que jamais mereceria seu perdão.

43

CECÍLIA

Três dias depois, Stephanie me ligou com boas notícias. Na semana seguinte, eu começaria no projeto de iniciação científica e ela seria a nova estagiária do Hernani & Nakamura Advogados Associados. Merecia uma comemoração.

— Muito obrigada pela indicação — ela disse, dando um gole no refrigerante. Estávamos no shopping onde tínhamos nos conhecido. A livraria já parecia tão distante da minha realidade...

— De nada, mas só pedi que a Rachel entregasse seu currículo — confessei. — Ela me disse que o tio adorou você.

—Vou me esforçar ao máximo para não decepcionar ninguém — Stephanie falou, animada. — Estou ansiosa para começar.

— Olha só pra nós duas... virando gente grande! Bom, você já era grande... — provoquei Stephanie, que era bem alta. Ela fez uma careta.

— Há-há. Engraçadinha.

Passamos o almoço discutindo aleatoriedades. Eu conferia a todo instante a pasta que estava ao meu lado, com os documentos que precisava entregar na faculdade mais tarde para me tornar oficialmente uma bolsista. Depois precisava falar com a Graça e pronto, estaria tudo resolvido.

— Como vão as coisas com sua mãe? — Stephanie quis saber.

Precisaria tomar mais cuidado com o que dizia a ela, já que trabalharia com Rachel diariamente e a ideia das duas discutindo minha vida, mortas de pena, me assustava. Limitei-me a responder:

— Chegamos a um acordo, acho. Falei que não quero que a gente se encontre por um tempo, ainda estou magoada.

Stephanie assentiu lentamente. Abriu a boca e fechou, como se fosse dizer algo, mas desistisse no último instante. Então soltou:

— Ah, que se dane. Vou dizer o que estou pensando!

— Que é...?

— Você já pensou em procurar um psicólogo?

— Ah, não! Pelo amor de Deus, não vem com esse papo...

— Por quê?

— Nada, nada. É só que... ah, eu não preciso dessas coisas. Não sou louca. Sei lidar muito bem com o que está acontecendo. Eu nem tenho mais faltado na aula! Consegui resolver o problema com minha mãe, vou ocupar meu tempo livre com a iniciação científica, estou morando com minha avó... Está tudo ótimo — falei, sentindo a mentira pesar em cada palavra.

A quem eu queria enganar? Estava na cara que não fazia a mínima ideia de como lidar com aquela situação.

— Primeiro: psicólogos não são para loucos. Eu já fui num — ela confessou.

— Você? — perguntei, incrédula.

Ela era a última pessoa que eu imaginaria sentada em um divã reclamando da vida. Stephanie sempre parecera... forte. Estável. Firme como uma rocha. Era completamente diferente de mim, sempre tão desequilibrada.

— Por que essa cara? Já fui e acho que todo mundo deveria ir, na verdade. É muito bom. Eu estava numa fase ruim. Não havia passado no vestibular, minha avó estava muito doente e a gente tinha uns problemas financeiros. Minha mãe percebeu e resolveu me levar a um psicólogo — ela contou, sem o menor embaraço, como se fosse a coisa mais normal do mundo. — Pareço louca por acaso?

Sacudi a cabeça, negando lentamente.

— Desculpa, não quis ofender.

Stephanie deu de ombros, como se aquilo não a afetasse.

—Tudo bem. É que todo mundo tem essa imagem, sabe? Mas é totalmente errada. Nem sempre a gente é capaz de lidar com tudo o que está acontecendo por conta própria, mesmo que ache o contrário. Aí precisamos de uma pessoa com quem conversar.

— Mas eu converso com você! E a Iasmin, a Rachel... tenho um monte de gente com quem conversar!

— Mas você fala de assuntos *realmente* importantes? Quer dizer, eu sei algumas coisas, mas... Você se esconde muito, fica querendo se fazer de superpoderosa e tal, mas aposto que aí dentro — ela disse, apontando para minha cabeça — está uma confusão. E não há vergonha nenhuma nisso. Às vezes a gente fica muito confuso. Faz parte.

— Eu te odeio, sabia?

Stephanie fez um gesto com a mão, como se não se importasse com o que eu tinha acabado de dizer.

— Odeia nada! Você me ama. Aliás, ama todo mundo. Inclusive sua mãe. Se não amasse, não estaria tão chateada com ela até agora. Acho que você precisa encontrar uma solução de verdade para isso tudo dentro de você. Ninguém consegue carregar o mundo nas costas. Você não é louca, Cecília. Mas passou por muita coisa e precisa descobrir o melhor jeito de lidar com isso.

A verdade era que eu me *sentia* louca, mas não falava com ninguém sobre o assunto. Às vezes perdia o controle de quem era, me sentia frágil e impotente. Então tinha aqueles momentos de sufocamento. *Ataques de pânico*, como vovó havia definido. Era horrível, eu me sentia paralisada e achava que não teria um fim. Que ficaria presa naquele instante de puro pavor e nunca ia me libertar daquela sensação.

Se eu não tinha controle de como agia, certamente era louca.

Mas não era só isso. Ninguém sabia o que tinha debaixo das minhas mangas. *Só Bernardo.*

Uma pessoa normal não fazia esse tipo de coisa por vontade própria. Eu gostava de sentir dor. Não, eu não gostava. Eu *precisava*. Era o que me mantinha sã. O sangue, o corte, a ardência, o ritual… tudo aquilo me mantinha sã. Mas depois vinha a vergonha.

Eu não tinha mais vontade de sair de casa. Colocar os pés para fora da quitinete significava ter que esconder as marcas, conviver com o medo de descobrirem. Ficava ansiosa quando me perguntavam algo, me preocupava em encontrar algum conhecido na rua e precisar ter uma conversa breve sobre algum assunto completamente aleatório. Era como se viver fosse uma grande corrida de obstáculos que eu não tinha como ganhar, não importava o quanto tentasse.

Tinha medo, muito medo, de que as pessoas descobrissem o inferno em que me encontrava só olhando nos meus olhos.

E o medo era real. Stephanie tinha percebido meus problemas e nem éramos tão próximas assim.

— Mesmo se eu quisesse, não tenho dinheiro — falei.

— A faculdade tem atendimento gratuito — ela disse. — Você só está arrumando desculpas.

— Eu não estou… — Parei no meio da frase, sabendo que estava *mesmo* arrumando desculpas. — Ah, enfim. Não estou pronta para isso, acho.

— Tudo bem. Mas você podia considerar essa possibilidade. Não vai doer nem nada do tipo — Stephanie falou, tentando me convencer.

Queria muito acreditar no que ela dizia, mas sabia que revirar tudo o que eu sentia doeria mais do que estava disposta a admitir. Era por isso que evitava tocar no assunto e, quando o fazia, não gostava de entrar em detalhes. O problema não era apenas minha mãe — era tudo.

Minha vida estava de pernas para o ar. Tirando a faculdade, onde enfim estava aprendendo a me encaixar, todo o resto parecia uma bagunça. Bernardo, meu corpo, o namorado idiota da Iasmin, a quitinete no quintal da minha avó... nada daquilo era o que eu havia imaginado para quando tivesse dezoito anos.

Falar funcionava para algumas pessoas, mas não para mim. Quanto mais falava, mais triste ficava pensando em tudo o que estava fora de lugar.

— Juro que vou pensar — menti.

Abrir meu coração não parecia o certo a fazer. Quanto mais eu me expunha, mais frágil me sentia — e eu queria ser forte, queria retomar o controle, queria ser eu mesma. Não conseguia me imaginar sentando em frente a um desconhecido, despejando todos os meus problemas de uma só vez.

Precisava de bem mais do que aquilo para me sentir bem. Mas não fazia ideia do quê. Só me restava descobrir.

44

BERNARDO

Um pedaço de papel colado com fita adesiva na porta dizia: "Por favor, aguarde. Volto já!".

Eu estava sentado em frente a ela fazia quarenta e cinco minutos. Provavelmente as definições de "volto já" eram diferentes para mim e para quem quer que tivesse deixado o recado ali.

Me sentia cansado e irritado. Minha noite tinha sido péssima, como eram todas havia meses. Uma boa noite de sono havia se transformado em artigo de luxo para mim. Era só fechar os olhos que meus pais começavam a discutir no quarto ao lado, suas acusações e brigas reverberando pelas paredes.

Quando não eram as discussões, era Cecília. A imagem dela me tirava o sono, assim como nosso último beijo. Às vezes, eu tinha pesadelos nos quais Cecília era sugada para as sombras por minha culpa. Quando ela voltava, estava sangrando. Por todo o corpo, cortes profundos jorravam sangue sem parar.

Eles me assombravam mesmo acordado. Estava tão exausto que mais parecia um zumbi de *The Walking Dead*.

Tinha planejado um cochilo para a tarde, mas meus planos foram por água abaixo quando recebi a ligação da Graça. Ela pedira que a encontrasse na faculdade. Eu tinha chegado antes, mas ela já estava vinte e cinco minutos atrasada.

Se tinha uma coisa que me tirava do sério era falta de pontualidade.

Estava quase desistindo quando vi Graça no corredor, dando uma mordida em um croissant. Ela acenou ao me ver, engolindo um pedaço.

— Desculpe o atraso. Saí para comer uma coisinha, mas o diretor me pegou no meio do caminho e acabei me enrolando.

— Sem problemas — respondi, porque achei que não ia pegar bem dizer o que realmente sentia.

Graça arrancou o papel da porta, amassou e arremessou em uma lixeira no canto do corredor. *Cesta.* Tirando o atraso, até que eu gostava dela.

— Senta, Bernardo — ela disse quando entramos, apontando uma cadeira com aparência desconfortável. Universidades federais e a eterna falta de verba...

Obedeci, observando tudo à minha volta. Era uma sala comum e impessoal. Graça sentou à minha frente e terminou o croissant. Então começou a falar:

— Bom, vamos ao motivo pelo qual chamei você aqui — ela começou. — Sua nota na prova de seleção foi muito boa e seu histórico escolar foi aprovado na análise. — Eu já estava comemorando por dentro quando ela acrescentou: — Você ficou em segundo lugar na classificação.

— Então estou fora? — perguntei, levemente decepcionado. Havia me deslocado até a faculdade no início das férias só para ouvir que eu tinha mandado bem, mas havia gente melhor?

Só havia uma vaga. Eu havia estudado muito e estava confiante. Era uma grande decepção. Queria provar que era bom em alguma coisa. Mas não era bom o suficiente para aquela vaga.

— Na verdade, não — respondeu Graça, com um leve sorriso. — A pessoa que estava à sua frente foi desclassificada.

— Ai, que bom! — Graça arqueou as sobrancelhas, claramente surpresa que eu comemorasse a infelicidade de outra pessoa. "Ai, que bom?" Eu só dava bola fora! — Quer dizer... que ruim pra pessoa, né? Mas é que eu queria muito a vaga!

Me atrapalhei todo na resposta. Graça segurou um sorriso.

— Tudo bem, eu entendi — ela disse. — Só quero que você saiba, Bernardo, que precisa levar muito a sério essa vaga. É uma oportunidade grande de aprendizado, e o projeto vai se estender por um longo tempo. Por isso peço comprometimento não só no projeto, mas em todas as atividades da faculdade. A pessoa que ficou em primeiro foi desclassificada por ter plagiado um trabalho de outra disciplina. Não seria justo que ganhasse a vaga. É importante saber que estarei de olho em todos os envolvidos. Vou acompanhar de perto a vida acadêmica de cada um.

Ela passou a hora seguinte explicando vários detalhes do projeto de pesquisa, inclusive qual seria meu papel naquilo tudo e como funcionaria.

— Vamos ter alunos de diferentes períodos e cursos — ela contou. — Minha ideia é que todos vocês produzam algo, se envolvam em atividades multidisciplinares e se preparem para o ambiente acadêmico, caso desejem seguir essa carreira. Mas também vai ser muito interessante caso seu foco esteja no mercado de trabalho formal. Vocês precisam aprender a unir forças e ideias com outros profissionais, de áreas diversas, que enfrentam outras dificuldades e possuem níveis variados de conhecimento. Ninguém trabalha sozinho. É uma pesquisa minha, claro, mas quero que todos trabalhem ativamente nela. Vai ser bem enriquecedor.

— Mal posso esperar — falei, empolgado. Estava muito animado com a perspectiva de finalmente colocar a mão na massa. Tinha interesse na carreira acadêmica, embora ainda não soubesse bem o que gostaria de fazer assim que me formasse. Talvez aquela bolsa fosse uma boa forma de começar a descobrir quais áreas me interessavam dentro do que havia escolhido.

— É bom saber que você está animado — Graça disse, parecendo feliz. — O único porém é que começamos tudo semana que vem. Vai atrapalhar um pouco suas férias, embora só precise vir aqui duas vezes por semana.

— Sem problemas.

Graça tirou alguns papéis da gaveta e estendeu para mim.

— Preciso que preencha esses documentos e entregue na secretaria, mas não tenha pressa. Pode fazer isso no dia do início do projeto. O resto da papelada você já deixou preenchida quando fez a inscrição, então está tudo certo.

— Você tem uma caneta?

Resolvi preencher os dados ali mesmo. Não queria adiar, e ela podia conferir se fizesse algo errado.

Aquela bolsa era tudo que eu precisava. Não apenas uma distração e um complemento ao currículo, mas o dinheiro extra que talvez me permitisse finalmente comprar meu carro. Tudo tinha caído no meu colo na hora certa.

Uma batida na porta me distraiu. Graça pediu licença e levantou para conferir quem era.

Ouvi uma voz feminina sussurrar algo. A professora respondia em voz alta, mas a menina respondia discretamente. Virei o pescoço para ver quem era, mas a porta a escondia.

— Imagina, pode entrar. Eu vejo se está tudo certo e você deixa na secretaria — falou Graça. — Aí você aproveita para conhecer outro bolsista do projeto.

A menina pareceu protestar, mas acabou se rendendo. Graça abriu a porta para que ela entrasse.

Demorou alguns segundos para que meu cérebro assimilasse o

que estava acontecendo. Quando vi, a caneta havia escorregado da minha mão e ido parar no chão.

À minha frente, estava Cecília. E ela parecia tão surpresa quanto eu.

45

CECÍLIA

Não era possível.

Saí da faculdade desnorteada. Bernardo me cumprimentou como se nunca tivesse me visto na vida. Fiz o mesmo, mas minha mão tremia sem parar quando apertei a dele.

Graça verificou os documentos rapidamente e eu saí da sala sem me despedir. Só me dei conta disso quando estendi o envelope de papel pardo para o secretário, tentando me livrar de tudo como se fosse contagioso.

Assim que sentei no ônibus e encostei a cabeça na janela, as engrenagens do meu cérebro começaram a trabalhar desesperadamente. Eu não podia passar um semestre inteiro *estudando com Bernardo*. Pensar naquilo me dava urticária. Eu sabia que ia vê-lo vez ou outra, mas achava que nossa curta e desastrosa história tinha chegado ao fim depois que ele viu minhas cicatrizes.

Perdi o ponto e precisei andar até em casa, de tão desnorteada que estava.

Precisava de um banho.

Queria desistir. Quase não entregara a documentação na secretaria, mas se eu o fizesse e depois me arrependesse, não teria outra chance. O envelope pesara em minha mão. Enquanto Graça verificava se estava tudo em ordem e assinava as vias necessárias, eu sentia que a salinha dela tinha encolhido.

Bernardo não tirava os olhos de mim. Aquilo era maravilhoso e terrível ao mesmo tempo.

Mesmo deitada na cama, de banho tomado e tentando expurgar aqueles pensamentos, ainda sentia o olhar dele queimando na minha pele.

Não tinha a menor condição de fazer aquilo.

Enquanto meu cérebro trabalhava com as possibilidades, cheguei à conclusão de que desistir do projeto era o mais razoável. Ainda nem tinha começado o segundo período. Teria muitas chances durante a faculdade — isto é, se eu continuasse fazendo desenho industrial, porque depois de um semestre ainda não tinha certeza de nada.

Mas provavelmente nenhuma oportunidade tão boa quanto essa, pensei.

A bolsa era ótima, e o projeto também. Conseguir aquilo no início da faculdade era uma oportunidade de ouro. Mas o efeito Bernardo pesava tanto sobre mim que não sabia se valia a pena.

Todo o meu ânimo havia escorrido pelo ralo. Claro que a única coisa boa que acontecia comigo em meses não era tão perfeita quanto parecia.

Decidi que não podia aceitar — tinha certeza de que ia me embananar no meio do projeto e estragar tudo. Não tinha condições de ficar presa na mesma sala que ele por tanto tempo, provavelmente ia mais atrapalhar do que ajudar. Na manhã seguinte falaria com a Graça, que com certeza tinha uma fila de interessados mais competentes do que eu para ocupar a vaga.

Então eu ia abrir mão do que eu queria porque dividir aquilo com Bernardo era demais?

Meus pensamentos estavam a mil, e eu não tinha noção do que fazer. Desistir parecia a melhor decisão no momento, mas também completamente irracional.

Precisava de conselhos, mas Iasmin estava fora de cogitação. A próxima opção era Rachel, mas ela era uma mistura de razão e romantismo. Já sabia até o que ia me dizer! Ela "shippava" Bernardo e eu. Provavelmente diria que 1) eu não deveria abrir mão daquela oportunidade e 2) seria a chance perfeita de me reconciliar com Bernardo.

No momento eu queria pular no pescoço dele por tudo o que me fazia sentir, não me reconciliar.

Pensei em Stephanie, mas até podia ouvi-la dizer em meu ouvido: "Você tá doida?!". A verdade era que eu estava. Desde que vira Bernardo na sala da Graça não conseguia pensar direito.

Meu nervosismo cresceu, minhas mãos começaram a tremer e aquele desejo forte de fazer algo para recuperar o controle da situação e me focar em outra coisa me tomou mais uma vez. Eu pensava demais e o que menos precisava naquele momento era pensar.

Inspira. 1, 2, 3, 4, 5. Expira.

Mas não havia exercício de respiração que me fizesse manter a calma naquelas circunstâncias.

Na segunda-feira, ainda estava em dúvida se abriria mão ou não da minha bolsa por causa do Bernardo. A primeira reunião seria no dia seguinte.

Stephanie me convidou para almoçar com ela e Rachel no primeiro dia de trabalho dela. Também chamamos Iasmin, que inventou uma desculpa qualquer para não ir. Antes ninguém precisava insistir no convite, ela era a primeira a aparecer. Agora, quando conseguíamos nos ver ela ia embora no meio se Otávio ligasse querendo vê-la ou qualquer coisa assim.

Ver meus dois círculos de amizades convivendo em harmonia me deixava muito feliz. Stephanie e Rachel já pareciam velhas amigas. As duas tagarelavam sem parar sobre um canal de vídeos que acompanhavam, Marinando.

A estrela do canal, Mariana, havia estudado na mesma escola que eu, mas um ano à frente. Stephanie quase caíra para trás quando descobrira aquilo.

— Bom, a gente sabe quem ela é e tudo mais, mas não conversava com ela.

— Ela era metida? — Stephanie quis saber, curiosíssima.

— Antes de criar o canal ela era meio popular no colégio, mas depois se afastou das amigas — contou Rachel.

— Aquela fofoca que rolou ano passado, né?

Rachel assentiu. Revirei os olhos. Fofocas de celebridades não eram a minha praia, mesmo se eu conhecesse pessoalmente os envolvidos na história.

— Coitada — sentenciou Stephanie, soltando um suspiro.

— Todo mundo acreditou na história, né? — Rachel prosseguiu. — Menos o Bernardo.

— O Bernardo da Cecília?

Era só o que me faltava!

— Não tenho nenhum Bernardo — respondi, bufando.

— Ah, você entendeu. Não complica — Stephanie disse, dando de ombros. — Você leva as coisas muito a sério. Enfim, era esse Bernardo?

— Sim, *esse* Bernardo — respondeu Rachel. — Foi o único do colégio que ficou do lado dela.

— E que ficou *com* ela — falei, ressentida. Eu lembrava bem. Já gostava dele naquela época. Bom, gostava dele desde sempre.

— O QUÊ? Ele pegou a Mariana?

— Uma vez só — respondeu Rachel, me lançando um olhar esquisito que eu não soube decifrar. — A Iasmin contou pra gente que eles foram no cinema juntos e tal, no colégio ainda. Faz tempo.

— Podemos parar de falar do Bernardo? — perguntei.

Quanto mais eu tentava me afastar dele, mais lembranças e comentários eram jogados na minha cara.

— Não estamos falando dele. Estamos falando da Mariana — disse Stephanie. Sem se importar com meu protesto, ela prosseguiu: — Ela mudou pra São Paulo, né? Vi o vídeo do tour do apê.

— Ai meu Deus, vocês duas, CALEM A BOCA! — gritei. Algumas cabeças viraram para nos encarar e então eu afundei o rosto entre as mãos, tomada pela vergonha e nervosismo.

— Está tudo bem? — quis saber Rachel, estendendo o braço para tocar minhas costas.

Queria contar a verdade, mas eu não era muito boa naquilo. A mentira saiu automaticamente:

— Sim — respondi simplesmente.

Foi então que me dei conta de qual era o meu grande problema: eu queria evitar Bernardo a todo custo, mas a não ser que também evitasse todas as minhas amigas, era impossível.

Não adiantava tentar. Não adiantava ignorar a existência dele. E o mais importante de tudo: não valia a pena desistir de algo que seria bom para o meu futuro só por causa daquele fantasma que ia me perseguir em todo canto.

Ele que se danasse. Eu não abriria mão de uma oportunidade importante como a bolsa por causa de um moleque que tinha partido meu coração. Merecia estar ali tanto quanto ele.

Aquele era meu lugar.

46

BERNARDO

Quatro dias em duas semanas dividindo o mesmo espaço que Cecília. E, ainda assim, nunca a senti tão distante.

Ela era uma espécie de assistente da Graça, observando o que o resto do grupo fazia, tomando notas e mantendo tudo dentro do cronograma. E às vezes se juntava aos dois veteranos de desenho industrial do projeto para absorver tudo o que podia.

Sempre que precisava falar comigo, era direta. Eu era o único aluno de engenharia mecânica do meu período. Havia mais um garoto do curso, mas ele estava no penúltimo semestre. Sempre que precisava repassar algum comentário da Graça sobre nossa parte do projeto, ela se dirigia a ele.

Aquele gelo era o pior castigo que eu poderia receber.

Era a penúltima quinta-feira antes das férias acabarem e eu tinha chegado mais cedo a um dos laboratórios usados pelos alunos de elétrica. Quando abri a porta, encontrei Cecília sozinha, fazendo os últimos preparativos para a reunião.

Peguei a mochila e joguei na cadeira mais distante da sala. Ela não havia percebido que eu estava ali e fazia algumas anotações na lousa. Quando se virou, a expressão em seu rosto mudou — sua face perdeu toda a cor e a caneta que segurava caiu no chão.

Cecília se abaixou para pegar, nervosa.

— Que susto. Não vi você chegar — ela se justificou.

— Não era minha intenção — falei, tentando quebrar o clima esquisito entre nós. — Tem muita coisa para hoje?

— Na verdade, mais leitura. E alguns cálculos. Separei o material de vocês naquela pilha ali — ela explicou, apontando para uma pasta. Tentava disfarçar, mas suas mãos tremiam e a voz vacilava um pouco. Era sempre assim quando precisava falar comigo. — Vocês precisam fazer alguns relatórios sobre os últimos testes.

Ela virou de costas e voltou a fazer anotações no quadro, ignorando minha presença.

Era o dia mais quente dos últimos meses. Pela primeira vez em um bom tempo, ela estava de mangas curtas. Havia uma fina linha avermelhada do lado de dentro do antebraço, já cicatrizando. Se alguém olhasse sem prestar muita atenção, poderia confundir com um arranhão. Mas eu lembrava bem do que tinha visto no aniversário da minha irmã.

Eu tinha terminado o livro que ela me emprestara. Estava dentro da mochila. Desde a semana anterior eu o carregava, mas não tinha coragem suficiente para devolver, não na frente dos outros. Aquela parecia a hora certa.

Queria conversar com ela, alcançá-la... Mas como me aproximar de alguém que parecia me querer a quilômetros de distância — e com razão?

— Cecília...

— O quê? — ela perguntou, um leve tom de irritação se insinuando.

— Quer comer alguma coisa? Quando a gente acabar? — sugeri, para devolver o livro e conversar um pouco.

Ela abriu e fechou a boca para responder, perplexa com a sugestão. Quando achei que fosse me mandar à merda, dois integrantes do grupo de pesquisa chegaram, acompanhados por Graça.

Iuri era negro, alto, tinha cabelo black power, usava óculos e fazia engenharia ambiental. Era muito inteligente, rápido nas respostas quase sempre certeiras e capaz de arranjar solução para tudo. As palavras até se atropelavam enquanto falava, porque seus pensamentos eram mais velozes.

Sara, uma garota baixinha e branquela com sardas espalhadas pelo rosto, era aluna de engenharia de petróleo e gás. Gostava de executar tudo com extrema calma e cautela, para evitar erros. Aquilo era bom, mas também podia ser terrível — tinha horas que queríamos resolver as coisas o mais rápido possível, e ela ficava tentando rever todos os pontos, refazendo cada passo centenas de vezes.

— E aí, cara? — cumprimentou Iuri com um aceno.

Sorri, embora fervesse por dentro. Eles tinham atrapalhado nosso único momento a sós em semanas, e eu não sabia quando teria outra oportunidade como aquela. Poderia demorar décadas.

— Já comecei minha parte — falei, erguendo a pasta para Graça.

— Ótimo — disse ela, seguindo até a mesa principal e abrindo suas anotações.

— Separei a de vocês também — disse Cecília a Iuri e Sara, apontando para a mesa onde Graça estava. Iuri buscou as duas pastas e entregou a Sara, que agradeceu com um aceno.

— Obrigada, Ceci — agradeceu a menina, conferindo seu próprio material. — Você é um anjo.

Mais alunos chegaram e começaram a trabalhar, todos empolgados com o que estavam desenvolvendo. Eu, por outro lado, não conseguia me concentrar em uma só palavra que lia ou nas instruções que deveria executar.

— O que foi, cara? — Felipe, minha dupla de mecânica, quis saber ao me ver coçar a cabeça enquanto tentava organizar as informações para um relatório. — Está tudo bem?

Olhei para Cecília, com os cabelos presos em um coque no alto da cabeça. Ela mordiscava a ponta do lápis enquanto Hannah, uma das veteranas de desenho, explicava a ela o que fazia. Enquanto Cecília repetia o que havia aprendido, Hannah e Iuri trocavam olhares. A tensão entre os dois era clara.

Mas era um tipo melhor de tensão do que aquele que existia entre mim e Cecília.

Iuri se aproximou de Hannah e os dois começaram a comparar anotações. Ela puxou uma folha de papel-manteiga A3 e mostrou um desenho para ele, que comparou a uns cálculos que tinha à mão. Enquanto os dois conversavam, me aproximei de Cecília.

— Estou ocupada — ela disse, sem tirar os olhos dos papéis que analisava.

— Precisamos conversar.

— Acho que já conversamos o bastante.

— Só um lanche... — pedi.

— Bernardo, eu já disse que...

— É a última vez. Nunca mais vou insistir. Prometo. Preciso devolver seu livro, terminei de ler.

Cecília virou de costas para mim, me fazendo perder as esperanças. Sem olhar para mim, ela soltou um suspiro e respondeu:

— Só um lanche.

Como se nada tivesse acontecido, ela voltou a estudar os desenhos com Hannah e Iuri.

Tentei me concentrar durante o restante do turno, mas era impossível. Só conseguia pensar no que dizer para ela.

Cecília foi a última a sair da sala. Ela demorou mais do que o normal para organizar seu material e apagar o quadro, como se usasse cada segundo para se preparar para nossa conversa. Ao vê-la tão insegura, me senti culpado por pressioná-la.

Quando ela cruzou a porta, me coloquei ao lado dela.

— O lanche ainda está de pé? — Cecília assentiu, sem dizer nada. Caminhamos lado a lado pelo campus deserto, nossos passos ecoando no vazio. — Quando cheguei estava tudo fechado — comentei, referindo-me ao trailer dentro da faculdade e às lanchonetes. — Podemos ir andando até o shopping.

Ela hesitou, pensando por um instante.

— Tudo bem — concordou, sem me olhar.

Cecília parecia exausta e pensativa. Tentei puxar assunto uma ou duas vezes, mas não engatava — era como se ela estivesse em outro planeta.

Então, quando estávamos parados no sinal em frente ao shopping, um fusquinha azul passou à nossa frente.

Ela acompanhou o carro, mas não falou nada. Eu queria beijá-la, lembrando a mudança que tínhamos feito na brincadeira. Então ela me olhou.

E naquele olhar enxerguei o mundo inteiro.

— Pensei em um hambúrguer — falei, quando entramos no shopping.

— Podemos ir ao Burger King — sugeriu ela.

— Que tal o Fifties?

— É muito caro.

— Eu convidei, é por minha conta.

— Bernardo, para...

Pelo olhar que me lançou, percebi que estava fazendo de novo. Forçando a barra. Mas queria conversar em um lugar menos agitado que a praça de alimentação. Além disso, os pedidos demoravam um pouco mais pra chegar num restaurante, o que me daria mais tempo.

— Por favor? Sei que tem vontade de ir lá.

— Tá, tudo bem — ela respondeu, dando-se por vencida.

Sabia que estava sendo insuportavelmente insistente, mas sentia que era minha última chance de ter uma conversa franca com ela. Não podíamos trabalhar lado a lado o semestre inteiro se a situação entre nós dois continuasse tão esquisita.

Entramos no elevador e Cecília deu as costas para o espelho. Ela apertou as mãos, apreensiva.

— Está tudo certo?

— Claro.

Eu sabia que ela estava mentindo, mas não quis insistir.

As portas se abriram e ela caminhou alguns passos atrás de mim. Um garçom nos levou até uma pequena mesa com duas poltronas vermelhas confortáveis, com vista para a Baía de Guanabara.

Cecília olhou para o lado de fora, com o olhar perdido.

— O que você quer comer? — perguntei, quando nos entregaram os cardápios. Ela deu de ombros.

— Tanto faz. O que você quiser — falou.

Escolhi nossos sanduíches e um milk-shake para dividir, além de batata frita.

— Cheddar ou parmesão? — o garçom quis saber. Olhei para Cecília, que tinha olheiras profundas e um ar cansado. Com um suspiro, ela decidiu:

— Cheddar.

O garçom virou as costas e nos deixou a sós. Um silêncio constrangedor se fez de novo. Antes de ter dado mancada, nossos silêncios eram confortáveis. Assim como as palavras que trocávamos. Agora eu não sabia o que dizer ou o que fazer com as próprias mãos.

— Está gostando do projeto? — Cecília perguntou de repente, talvez tão incomodada com a falta de assunto quanto eu. Senti um alívio invadir meu peito: tínhamos uma coisa em comum, algo sobre o que podíamos conversar sem sentir que pisávamos em campo minado.

Comecei a falar, deixando as palavras saírem à vontade. Sentia que, se parasse, talvez ficássemos em silêncio para sempre.

47

CECÍLIA

Quando os sanduíches chegaram, já estávamos conversando fazia um tempo sobre o projeto de iniciação científica. Era um terreno seguro, uma conversa sem intimidade. Não queria falar sobre outra coisa e alterar o equilíbrio do universo. Estava com medo.

— Esse é meu favorito — disse Bernardo, quando entregaram nossos hambúrgueres. Pão australiano, carne, cebola caramelizada e queijo cheddar.

— Parece muito bom — contei.

Ele sorriu, como se o fato de gostarmos do mesmo sanduíche nos tornasse mais próximos. Era como se ele preenchesse itens em sua cartela de compatibilidade. Era adorável e assustador ao mesmo tempo. Se ele continuasse falando daquele jeito, me olhando com aquela carinha de cachorro arrependido e buscando coisas que nos reaproximassem, eu acabaria cedendo.

Mas o que havia depois do perdão? Não só para Bernardo e eu, mas também para minha mãe. O que eu deveria fazer? Me preparar para a próxima decepção?

— Você está bem?

Não percebi que estava prestes a chorar até ele perguntar aquilo. Tirei os óculos e esfreguei os olhos, tentando me recompor.

— Estou. Acho.

Peguei-o encarando meus braços. Eu estava de regata, porque fazia calor demais, e me sentia exposta, frágil e inútil. Havia pena em seus olhos, e eu não sabia lidar com aquele sentimento.

— Eu queria...

Bernardo deixou a frase em suspenso. Não sabia o que dizer. Nós dois estávamos meio perdidos. Tê-lo tão perto, sem nenhum conhecido em volta para me proteger daquele turbilhão de sentimentos que me invadia... Parte de mim queria escapar, mas um desejo mais forte me mantinha ali, olhando para ele, memorizando cada pedacinho do rosto que eu conhecia tão bem, que havia me trazido amor e dor em tão pouco tempo.

Ele revirou a mochila e tirou de lá meu exemplar de *A redoma de vidro*, um pouco amassado, mas inteiro.

— Gostou? — perguntei, querendo dizer "é assim que me sinto, você conseguiu entender?". Ele assentiu e ficamos em silêncio mais uma vez.

Eu também tinha algo para devolver — o exemplar de *A revolução dos bichos* estava dentro da minha bolsa desde a semana anterior. Eu planejava jogar na mesa dele quando não estivesse olhando, mas já que estávamos ali...

— É bom, né? — ele disse, pegando o livro de volta.

— Uhum — murmurei.

Eu amava Bernardo. Por mais que tentasse fugir dessa ideia, por mais que durante toda a minha adolescência tivesse insistido para mim mesma que era só uma paixão platônica, eu o amava. Aquela única semana que tivera ao lado dele, escondida de todos, fora a melhor da minha vida. E havia acabado, como tudo o mais que importava.

— Eu não posso... — consegui dizer.

— O quê?

O que eu não podia? Não podia dizer que o amava. Não podia

perdoá-lo. Não podia acreditar que merecia alguém que se importasse comigo. Não podia sofrer mais do que já tinha sofrido. Não podia permitir que coisas ruins acontecessem. Não podia deixar que me abandonassem de novo.

No fim, não respondi. Deixei as palavras no ar. Preenchi o silêncio com uma mordida no hambúrguer.

Bernardo não parecia disposto a recorrer à mesma tática. Depois de abrir e fechar a boca repetidas vezes, pensando no que dizer, falou:

— Não consigo mais estar no mesmo lugar que você.

A frase me pegou de surpresa. Engasguei com o hambúrguer e demorei alguns segundos para me recompor.

Assustado, ele veio em meu socorro. Depois de alguns tapas nas costas, consegui respirar melhor, mas não sabia como responder. Talvez com um tapa na cara.

—Você está bem?

— Como posso estar bem se você me chama para comer só pra dizer que não aguenta mais olhar na minha cara? — respondi, puxando a bolsa e tentando levantar. Ele me segurou.

— Não foi isso que eu disse.

— Como não?

Bernardo suspirou e esfregou o rosto.

— Falei errado — disse. — Senta, por favor? Quero explicar.

Voltei a me ajeitar na poltrona, desconfortável.

—Você não lê as pessoas com tanta facilidade quanto lê seus livros, né? — disse Bernardo, em tom de brincadeira.

Permaneci rígida na cadeira. Às vezes eu não conseguia controlar meus impulsos ou o tom da minha voz.

— O que você quis dizer? — perguntei, sem afastar completamente a irritação da voz.

— Promete que vai esperar eu terminar de falar antes de fugir?

— Assenti. — Bom… é só que te ver todo dia é muito difícil. Quando chego na faculdade e te vejo na sala, quero tanto falar com você… não consigo mais ficar no mesmo lugar sabendo que me odeia…

— Eu não te odeio — falei rapidamente, com medo de me alongar muito e revelar que o que sentia por ele era o oposto.

Bernardo desviou o olhar.

— Você tem todo o direito…

A mão dele estava sobre a mesa e de repente tive vontade de segurá-la e dizer que não podia odiá-lo. Que, por mais que ele me magoasse, jamais seria capaz de odiar alguém por quem tinha tantos sentimentos. Mas sentei em cima das mãos antes que o fizesse.

— Eu queria dizer que sinto muito. Já disse, mas queria dizer de novo. Tenho vontade de dizer isso todos os dias. Quase fui até sua casa… Queria ter certeza de que fiz o máximo possível para que acreditasse em mim. Não quis fazer aquilo, me arrependo tanto… Se eu pudesse voltar atrás…

— Eu acredito — respondi. E de repente eu soube que acreditava. Apesar de ainda alimentar rancor, sabia que ele estava arrependido. Via aquilo claramente em seu rosto. — Mas você errou, Bernardo…

— Eu sei.

— Fez igual seu pai.

Bernardo reagiu como se tivesse levado um soco no estômago. No mesmo instante me arrependi do que disse — ele havia confiado em mim ao falar sobre o pai, sobre como a traição o afetava. E eu havia usado aquilo contra ele.

— Desculpa, eu não quis…

— Mas disse — respondeu Bernardo. — E não está errada.

— Eu não deveria ter falado isso. — Usar um segredo para atingi-lo não me tornava muito diferente dele. Não me tornava muito diferente de todo mundo que eu desprezava.

— Não precisa se desculpar, Cecília. Você tem razão. E sabe...
eu pensei nisso também. E pensei em tudo o que me disse. Sei que
o que a gente tinha não era oficial nem nada, mas... para mim era.
Quando você foi embora, percebi o quanto aquilo era importante
para mim.

— Bernardo, eu...

— Espera... você disse que ia me deixar terminar — ele disse, com um sorriso triste estampado no rosto. — Só queria pedir
desculpas. Por tudo. Já pedi, mas queria pedir de novo e de novo.
Não quero forçar a barra, mas... Não posso mais te ver quase todo
dia e saber que você não me perdoou. A gente podia tentar recomeçar do zero. Você me perdoa?

Havia verdade nos olhos dele. Tão forte que me atingia por
inteiro. Eu já tinha visto a mesma honestidade no aniversário da
Iasmin, quando tentara me forçar a ouvir sua versão da história.

Eu acreditava em Bernardo. Mas não queria. Perdoava Bernardo. Mas não queria. Só que não podia continuar presa aos
ressentimentos. Precisava aprender a perdoar e podia muito bem
começar por ele. O mundo havia se aberto aos meus pés com o
que acontecera meses atrás, mas eu não podia alimentar aquilo para
sempre: não havia um nome para o que éramos, nenhum acordo
pré-definido. E ainda assim aquilo o consumia. Aquilo *me* consumia. Eu não podia permitir que a situação afetasse minha vida por
tanto tempo. Era hora de começar a amarrar as pontas soltas da
minha vida.

— Eu te perdoo — falei.

Achei que dizer aquilo fosse tirar o peso das minhas costas, mas
não foi o que aconteceu. Ainda me sentia triste e perdida, ainda não
confiava completamente nele ou em qualquer outra pessoa. Ainda
tinha medo de ser deixada para trás.

— Podemos começar do zero? — perguntou Bernardo.

— Não.

Bernardo hesitou, e percebi que ele não sabia bem o que dizer em seguida.

— Por quê?

— Porque não dá para apagar o que a gente viveu. Nossa história é antiga, começou a ser construída antes mesmo daquele beijo. Desde que te vi pela primeira vez e me apaixonei. Eu gosto de você desde aquele dia. Não quero passar uma borracha nisso.

— E o que a gente faz?

— A gente retoma de onde parou. Corrige nossos erros, aprende com eles. Preciso voltar a confiar em você. E preciso saber o que a gente é. Preciso sarar.

— Posso ficar ao seu lado enquanto você sara?

Não havia outra resposta para aquele pedido.

— Pode.

48

BERNARDO

No DIA SEGUINTE, encontrei Cecília no shopping para irmos ao cinema.

Tinha prometido ir com calma, mas não consegui evitar e a convidei para ver um filme. Fiquei surpreso quando aceitou o convite.

Era nosso primeiro encontro de verdade. Minhas mãos suavam de expectativa.

Cecília apareceu usando jeans e camiseta, praticamente seu uniforme. Ela abraçava o próprio corpo e parecia desconfortável.

— O que a gente vai ver? — ela perguntou, sorrindo nervosa.

As opções eram bem poucas. Escolhemos um filme que Cecília definiu como "mais um com um casal branco quase se beijando no pôster". Cada um pagou seu ingresso. Ela saiu dizendo que a história era horrível, mas tinha chorado quando o mocinho morreu no final.

Talvez eu tivesse derramado uma lagriminha também.

— Certo, vamos fingir que a gente não se conhece — falei, quando sentamos na praça de alimentação. Não houve beijo, o que era estranho para um encontro, mas eu tinha prometido respeitar o espaço dela. Escolhemos uma promoção de duas pizzas individuais pelo preço de uma. Enquanto Cecília mastigava uma fatia de pepperoni, perguntei: — Você sabe por que escolheram seu nome?

— É esse tipo de pergunta que as pessoas fazem em encontros? — ela perguntou.

— Acho que sim. Você nunca teve um encontro?

— Não, nunca.

— Mas não tinha um namorado?

Ela suspirou, como se a lembrança a cansasse.

— Ah, a gente só ficava na casa dele no começo. Quando começamos a ir aos lugares juntos, já estávamos namorando, e não parecia um encontro. E o Gabriel não era muito de conversa.

— Acho que tenho um padrão — falei.

— Qual?

— Os poucos primeiros encontros que tive na vida foram no cinema.

Ela riu, me pegando de surpresa.

— Você precisa ser mais criativo, Bernardo.

Balancei a cabeça em concordância.

— Prometo que vou me esforçar mais da próxima. Faz pra mim uma lista de coisas que você gostaria de fazer e ainda não fez.

Ela puxou um caderninho da bolsa e arrancou uma página. Enquanto procurava uma caneta, pareceu encontrar alguma outra coisa.

— Ah, trouxe pra você. — Cecília colocou um exemplar de *Reparação*, do Ian McEwan, em cima da mesa. — Você disse que gostou do livro que te emprestei. Esse é outro dos meus favoritos.

Peguei o livro e folheei. Tinha uma menina meio triste na capa e um cara olhando para ela de longe.

— Tem um filme, né?

Ela assentiu.

— Já viu?

— Nunca.

— Tá, tenho um primeiro item.

Cecília pegou a caneta e escreveu no topo da folha:

Lista de coisas que Cecília e Bernardo precisam fazer

A letra era cheia de firulas, e ela rabiscou um fusquinha em cima do título.

1. Ver "Desejo e reparação"

— Por um tempo achei que esse filme era baseado num livro da Jane Austen — falei. Ela fez uma careta.

— Eu amo a Jane Austen, mas não tem nada a ver. Mas esse filme é com a mesma atriz e o mesmo diretor de *Orgulho e preconceito*.

— Nunca vi nem li — respondi. — Mas sei o que é.

— Bernardo, você precisa de um intensivo.

Ela riscou o primeiro item e reescreveu embaixo:

1. Ver "Desejo e reparação"
1. Educar Bernardo em cinema e literatura

Eu ri.

— Posso? — perguntei, apontando para a folha.

— É toda sua.

Meu garrancho não parecia em nada com a letra bonita de Cecília, mas pelo menos dava para entender. *Acho.*

2. Obrigar Cecília a ver todos os "Velozes e furiosos".

— Ah, não — ela resmungou. — Já vi um, é mais do que suficiente.

Entre filmes, comidas para provar e lugares para ir, nossa lista alcançou um tamanho considerável.

Incluímos pontos turísticos ao redor do estado, bandas para apresentar um ao outro e coisas que a gente queria aprender. Sabia que talvez a gente esqueceria daquela lista na semana seguinte e que nunca conseguiríamos cumprir todos os itens — alguns eram bem idiotas —, mas aquela série de rabiscos compartilhados me encheu de esperança: Cecília realmente estava disposta a me perdoar e a tentar escrever a continuação da nossa história.

CECÍLIA

Guardei a lista dentro de uma gaveta e fiquei pensando em como a vida às vezes parecia boa e simples.

Antes de voltar para casa, Bernardo passou na livraria e me deu um exemplar de *O guia do mochileiro das galáxias*, um dos livros favoritos dele.

Na folha de rosto, ele escreveu:

Para Cecília,
não esqueça sua toalha.

A letra dele era horrível, mas ainda assim reli aquela dedicatória milhares de vezes.

Na reunião seguinte do grupo de iniciação científica, eu me sentia leve. Consegui fazer tudo direito — organizei o que Graça precisava e distribuí tarefas. Não estava funcionando no modo automático: eu me *sentia* ali, presente, porque não precisava me preocupar com Bernardo, com a presença dele, com aquela história pesando sobre nós.

— Você está mais animada hoje — disse Hannah quando me voluntariei para ajudá-la a reproduzir uns desenhos.

Olhei para Bernardo, do outro lado da sala, que discutia alguma coisa com Sara e Felipe.

— Na verdade, acho que estou mais calma — respondi. E era verdade.

Eu me sentia tranquila como não acontecia havia muito tempo. E, de certa forma, aquela tranquilidade me assustava. Estava acostumada com o mar turbulento. Não parecia merecedora da bonança.

49

BERNARDO

O APLICATIVO DO CELULAR ANUNCIOU que eu havia chegado ao meu destino final. Era uma rua residencial, mas muito diferente daquela em que eu morava. Olhei para o enorme portão cinza de metal e para o muro pichado, com a pintura descascada. Um cano havia estourado no asfalto e alguém tinha colocado um pedaço de madeira para que os motoristas desviassem.

Estacionei e permaneci no carro. Não sabia se tocava a campainha ou se ligava para o celular de Cecília. Acabei escolhendo a segunda opção.

—Vem aqui no portão — falei, assim que ela atendeu.

— Hein?

— Tô te esperando no portão.

— Bernardo, você tá louco? — ela perguntou.

—Vem logo!

Tínhamos combinado de ir devagar, mas eu queria compartilhar com ela algo que me deixava feliz, aproximá-la um pouco da minha vida. Esperava não estar invadindo seu espaço.

Cecília apareceu minutos depois. Estava descabelada e usava short jeans, camiseta branca e havaianas.

— Estou horror... MEU DEUS, O QUE É ISSO? — ela gritou assim que percebeu o carro que estava parado na porta dela.

— Meu novo carro. Queria que você fosse a primeira a dar uma voltinha nele comigo — respondi, alisando o capô e sorrindo.

Era um fusca azul. Eu o havia comprado com o dinheiro que tinha guardado ao longo dos anos. Era bonito e até que estava bem conservado.

Quando vira o fusquinha azul na loja de usados, não pude resistir. E, assim que peguei a chave, não conseguia pensar em nenhum outro lugar aonde ir. Precisava dividir isso com ela.

— Fusca azul! — Cecília exclamou, pulando para me dar um abraço.

— Eu precisava de uma desculpa para que isso acontecesse mais vezes — falei, e ela sorriu.

Minha irmã provavelmente diria que o carro era horroroso, meu pai encontraria defeitos mecânicos e minha mãe ia perguntar pela enésima vez por que eu preferira um carro velho a aceitar um presente oferecido de coração.

Cecília ficou só olhando para o veículo.

— Gostou? — perguntei, tirando uma mecha de cabelo que havia caído em seus olhos. Eu a puxei mais para perto, mas não a beijei. Fiquei apenas ali, esperando uma resposta.

— Sua mãe vai te matar — disse Cecília, dando uma risadinha.

— Eu sei, estou animadíssimo. Você vai no meu funeral?

— Não vou a lugares sem comida, é contra minha filosofia de vida — ela respondeu.

— Vou usar meu último pedido para exigir comida então.

— Tipo aqueles funerais americanos?

— Sim, muito mais legal que os nossos, não acha?

— Eu nunca fui a um velório — Cecília respondeu. — Mas parece melhor mesmo.

— Quer dar uma volta comigo?

— Desde que eu saia viva... Não quero que o primeiro velório a que eu vá seja o meu. — De repente, ela encarou o próprio reflexo distorcido no vidro do veículo. — Ah... mas acho melhor eu me arrumar primeiro...

— Por quê?

— Tô toda bagunçada, descabelada... Não sabia que você vinha. Não gosto de sair assim.

Eu a puxei para perto e beijei seu pescoço.

—Você está linda — sussurrei, enterrando as mãos nos cabelos dela. — Sempre está.

Cecília me afastou, levemente abalada.

— Não é verdade.

Suspirei. Nada que eu dissesse ia convencê-la do contrário, mas insisti.

— Não me importo se está desarrumada ou não. Quero passar um tempo com você — falei, sabendo que assim talvez a convencesse. — E temos uma lista a cumprir.

Depois de alguns segundos de hesitação, ela concordou.

— Mesmo assim, acho que vou trocar de roupa rapidinho. E avisar minha avó. Me espera aqui, tá? — ela disse, e foi correndo para dentro de casa.

Cecília voltou pouco depois, com o cabelo solto e um vestido florido. Estava simples, mas muito bonita.

Ela logo correu para abrir a porta do carona, mas precisei me desculpar:

— Não abre por fora. Vou precisar consertar — expliquei. Ela riu. Assim que abri, sentou e se acomodou.

— Tirando a porta, até que é legal. — Ela quase bateu a cabeça no teto do fusca, mas não pareceu se importar. Ria como uma criança. — E aí, o que vamos fazer?

— Não cheguei até essa parte do plano. Na verdade, só pensei em te raptar — confessei. Não sabia se ela concordaria em sair comigo. Às vezes a sentia tão perto, mas outras tão distante...

— Isso não é um rapto.

— Seria, se você não viesse comigo por livre e espontânea vontade. — Cecília ergueu a sobrancelha e sua expressão mudou de divertimento para repreensão. — Falei besteira?

— Uhum.

— Desculpa.

— Acho que com o tempo você aprende.

Dei a partida e saí com o carro, sem saber muito bem para onde a levaria. O destino não importava, desde que estivesse ao lado dela.

CECÍLIA

Bernardo dirigiu até o Arpoador, porque eu disse que nunca tinha visto o pôr do sol dali. Era um dos itens da nossa lista, ainda que brega. Tinha sido uma grande aventura cruzar a ponte em um fusquinha barulhento, com as janelas abaixadas, mas me senti incrivelmente bem, o que era novidade para mim.

Depois de mil anos procurando um lugar para estacionar, conseguimos uma vaga e caminhamos até a pedra.

— Opa — Bernardo exclamou quando dei uma escorregada, me segurando. Senti-lo ali, tão perto de mim, me deu uma sensação de proximidade com que eu não estava acostumada. Não sabia lidar bem com aquilo.

Um grande número de turistas esperava o espetáculo da natureza sentado, enquanto nós dois tomávamos sorvete e conversávamos sobre futilidades.

Eu queria congelar aquele instante para sempre.

— Qual foi o lugar mais esquisito que você já visitou?

Bernardo lambeu o sorvete e limpou a boca com as costas da mão. Em seguida, pareceu refletir por um momento.

— Cemitério da Recoleta.

— Hoje é dia de falar de cemitérios?

— Estávamos falando de velórios, não cemitérios — ele respondeu, abrindo aquele sorriso encantador.

— Fica em Buenos Aires, né? — perguntei.

— Uhum.

— É muito estranho ir conhecer o cemitério de outro país — sentenciei. — Meio mórbido. Você é esquisito.

— É legal. Eu gosto de criptas, sabe? E de ver o nome das pessoas, ficar imaginando como viveram e morreram.

— Esquisito, muito esquisito.

— Você já foi a um cemitério?

— Nunca! — respondi.

— Sorte a sua — disse ele, com um sorriso triste nos lábios.

— Nunca perdi ninguém. Quer dizer, não desse jeito.

O sol se punha aos poucos, e o céu ficava mais alaranjado. Apoiei a cabeça no ombro de Bernardo, sentindo seu cheiro. Ele passou os braços ao redor do meu corpo, fazendo com que eu me sentisse protegida.

— Perdi meu avô, ano passado — disse Bernardo. — A gente era bem próximo.

— Eu lembro — respondi. Quando o avô dele havia morrido, Iasmin dissera que eu não precisava ir ao velório, mas assim que voltou para casa, fui vê-la.

— Às vezes esqueço que você é a melhor amiga da minha irmã — Bernardo falou.

— Não sei tudo sobre você — respondi, levemente constrangida. Eu o havia observado por muitos anos. Conhecia a família dele, tinha escutado seus segredos e sofrido por sua causa. Mas percebi que era verdade: eu não o conhecia bem. Havia tanto para descobrir a seu respeito. Por mais que a gente achasse que conhecia uma pessoa, sempre havia mais. — Me conta um pouquinho dele.

Ele contou — sobre o avô e como era difícil ficar sem ele, quando era seu único referencial de um pai de verdade.

Quando o céu foi tomado por um forte tom de laranja e o sol foi embora de vez para dar lugar à escuridão, houve aplausos. Nós dois ficamos quietos, esperando abraçados a noite chegar, em um silêncio que dizia tudo.

A cada pequena coisa que compartilhávamos, eu me sentia mais próxima a ele, e mais vulnerável.

Era mais rápido do que eu esperava e até mesmo desejava. Ainda assim, era exatamente do que precisava.

E nada me assustava mais do que precisar de alguém.

50

BERNARDO

Dois dias depois, Cecília não apareceu na reunião do projeto.

— Alguém sabe da Cecília? — Graça quis saber. — Ela não é de faltar.

Cecília não respondia minhas mensagens desde que eu havia ido à casa dela, mas aquilo não tinha me incomodado a princípio, porque eu estava tentando respeitar seu espaço. Mas ela não havia perdido nenhuma reunião até então, e dava para perceber que era algo importante para ela.

Selecionei o nome de Cecília entre os contatos, mas ela não atendeu, então enviei uma mensagem. Passei toda a reunião preocupado, verificando o celular a cada cinco segundos.

— Bernardo, você pode guardar o celular? — pediu Graça, em tom de reprovação. Contrariado, obedeci, mas passei o restante da reunião me corroendo de ansiedade. Estava com um péssimo pressentimento.

Eu tentava me concentrar no que a orientadora dizia, mas algo parecia fora do lugar. Graça levantou e começou a fazer algumas anotações na lousa. As aulas retornavam na semana seguinte, e nossa carga horária sofreria uma mudança drástica. Ela relatava os progressos que havíamos feito durante as férias, compartilhava resultados e explicava a etapa seguinte da pesquisa.

Eu sabia que era algo importante, mas não era o suficiente para me manter alerta.

— Você tá bem, cara? — Felipe perguntou enquanto todo mundo fazia anotações.

— Tô sim, só estou estranhando a Cecília não vir hoje e não me responder.

— Nem sabia que vocês dois eram amigos — se intrometeu Iuri.

— Ela é a melhor amiga da minha irmã — falei, de repente me sentindo culpado por ter dito aquilo. Cecília era bem mais que aquilo para mim.

— Relaxa, ela deve estar dormindo — comentou Iuri, bocejando. — Eu bem que gostaria de estar.

Cecília estava sempre grudada no celular, como se fosse uma parte do corpo. Quando não respondia uma mensagem imediatamente, era porque não queria.

Fiquei pensando o que eu poderia ter feito de errado, mas não cheguei a nenhuma conclusão. Nos dias anteriores, tentara ao máximo respeitar o que ela queria e ser uma pessoa melhor, mais compreensiva, mais carinhosa.

Ao fim da reunião, eu não tinha anotado nada no caderno e não fazia ideia do que havia sido dito.

— Bom, acho que é isso, gente — disse Graça, arrumando o próprio material e nos dispensando com um gesto. — Podem ir. — Já estava prestes a levantar quando ela fez um sinal para que eu permanecesse: — Você não, precisamos conversar.

Minhas mãos começaram a suar. Não por medo de conversar com Graça, mas porque eu precisava ir atrás de Cecília, para garantir que estava tudo bem.

Me coloquei de pé e comecei a arrumar a mochila, deixando claro que estava com pressa.

— Fiz alguma coisa errada?

— Mais ou menos — respondeu Graça, ajeitando os óculos no rosto. — Sei que as aulas estão para voltar e às vezes temos dias ruins, mas você não pode ficar tão disperso quanto hoje. Você está se saindo muito bem, e não quero que isso mude no futuro, o.k.? Você tem potencial.

Agradeci com um aceno de cabeça. Aquilo não podia esperar? O silêncio de Cecília me perturbava.

—Vou prestar mais atenção, obrigado.

—Você pode repassar para a Cecília o que falamos aqui hoje? — Ela segurava um envelope de papel pardo, que estendeu em minha direção. —‾E entregar isso a ela?

— Hum, tudo bem. Mas não era mais fácil o pessoal do curso dela entregar?

— Ouvi você dizendo que ela é amiga da sua irmã. Achei que acabariam se encontrando antes. Tem problema?

— Não, não — falei. — Desculpa por ficar conversando na aula, só estava preocupado.

Graça deu de ombros.

—Tudo bem. Só entregue isso a ela, por favor.

Fui até o estacionamento com os pensamentos longe. Então liguei para Iasmin, que atendeu na hora.

— Que foi? — ela perguntou sem ao menos dizer "alô".

—Você falou com a Cecília hoje?

—Aconteceu alguma coisa?

— Ela não apareceu na reunião, fiquei preocupado.

— A gente não tem se falado com tanta frequência — comentou Iasmin. Havia algo de triste em sua voz, mas eu não tinha tempo de dissecar os problemas da minha irmã.

— Me passa o número da Rachel?

— Pra quê?

— Pra ligar pra ela, ué. Quero ver se sabe de alguma coisa.

— E por que esse interesse repentino na Cecília? — perguntou minha irmã.

— Estou preocupado, só isso.

— Vocês voltaram a se falar? — Iasmin quis saber, a animação tomando conta dela.

— Acho que sim. Mas agora ela não está me respondendo, então não sei de mais nada.

— Pode deixar que vou mandar uma mensagem pra Rach e te aviso. Não acredito que virou um desses caras grudentos que não aguentam esperar a menina responder.

— Ah, você tá muito chata, tchau.

Desliguei, entrei no carro e liguei o rádio, mas não conseguia me concentrar nas músicas.

Pessoas faltavam a aulas e reuniões todos os dias, às vezes demoravam para responder uma mensagem, mesmo que fosse do namorado. Mas eu era seu namorado? Eu não sabia. Não sabia de nada. Nem o que tínhamos. Só sabia que me importava com ela, tinha medo de que se machucasse e queria que aquele pesadelo que vivia chegasse ao fim.

Verifiquei o celular de novo — nenhuma mensagem da minha irmã. Dei a partida no carro e comecei a circular pelo bairro, apenas para manter a mente ocupada.

Eu amava Cecília. Tinha descoberto aquilo aos poucos. À princípio não entendera muito bem o que estava acontecendo, mas me importava com ela e queria protegê-la do mundo, embora soubesse que não era capaz disso.

Quando nos importamos com alguém que vive uma luta tão profunda contra seus próprios monstros, o medo de que algo esteja fora do lugar sempre bate à porta.

Assim que o celular começou a tocar, encostei o veículo e atendi. Era Iasmin.

— Rachel não fala com ela desde domingo à noite — disse minha irmã. — Mas por que você está tão desesperado?

— Já disse que ela não foi à reunião hoje e não está atendendo o celular ou vendo as mensagens.

— Ela deve estar dormindo, Bernardo. Relaxa. Ou passando mal.

— Vou na casa dela. Tirar a dúvida.

— Cara, você precisa se tratar.

— Eu me importo com ela — respondi, na defensiva. — E preciso entregar umas coisas que a Graça pediu.

Ouvi minha irmã bufar do outro lado da linha.

— Às vezes a Cecília precisa de um tempinho pra ela. Você sabe disso.

Tamborilei os dedos no volante. Sabia muito bem a necessidade que ela tinha de ficar sozinha, de se afastar. Sabia que precisava de um tempo para processar o que estava errado e tomar as próprias decisões — tinham sido mais de três meses esperando para que ela estivesse pronta para me ouvir.

— Eu sei, mas… não aconteceu nada. Estou preocupado, só isso.

— A Cecília é meio doidinha. A gente nunca sabe o que se passa na cabeça dela — respondeu Iasmin, com uma tranquilidade inabalável. Não gostei da forma como ela disse aquilo. Cecília não era "meio doidinha".

— Tá, deixa pra lá, não deve ser nada — falei, finalizando a chamada em seguida. Mas, em vez de voltar para casa, segui o GPS até a casa dela.

Fosse um resfriado, um dia triste ou apenas preguiça de levantar da cama, precisava saber o que estava acontecendo com ela.

51

BERNARDO

QUANDO ATENDERAM O INTERFONE e não foi a voz dela que ouvi, comecei a me preocupar. Quem apareceu para atender foi a avó, uma senhora que eu sabia que estava na casa dos sessenta, mas parecia ter estacionado nos cinquenta. Ela abriu um sorriso simpático assim que me viu.

—Você é o Bernardo, não é? Tudo bem, querido?

Fiquei pensando o quanto aquela senhora sabia sobre mim e Cecília e se em algum momento tivera vontade de fazer picadinho de mim. Se era o caso, parecia ter passado.

— Sim, sou eu mesmo. Muito prazer. E a senhora é a avó da Cecília, certo?

— Sem essa coisa de "senhora". Pode me chamar de Marília — ela falou, com um forte aperto de mão.

— A Cecília está em casa?

Eu devia estar sendo paranoico. Esperava que ela me dissesse que Cecília tinha ficado em casa, assistindo séries e fazendo coisas banais.

— Não, ela foi para a faculdade bem cedo. Algum problema?

Eu não sabia o que dizer. Não queria preocupá-la à toa. Mas, se ela tinha saído para ir à faculdade e nunca chegara...

Meses antes, Cecília dizia que ia trabalhar e ficava passeando pela cidade. Mas não podia ser a mesma coisa. A avó dela não era a mãe.

— Ela não apareceu hoje — falei, sentindo o peso das palavras saindo dos meus lábios.

— Como assim? — Marília me estudou, tentando disfarçar a preocupação em seus olhos.

— É por isso que estou aqui — expliquei. — A orientadora pediu que eu entregasse isso a ela. — Estendi o envelope. Não sabia se devia falar que aquele não era o comportamento normal dela. Não sabia se devia confessar meu medo ou se aquilo só ia torná-lo real.

Com as mãos trêmulas, Marília pegou o envelope.

—Você mandou mensagem para ela? Tentou ligar? — perguntou a senhora, apoiando-se no muro descascado.

— Só dá caixa postal. E ela não responde minhas mensagens. Minha irmã tentou também. E a Rachel, outra amiga dela. Achei que podia estar aqui.

— Quer entrar? — perguntou Marília, claramente desnorteada.

Tranquei o carro e a segui pelo quintal cheio de plantas e flores, uma confusão harmônica, bem diferente do jardim da minha casa, planejado milimetricamente. Me agarrei aos detalhes do lugar onde Cecília morava, aquele pedaço do mundo dela que eu não conhecia tão bem. Imaginei-a crescendo ali, entre baldes de tinta que serviam como vasos de flores. Conseguia visualizá-la ainda criança, brincando em um balanço improvisado amarrado nos galhos da mangueira no meio do quintal.

Talvez ajudasse a entender Cecília. O que ela fora antes de morar com o padrasto, antes de brigar com a mãe.

Marília me guiou até a cozinha. Ela puxou uma cadeira e sentou, apontando para outra livre ao seu lado.

— Será que aconteceu alguma coisa? — perguntou ela. Era a

mesma pergunta que eu me fazia desde cedo. Agora, a possibilidade de algo ruim parecia ainda mais palpável e real.

— Tenho certeza que não — respondi, exalando uma falsa segurança que não combinava com meu estado de espírito.

—Vou tentar ligar para ela — Marília disse, levantando para buscar o telefone sem fio. Ela ficou andando de um lado para o outro da cozinha enquanto escutava a mensagem da companhia telefônica avisando que o aparelho estava desligado ou fora da área de cobertura.

Marília ligou centenas de vezes, passando o aparelho de uma mão para a outra, mas a mensagem era sempre a mesma. A cada interrupção, ela se perguntava se a neta havia se acidentado, se alguém havia roubado seu celular ou o que quer que fosse. Quanto mais tempo passava sem notícias, mais nervosa ela ficava — e eu também.

Ela esfregou o rosto e jogou o telefone na mesa.

— Aconteceu alguma coisa com minha menina. Aconteceu alguma coisa e eu não sei o que fazer.

—Vamos ligar pra mãe dela — falei, me lembrando dela pela primeira vez. — Às vezes ela foi até lá e o celular descarregou.

Marília me encarou, cética. Eu sabia que era uma hipótese improvável. Cecília não iria atrás da mãe. Não conseguia imaginá-las saindo para tomar um chá da tarde juntas.

Mas não custava tentar.

— Bom, pode ser uma boa ideia… — Marília disse, uma fagulha de esperança se acendendo em seu olhar.

Ela pegou o telefone e ligou para a casa da filha. Depois de muita insistência, a chamada caiu.

— Não tem ninguém. Vou tentar o celular.

Na primeira tentativa, a ligação caiu na caixa postal depois de muito chamar. Na segunda, Marília sorriu ao ouvir a voz da filha do outro lado da linha. Ela ligou o viva-voz para que eu pudesse escutar.

— Oi, mãe, o que foi? — perguntou Luciana do outro lado da linha, a voz falhando um pouco.

— A Cecília está com você? — Marília perguntou direto. A filha nem havia perguntado como ela estava. Seu tom de voz era impaciente. Só parecia querer se livrar logo da ligação.

— Não — ela respondeu. — Por quê?

— Estou com um amigo dela aqui. A Cecília não apareceu na faculdade hoje. Ela saiu bem cedo dizendo que ia para lá.

Uma bufada de irritação preencheu a sala. Luciana não estava na minha frente e eu mal me lembrava do seu rosto, mas podia imaginar o que ela estava pensando.

— Ah, mãe... Não dá pra confiar na Cecília. Sinto muito, mas é verdade. É que nem a história da livraria — ela falou, impaciente. Aquilo fez meu sangue ferver.

— Isso é diferente — disse Marília, mas Luciana não parecia disposta a se preocupar com algo tão banal quanto o desaparecimento da própria filha.

— Relaxa. Daqui a pouco ela aparece. Qualquer coisa você me liga, mas depois das seis. Estou trabalhando.

Ela desligou em seguida, sem nem se despedir.

Marília me encarou, como se pedisse desculpas.

— O que a gente faz?

Analisei as opções, pensando em como aquela situação estava esquisita. O círculo de amizades dela era muito restrito. Ninguém com quem eu podia entrar em contato sabia onde ela estava. Apenas uma hipótese passava pela minha cabeça.

Parecia absurda, mas era tudo que eu tinha. Eu estava muito preocupado. Então sugeri:

— Acho melhor a gente ir na polícia.

Quando me dei conta, Marília e eu estávamos dentro do fusca, rumo à delegacia mais próxima.

52

BERNARDO

MARÍLIA ABRAÇAVA A BOLSA onde guardava um comprovante de residência e uma foto da neta. Cecília devia ter uns quinze ou dezesseis anos nela. Abri seus perfis nas redes sociais e procurei uma mais recente enquanto esperávamos.

Fomos atendidos por um policial com cara de poucos amigos, que ergueu a sobrancelha em sinal de desconfiança assim que falei:

— Minha namorada desapareceu.

Eu mesmo me surpreendi com o uso da palavra, mas se a avó da Cecília achou esquisito, não comentou.

Eram quase três da tarde, e ela havia saído às sete da manhã. O policial perguntou se tínhamos telefonado para os hospitais da região — e me senti burro por não ter pensado nisso —, se conversáramos com amigos e familiares e uma série de outras coisas. A avó de Cecília forneceu a maior parte das informações: fora a última a ver a neta e sabia que roupa vestia, que horas saíra e como estava seu estado de espírito.

— Ela parecia triste, sabe, doutor? — Marília disse. — Mas Cecília não é mesmo uma menina feliz.

Aquilo pareceu despertar a atenção do policial, que ficou remoendo a informação.

— Como assim?

— Isso é mesmo importante? — perguntei, com medo de que falar daquilo fosse deixar a avó dela ainda mais abalada. Mas a mulher não pareceu se importar em explicar.

— Estamos com problemas na família. É um momento ruim. Ela saiu da casa da mãe, não se dá bem com o padrasto... essas coisas. Está morando comigo, mas é uma boa menina. Ótima aluna, não é, Bernardo?

Assenti.

— O que ela ia fazer na faculdade nas férias?

— Iniciação científica — respondi. — Trabalhamos em um projeto juntos.

— Foi lá que vocês se conheceram?

— Não. Ela é amiga da minha irmã — falei. — E já morou na minha casa um tempo, quando saiu da casa da mãe.

— Foi você quem notou o desaparecimento dela?

— A Cecília é sempre uma das primeiras a chegar às reuniões. Liguei para ela e mandei mensagem, mas ninguém respondeu. Resolvi ir até a casa dela, achando que talvez estivesse doente ou qualquer coisa assim. Então descobri que ela tinha saído para ir à faculdade normalmente, mas nunca chegou.

Ele nos fez repetir uma série de coisas. Marília parecia desnorteada.

Me recostei na cadeira. Havia uma hipótese que eu ainda não tivera coragem de mencionar. De certa forma, parecia traição contar a alguém.

Mas talvez fosse importante. E eu não podia me dar ao luxo de deixar qualquer detalhe de fora.

— Ela se corta — falei.

Marília me olhou assustada. Aquilo era novidade para ela.

— Como assim?

— Ela faz cortes na própria pele. Quando está triste. E tem ataques de pânico.

— A senhora confirma? — perguntou o policial, encarando a avó por um longo tempo.

— Já vi minha neta ter um ataque de pânico. Mas não sabia sobre... isso. Ela anda muito triste, doutor. Acha a Cecília, por favor. Acha minha menina — ela disse, caindo em prantos.

Não aguentei vê-la daquele jeito. Passei o braço ao redor de seus ombros.

— Ela já fez isso antes? Sumir sem avisar vocês?

— Não, nunca — respondeu Marília. — Cecília não faz essas coisas.

A avó de Cecília começou a soluçar.

O policial não parecia muito preocupado com a nossa história. Com aquela pergunta, parecia ter finalizado o interrogatório, então me senti mal por ter entrado em detalhes. E se aquilo fosse o suficiente para que decidissem não procurar por ela?

—Vamos ver o que podemos fazer. Se lembrarem mais alguma coisa, é só entrar em contato. Acho que acabamos por aqui — disse ele, nos dispensando.

Quando saímos da delegacia, a noite já se aproximava. Eu tinha recebido algumas mensagens, a maioria da minha irmã, perguntando onde eu estava.

Na delegacia.

Não demorou muito para meu celular vibrar mais uma vez.

Como assim? O que aconteceu, Bernardo?

Achei melhor enviar um áudio explicando a história toda. Iasmin enviou uma centena de mensagens em resposta, tão preocupada quanto eu.

Acha que aqueles cartazes de pessoas desaparecidas funcionam? Aquela sua amiga que tem um canal na internet pode falar alguma coisa.

Os planos de ação de Iasmin tornavam meu medo ainda mais real. Eu e a avó de Cecília fomos até o carro segurando um ao outro.

Pela primeira vez em muito tempo, rezei para que tudo terminasse bem.

53

BERNARDO

Iasmin Campanati · 50 min
Pessoal, preciso da ajuda de vocês! Minha amiga **Cecília Souza** saiu hoje de manhã para ir à faculdade e sumiu. Já informamos a polícia, mas se alguém a viu hoje, por favor, entre em contato. A Cecília saiu de Trindade, em São Gonçalo, para ir à Faculdade de Engenharia da UFF, em Niterói. Usava legging preta e blusa azul.
16 compartilhamentos

A postagem de Iasmin era a primeira na minha linha do tempo. Aos poucos, as pessoas começaram a compartilhar. Ninguém tinha informações. Já era tarde, e eu não conseguia parar de atualizar a página.

Duas batidas na porta me despertaram do transe. Iasmin entrou no quarto e sentou na beira da cama.

— Não consigo dormir.

— Nem eu — respondi. Mariana, uma amiga dos tempos de escola que tinha se tornado uma personalidade da internet, havia acabado de compartilhar a mensagem da minha irmã em seu perfil. As notificações quadruplicaram, mas nada de novo aparecia.

— Onde será que ela está? — Iasmin perguntou, ecoando meus

pensamentos. Quando contei para minha mãe o que tinha acontecido, ela ligou imediatamente para todos os hospitais da região. Tampouco dera em alguma coisa.

— A gente precisa conseguir que saia na televisão — falei.

— A mãe dela disse que ia cuidar disso — respondeu minha irmã. De repente, toda a raiva que havia se acumulado ao longo do dia explodiu.

— A MÃE DA CECÍLIA NEM CUIDA DELA! — gritei. — Se não fosse por aquela mulher, nada disso estaria acontecendo.

— Bernardo...

— Nem vem! Ninguém se importa com a Cecília. Só tem gente escrota em volta. Ela merece mais.

— CALA A BOCA! Ela é minha amiga também. Minha melhor amiga. Acha que é o único que tá preocupado? Porque não é! Quero fazer alguma coisa também, idiota. Só não sei o quê. Tô morrendo por dentro, quero que ela esteja bem, mas não paro de pensar: e se ela não estiver? E se estiver morta? E se tiver sido assaltada? Não é verdade que ninguém se importa com ela, Bernardo. Eu me importo.

— Eu também.

— Quando você não está sendo um babaca completo como agora...

— Mas e a família? — perguntei, contendo a vontade de chorar.

— Família é quem a gente escolhe.

— Não consigo ficar aqui parado.

— Nem eu.

— O que a gente vai fazer?

— Ir atrás dela.

Iasmin ligou para Rachel, que tampouco conseguia dormir. Rachel entrou em contato com Stephanie, que eu e minha irmã não conhecíamos muito bem. No fim, éramos quatro dentro de um fusca apertado com uma cadeira de rodas amarrada no teto, de madrugada, sem saber muito bem o que fazer.

Começamos a busca por Niterói — circulei os arredores do campus e passei em frente aos pontos da cidade que Iasmin disse serem os preferidos de Cecília. Pegamos a BR e fomos até o bairro onde ela morava em São Gonçalo, mas Cecília ficava pouco lá e nenhum de nós conhecia a cidade, então demos voltas a esmo.

Estávamos com sono, mas se continuássemos sem fazer nada, íamos enlouquecer.

— Ela tem algum outro amigo da época de escola? — perguntei, cansado.

— Não, só a gente — disse Rachel.

— Nós três contra o mundo — completou Iasmin, nostálgica.

— Credo, que clima de enterro — interrompeu Stephanie, que até então permanecia calada. — Ela vai aparecer.

Me agarrei ao otimismo da garota e assenti. Iasmin não tirava as mãos do celular. Rachel olhava pela janela, procurando entre as poucas pessoas na rua àquela hora.

— A gente pode tentar ir à rodoviária — Stephanie sugeriu, e eu peguei aquele caminho antes mesmo que terminasse a frase.

Assim que estacionei, Iasmin e Stephanie desceram. Fiquei no carro com Rachel, com um pouco de medo por nós e ainda mais pelas duas, vagando sozinhas pela rodoviária à noite, perguntando sobre uma garota desaparecida.

O olhar triste de Iasmin ao voltar denunciava que a busca tinha sido infrutífera.

— Nada? — Rachel quis saber assim que as meninas entraram no carro. Minha irmã negou com um aceno de cabeça.

— Tem muita gente passando aqui o dia todo — respondeu Stephanie, jogando-se contra o estofado.

— Será que ela levou um casaco? — perguntei, porque havia esfriado muito durante o dia, mas me sentindo ridículo logo em seguida. De que um casaco adiantaria se ela estivesse realmente em perigo?

Eu sabia que era o fim da busca naquele dia — precisava deixar todo mundo em casa e tentar dormir. Ao mesmo tempo, sentia que um minuto fora daquele jogo, um instante sem procurá-la, poderia ser crucial.

Eu não tinha a menor ideia do que fazer.

— Vamos embora — pediu Iasmin. Ela era a única que tinha intimidade suficiente para me dissuadir da busca. — Isso não está levando a lugar nenhum.

Eu sabia que ela tinha razão, mas não queria assumir. Precisava ligar o motor, dar meia-volta e ir para casa, mas não queria desistir, não queria falhar com Cecília mais uma vez.

— Preciso encontrar a Cecília...

Será que a mãe dela estava preocupada? E a avó, será que conseguira dormir? Eu deveria ir até lá perguntar se tinham alguma novidade, alguma ideia?

— Você não vai conseguir fazer nada nesse estado, cara — disse Stephanie, dando um tapinha no meu ombro.

Afundei a cabeça no volante, respirei fundo e assenti.

— Certo, vamos para casa — eu disse, dando-me por vencido.

Foi então que o celular da Rachel tocou.

54

BERNARDO

No alto da pedra, com as ondas batendo ao redor, estava Cecília, abraçada ao próprio corpo, encarando o horizonte.

— Deixa que eu vou — disse Iasmin, tirando as sandálias.

— Não, eu vou. Sou o único de tênis, você pode escorregar — falei, ligando a lanterna do celular para iluminar o caminho.

— Como ela foi parar lá? — Rachel perguntou de dentro do carro. Eu não sabia. Só queria ir até Cecília e abraçá-la.

Quando finalmente cheguei lá em cima, falei:

—Você é boa em se esconder. — Ela não respondeu. Estava encolhida, tremendo de frio, com a mochila jogada ao lado. Quantas horas havia passado ali? O que a tinha levado até a beira de uma pedra, de frente para o mar, com as ondas batendo tão forte?

Me abaixei ao lado dela e coloquei meu casaco em seus ombros. Cecília começou a chorar, tremendo ainda mais. Queria pedir que parasse — eu estava ali, ela iria para casa e tudo ficaria bem —, mas sabia que precisava daquilo. Das lágrimas, de tudo.

— Quer levantar?

Cecília negou com a cabeça, então passei meu braço ao redor do seu corpo gelado, tentando transferir calor e afeto. Ela permanecia paralisada, como se algo ou alguém a mantivesse presa àquela pedra.

Aos poucos, seu corpo foi reagindo. Ela ainda não falava, mas seus dedos se entrelaçaram aos meus. Eu os pressionei com força. Cecília estava ali, ao meu lado. Todo o medo que eu sentira durante o dia se dissipava aos poucos. Ela ficaria bem, segura.

Enterrou a cabeça em meu peito e a puxei para perto. Seus soluços pareciam sufocantes. Eu queria colocá-la em uma redoma de vidro, protegê-la de todos os males que a cercavam.

Por fim, consegui convencê-la a levantar. Suas roupas estavam sujas de areia e úmidas. Cecília tremia como uma criança retirada de escombros — no caso, os de sua própria mente.

Com cuidado, descemos da pedra. Iasmin esperava por nós na areia. Assim que nos viu descer, correu para abraçar Cecília, que não reagiu.

— Morri de medo — minha irmã disse, libertando um choro que era de alegria e desespero. Ela não se emocionava com qualquer coisa.

Guiamos Cecília até o carro — ela parecia desnorteada e estava sem os óculos. Estendi a mochila para Stephanie, que abriu a porta traseira do carro. Sentamos Cecília ao lado de Rachel, que a abraçou com força.

— O que a gente faz agora? — Stephanie perguntou, em voz baixa.

— Talvez a gente deva ir até a polícia — Iasmin disse.

— Não, vamos para a casa dela. Melhor avisar logo a avó. Amanhã de manhã ela comunica que a neta foi encontrada. A Cecília não precisa de mais problemas por hoje — respondi.

Dirigi em silêncio até São Gonçalo. O único som era o soluço baixinho de Cecília.

CECÍLIA

Eu não entendia o que estava acontecendo.

Não sabia por que estava em casa, cercada de pessoas — inclusive minha mãe —, algumas chorando, outras me abraçando. Só conseguia pensar que devia ter pulado.

Queria que Bernardo soltasse minha mão e fosse embora. Era melhor que ele partisse agora, enquanto eu tinha algum controle, do que mais tarde, quando eu menos esperasse. Todo mundo partia. Todo mundo me abandonava. Eu não podia acreditar que com ele seria diferente.

— Tudo resolvido — ouvi minha mãe dizer. — Já informamos a polícia.

Alguém falou sobre o horário. Eu havia perdido a noção do tempo. Olhei para o relógio na parede da cozinha e vi que eram sete da manhã. O dia anterior passara num borrão.

Tudo que conseguia lembrar era do céu sem estrelas.

Iasmin também estava ali. Ela me ajudou a tirar a roupa e me colocou debaixo do chuveiro enquanto minha avó telefonava para o hospital. Eu só ouvia o som da água caindo sem parar sobre minha cabeça, se misturando às lágrimas, enquanto ela esfregava meus braços com cuidado. Iasmin massageou e enxaguou meu cabelo, depois secou meu corpo e os fios com cuidado. Então me ajudou a vestir a camisola e penteou meus cabelos. As pontas dos seus dedos tocaram minhas cicatrizes, mas ela não disse nada.

Eu me sentia sem forças para reagir.

— Não tinha estrelas — eu disse, quando ela me colocou sentada na beira da cama. Eu queria fazer tudo aquilo sozinha, mas parte de mim sentia que não era capaz.

Iasmin me puxou para um abraço e disse:

— Nunca, nunca mais faça isso comigo.

— Eu queria ter ido embora.

Ela soluçou e levantou. Não aguentava. Ninguém aguentava. Poucos segundos depois, ouvi a porta bater. Iasmin havia ido embora. Todo mundo ia embora.

Fiquei parada ali, pensando em como eu era covarde. Até que ouvi a porta rangendo. Bernardo entrou e sentou ao meu lado. Consegui me mover por conta própria pela primeira vez em horas, para me afastar. Não queria Bernardo por perto.

— O que foi? — ele perguntou.

Você vai me abandonar, pensei. As palavras não saíram. Tentei de novo:

—Você...

Chorei. Não queria chorar. Sabia que se eu chorasse, ele iria embora. Todo mundo ia.

Meu pai nem sabia que eu existia.

Minha mãe tinha me renegado.

Minha melhor amiga estava ocupada demais com o namorado.

Bernardo já tinha me largado uma vez. Podia fazer de novo. Eu simplesmente não conseguia lidar com a ideia.

O medo era tão real que provocava um vazio. Meu coração batia acelerado. Não queria viver sentindo que todas as pessoas que chegavam perto de mim iam me deixar.

— Estou aqui — Bernardo disse. — Nunca vou sair daqui.

—Você não pode prometer isso.

55

CECÍLIA

EU PARECIA APRESENTÁVEL. De banho tomado e roupa limpa, sem o olhar vidrado que encontrara no espelho pela manhã. Disse a todos eles que não precisava estar ali, que não era louca. Mas minha mãe insistira que aquilo não era para gente louca — sim, minha mãe. Ela não saiu do meu lado. Nem minha avó ou Bernardo.

Ele disse que era meu namorado. Não sei em que momento isso aconteceu, mas ninguém pareceu questionar. Nem eu mesma.

Ocupamos toda a sala de espera. Um amigo do pai do Bernardo era psiquiatra e concordara em me atender antes do dia começar. A palavra "emergência" era muito repetida.

Quando chegou, o médico abraçou Bernardo como um tio abraçava um sobrinho querido. Ele apresentou toda a nossa comitiva, então o psiquiatra foi sozinho para o consultório e pouco depois me chamou. Minha mãe surtou quando a secretária disse que eu só poderia entrar com um acompanhante e escolhi a vovó.

— Ela não está em condições de decidir nada, você não vê? — minha mãe gritou com a recepcionista, mas a mulher apenas disse que sentia muito, enquanto Bernardo puxava minha mãe pelos ombros para que sentasse.

Quando entrei no consultório, me senti aliviada. Não havia

dormido, estava cansada, envergonhada, não queria falar sobre as coisas idiotas que tinha feito. Era bom só ter minha avó e um desconhecido por perto. Não aguentava mais tanta gente ao meu redor.

O consultório parecia saído de uma série de TV americana, com móveis luxuosos e muitos livros nas estantes. Me segurei na cadeira com força, pensando em como minha mãe e minha avó pagariam por aquela consulta.

— Oi, Cecília.

O cumprimento foi tão banal que me pegou desprevenida. Eu usava meus óculos antigos, e as lentes defasadas me deixavam com dor de cabeça. Ou talvez fosse por ter chorado um dia inteiro.

— Oi.

Me surpreendi ao responder. Estava falando tão pouco que pensei que talvez tivesse perdido aquela habilidade.

— Está tudo bem?

Tive vontade de responder que era óbvio que não. Eu estava no consultório de um psiquiatra, após ter surtado e passado um dia inteiro sentada no topo de uma pedra na beira do mar, cogitando se pulava ou não.

— Sim — respondi no automático. Ninguém respondia àquilo com a verdade.

— Então por que está aqui? — ele rebateu, o que me deu raiva. Se ele sabia que não estava, se sabia que eu não responderia a verdade, por que não ia direto ao ponto?

Minha avó tomou a dianteira e explicou a situação: eu tinha saído para ir à faculdade, mas no meio do caminho mudara de ideia e fora para a praia. Ficara sentada na pedra por horas, sem me mover, até criar coragem de pedir ajuda e ligar para uma amiga. Quando ela dizia aquilo em voz alta, parecia ridículo.

Mas o médico — o dr. Fernando Felix, um nome que me

parecia bem engraçado para um psiquiatra — não pareceu achar a história absurda ou ridícula. Ele fez mais algumas perguntas à minha avó, a maioria delas relacionada ao meu histórico médico, e em seguida a dispensou, querendo falar comigo a sós.

Quando me vi sozinha com o dr. Felicidade, fiquei em silêncio.

— Quer me contar o que aconteceu?

— O que minha avó disse.

— Ela relatou os fatos. Mas não o que você sentiu. Você sabia para onde estava indo?

— Não — respondi, percebendo aquilo pela primeira vez. Quando cheguei ao terminal, peguei um ônibus qualquer. Andei até chegar à praia. Fui parar em cima da pedra. Tudo no automático.

— É a primeira vez que isso acontece?

Assenti.

— Você queria pular?

Hesitei. Sabia a resposta, mas dizer em voz alta era mais do que já tinha feito. O pensamento sempre estivera ali, latente, mas eu nunca havia verbalizado. Mais uma vez, apenas concordei com a cabeça. Ele podia me perguntar as coisas tão diretamente?

— E os machucados no seu braço? — o psiquiatra perguntou. Eu queria levantar e ir embora, mas o tom tranquilo que usava me impediu.

— Eu que fiz.

— Como você se sente, Cecília?

— Horrível.

— Por quê?

— Porque todo mundo me abandona.

— Todo mundo quem?

— Meu pai, minha mãe...

— Pode me contar um pouco mais sobre isso?

Eu me remexi na cadeira, desconfortável. Não sabia se aquilo era função dele — afinal, era um psiquiatra, não um psicólogo. Estava esperando a hora em que ia me receitar um remédio para acabar com meus problemas e ponto final. Mas contei minha história e falei como me sentia. E como o medo de perder mais gente me levara até lá.

— Você ainda tem sua avó. Suas amigas. Todas elas foram procurar você, não foram? — Assenti. — E o Bernardo também, pelo que me disse. Ele não abandonou você. Ainda tem pessoas que se importam.

— Até não ter mais.

— Pessoas vão e vêm, Cecília. Isso não é incomum.

Passamos um tempo conversando. Ele me fez centenas de perguntas — sobre ataques de pânico, coisas de que tinha medo, se eu tinha uma sensação de vazio, se às vezes sentia falta de ar ou taquicardia, como era meu sono… Senti que tinha passado horas ali, conversando e compartilhando detalhes da minha vida que preferiria manter só para mim.

Pensei na lista de coisas que eu ainda tinha para fazer. Com Bernardo. E outra, não escrita, das coisas que ainda precisava fazer por mim.

— Sinto um vazio tão grande… Acho que ninguém é capaz de me amar. Que, a qualquer momento, todas as pessoas da minha vida vão acabar indo embora e eu vou ficar sozinha. Não quero que isso aconteça. Então faço tudo errado… Não sei quem eu sou.

Comecei a chorar. Ele esperou que eu me acalmasse, estendendo um lenço de papel para mim.

— Bom, Cecília, tenho alguns palpites, mas primeiro gostaria de fazer alguns exames. Por enquanto vou passar um calmante natural. Assim que tiver os resultados, você volta e começamos a conversar sobre o tratamento. Também vou te encaminhar para um psicólogo.

Ele me deu a receita, amostras grátis e uma guia de encaminhamento. Quando saí do consultório, ninguém me perguntou nada. Estendi os papéis para minha avó e Bernardo me abraçou.

Segui cercada de gente, mas me sentindo absurdamente sozinha.

56

BERNARDO

Duas semanas depois, estávamos deitados nas espreguiçadeiras do quintal de casa num dia frio. Ela parecia calma, mas ainda assim eu tinha a impressão de que era uma boneca de porcelana prestes a se quebrar.

Os exames não tinham acusado nada de errado, mas logo descobri que aquilo não significava muita coisa. Cecília já tinha ido a quatro sessões de terapia.

Vê-la tão frágil me deixava com medo de perdê-la. Ela havia começado a tomar remédios alguns dias antes. No primeiro, ela dormira por horas. No seguinte, se sentira um pouco desnorteada e quase caíra na rua.

— Leva mais ou menos um mês e meio para ter algum efeito positivo. No início pode ser bem confuso — a avó dela explicou, repetindo as palavras do médico.

O médico suspeitava de transtorno de personalidade border-line. Joguei no Google e muita coisa da descrição batia, mas nem tudo. A mente não é uma ciência exata. E era um diagnóstico muito difícil. Cecília pareceu mais calma ao saber que podia existir um nome para o que sentia. O transtorno se confundia com muitas outras síndromes, então uma confirmação poderia demorar, mas a suspeita era um começo, um caminho.

Quando eu a olhava, via todo sofrimento mental que precisaria encarar durante a vida pairando sobre sua cabeça. Eu só queria tomar aquela dor para mim e apagar tudo o que fizera com que ela chegasse àquele ponto. Só queria que ela ficasse bem.

— O que está olhando? — Cecília perguntou da espreguiçadeira.

— Estou só te admirando.

Ela deu um sorriso tímido e virou de costas para mim, se cobrindo com a manta que eu havia levado até o jardim. Ela sorria um pouco mais com o remédio, que inibia um pouco da tristeza e trazia à luz uma menina doce que só queria ser amada.

— Não tem o que admirar — Cecília disse, de costas.

Saí da espreguiçadeira e fui até ela, abaixando para encará-la. Seus olhos transbordavam sentimento. Nenhuma pílula inibiria aquilo.

—Você é tudo o que eu quero admirar pelo resto da vida — falei, dando um beijo na testa dela.

— Nada é eterno. Nem as estrelas. — Cecília virou de barriga para cima para admirar o céu. — Li que as que a gente vê já morreram há muito tempo. Isso é só o brilho do que foram um dia.

O céu estava estrelado. Iluminado e bonito como eu não via fazia muito tempo. Me espremi ao lado dela na espreguiçadeira. Cecília me cobriu.

— Minha mãe quer que eu volte para a casa dela.

— E você?

— Meu lugar é com minha avó — ela respondeu, sem pestanejar.

—Você perdoou sua mãe?

— Não totalmente. É um processo, acho. Estou magoada. Mas vejo que ela se preocupa agora. Só acho que não tem como consertar essa história. Amo minha mãe, mas não quero ficar perto dela, sabe?

Ficamos em silêncio. Cecília apontou para um avião cruzando o céu.

— Nunca andei de avião. Mas sempre que vejo um passar, fico imaginando as pessoas que estão dentro.

— Você ia gostar de viajar de avião. As coisas ficam pequenininhas lá de cima. A gente percebe como é pequeno diante da imensidão do mundo.

— É, acho que eu ia gostar mesmo. Também acho que ia gostar do aeroporto. Muita gente indo e vindo. Gosto de observar as pessoas.

— Por quê?

— Porque imagino a história de cada uma delas.

— Como assim? — perguntei, curioso.

— Ah, é meio idiota… mas é tipo um jogo, sabe? — Cecília desviou o olhar, como se estivesse constrangida. — Eu vejo as pessoas conversando na rua, no ônibus, em qualquer lugar. E fico imaginando o que estão fazendo, para onde vão, que problema têm, essas coisas. Invento o nome, o que elas gostam de fazer, quem são. Acho que é uma forma de não pensar em mim mesma.

Cecília me olhou com expectativa, como se esperasse que tirasse sarro.

— Acho legal.

— Sério?

Assenti, abraçando-a com força. Então dei um beijo em sua testa e fiz uma promessa:

— Um dia vamos voar juntos.

— Pode ser à noite?

— Pode, mas aí fica difícil ver alguma coisa — respondi.

— Quero ficar perto das estrelas — disse ela. — Naquele dia, na pedra, não tinha uma só estrela no céu. Senti que todas tinham morrido e que eu morreria junto. Quero lembrar que as estrelas ainda existem.

— Não existe um céu sem estrelas, Cecília. Mesmo quando estão cobertas pelas nuvens, ainda estão lá. A gente só não consegue enxergar.

— É como a esperança — ela comentou, pensativa. — Sempre existe uma saída, mesmo que a gente não consiga enxergar.

— Sim, sempre existe uma saída. Sempre existem estrelas.

Pesquei do bolso uma caixinha leve de veludo preto.

— Tenho uma coisa para te dar — falei.

Ela se ajeitou na espreguiçadeira e eu a entreguei cheio de expectativa, de repente me sentindo bobo. Cecília abriu devagar. Seus olhos brilharam, então ela deu uma gargalhada.

Era exatamente o tipo de reação que eu esperava.

— Posso? — perguntei, estendendo a mão para pegar a caixinha.

Tirei de dentro dela a fina correntinha de ouro com um pingente de fusca, para que ela sempre o carregasse perto do coração.

— Você é doido — ela disse, afastando o cabelo.

— Nunca disse o contrário. Gostou? — perguntei.

Ela me respondeu com um beijo e um soquinho no braço.

— Fusca!

Eu a puxei para um abraço e percebi que poderia ficar assim a vida inteira.

Epílogo

Alguns meses depois...

CECÍLIA

HÁ DIAS PIORES QUE OS OUTROS.

Hoje pela manhã quebrei uma lâmpada e chorei enquanto recolhia os cacos. Ontem eu estava bem, então fui ao shopping e assisti a um filme sozinha. De vez em quando acordo sem vontade de sair da cama e às vezes explodo sem motivo.

Tem dias que encontro minhas amigas para conversar, em outros recuso seus convites. Quero que Iasmin saiba que não deve se conformar com seu relacionamento, mas em alguns dias não consigo ajudar nem a mim mesma, muito menos os outros. Apoiar alguém exige trabalho. Por isso, não deixo de pensar no quanto ficar ao meu lado nos piores dias pode ser complicado para quem me ama, o que só me faz amar essas pessoas ainda mais.

O amor é paciente. Ele é feito de respeito e apoio mútuos. Ainda tenho medo do abandono, mas procuro pensar todos os dias que aqueles que importam estarão sempre comigo. Que uns chegam e outros vão, mas que não posso aceitar menos do que eu mereço. Ainda estou descobrindo o que eu mereço. E espero que minha amiga também descubra.

Tranquei a faculdade. Não sei se vou voltar, não estou no clima. Talvez escolha outro curso, talvez volte às aulas, talvez faça desenhos e publique na internet, talvez escreva um livro. Não sei. Às vezes, quando me desespero e quero sumir, lembro que a vida é muito mais do que esse sentimento que me sufoca.

Ao menos existe um nome para o que sinto. Uma explicação não torna as coisas mais fáceis, mas ajuda a lidar com elas.

Vivo um dia de cada vez. Descobri que sou forte, não só pelo meu gancho de direita ou pelo meu manequim, mas por seguir em frente.

Descobri que minha força sempre esteve dentro de mim — eu só não dava muita atenção a ela. E, sempre que vejo um fusca azul, lembro que dentro dele cabem pessoas o suficiente para me estender a mão se um dia eu precisar. Isso é força.

Talvez eu nunca seja feliz, mas esta noite estou contente. [...] Agora sei como as pessoas conseguem viver sem livros, sem faculdade. [...] Em momentos assim eu me consideraria tola se pedisse mais...

Sylvia Plath, *Os diários de Sylvia Plath: 1950-1962*

Nota da autora

Escrevi este livro pensando em todas as vezes que me senti triste e sozinha, esperando que em algum lugar houvesse outra pessoa capaz de entender o que se passava em minha cabeça, que me dissesse: "Vai ficar tudo bem, você é maior do que isso, você não é *só* isso e é possível viver bem, apesar de tudo". Era isso que queria dizer para mim mesma, e é o que quero dizer para você.

Se você está experimentando sentimentos similares ao da Cecília e lida com pensamentos suicidas e de autoflagelação, saiba que é possível encontrar ajuda mesmo que não possa arcar com um tratamento particular.

O Sistema Único de Saúde (sus) oferece atendimento psicológico e psiquiátrico gratuito através dos Centros de Atenção Psicossocial (Caps). Para mais informações sobre triagens, unidades e atendimento, acesse o site da prefeitura da sua cidade.

Outra opção são as clínicas-escola, presentes em universidades públicas e privadas que oferecem o curso de psicologia. As clínicas são supervisionadas por professores, e os atendimentos são prestados por alunos próximos à conclusão do curso. As consultas costumam ser gratuitas ou a preços populares. Para saber mais, procure a universidade mais próxima, descubra se ela possui uma clínica-escola e informe-se sobre as opções disponíveis.

Há também clínicas, organizações não governamentais e outras instituições que oferecem serviço psicológico gratuito ou por um valor simbólico. É possível encontrar quem presta esse serviço na sua região pela internet.

Caso você sinta que precisa de ajuda imediata ou alguém para conversar, o Centro de Valorização à Vida (CVV) conta com voluntários treinados para situações de emergência. Ligue para 141 ou 188 para conversar com um voluntário ou acesse: <www.cvv.org.br>. No site você também pode encontrar informações para quem deseja colaborar com a ONG. O CVV não substitui o atendimento profissional especializado.

Não estamos sozinhos. Segundo a OMS, 11,5 milhões de brasileiros são afetados pela depressão. Imaginem quantos fusquinhas são necessários para caber tanta gente! Eu espero que você consiga superar seu transtorno ou encontrar formas de viver melhor apesar dele. É completamente possível, e estou torcendo por você. Estou torcendo por *nós*.

Há muitas estrelas no céu, não deixe que as nuvens te façam se esquecer disso.

Com amor,

Agradecimentos

É sempre difícil decidir como começar a agradecer às pessoas responsáveis por seu livro existir, mas vou tentar fazer jus e não esquecer de ninguém.

Primeiro, agradeço à minha família, que é a responsável por tudo que sou. Pai, mãe, obrigada por terem me ensinado a amar ler e escrever, e me incentivarem a continuar meu trabalho como escritora. Às minhas avós, de quem herdei o segundo nome, obrigada por suas histórias, apoio e carinho. Aos meus avôs, que já não estão mais aqui, espero que os faça muito orgulhosos! Tenho certeza de que estão contando para todo mundo no céu que têm uma neta escritora.

Deus, obrigada. Obrigada por me dar forças e vida, por me permitir a dádiva que é escrever, por me dar criatividade, sopro — tudo isso.

A ideia para o que viria a ser *Céu sem estrelas* surgiu em 2011 — em uma sala de revelação do campus do Fundão da UFRJ, ao lado da minha amiga Lizie Oliveira e de alguns desconhecidos. Daquela ideia inicial, sobrou muito pouco (nem mesmo os nomes dos personagens se mantiveram!). Mas obrigada, Lizie, por ter me acompanhado naquele dia que mudou minha vida em muitos sentidos.

Este livro teve muitas formas e duas pessoas me ajudaram a

descobrir que a estrutura inicial não estava funcionando: Socorro Acioli, que me ofereceu uma bolsa em uma de suas turmas do curso de escrita criativa e foi uma excelente mentora, e Leandro Müller, professor-substituto de edição de livros, que uma vez fez todos os alunos levarem ideias de histórias para a aula e me ajudou a descobrir o que não funcionava na minha. Sem os comentários dos dois, este livro ainda estaria na minha gaveta (ou melhor, em uma pasta qualquer do meu computador).

Obrigada a Rebeca Allemand, Olívia Pilar e Débora Phetra, que sempre ouviram com paciência enquanto eu reclamava sobre esta história, meus bloqueios criativos e a vida. Vocês são amigas incríveis! Obrigada por me ajudarem a melhorar minhas personagens através do olhar de vocês. Também agradeço a Mary C. Müller e Lavínia Rocha, leitoras "beta" do livro que me iluminaram muito com seus comentários sobre diversos pontos da narrativa.

Não posso deixar de mencionar Solaine Chioro, Laura Pohl, Bárbara Morais e Mareska Cruz, amigas de escrita e de vida, com quem sempre compartilho meus medos e inseguranças em relação ao que escrevo, e que me ensinam muito. Obrigada por me acolherem e por gostarem de mim mesmo com meu conhecimento limitado sobre memes de *Choque de Cultura*.

Eu não acredito que a vida me trouxe até aqui e fez meu caminho cruzar com o da Editora Seguinte! Lembro da primeira vez que pisei na editora, em 2012, a convite da Diana Passy (que tenho orgulho em chamar de amiga e fez tanto por mim!), quando o selo estava prestes a ser lançado. Naquela época, *Céu sem estrelas* era apenas uma ideia na minha cabeça, e publicar na editora era apenas um sonho distante. A Nathália Dimambro ainda era estagiária, e fico feliz de nossos caminhos terem se encontrado anos depois, como minha editora — você é fantástica e seu olhar sobre tudo que quis transmitir através desta história era exatamente o que eu precisava.

Obrigada por entender minhas personagens, as motivações delas e a mensagem que eu queria passar.

Obrigada por me acolherem tão bem, Seguinte! Editorial, comercial, promotores, marketing, divulgação... todo mundo que faz o livro acontecer e me deixa mais tranquila, mais segura, mais em casa. Tenho certeza de que *Céu sem estrelas* está no melhor lugar. Obrigada por cuidarem dele com tanto carinho. Júlia, Gabi e Antonio: é o seguinte, vocês são incríveis!

Eu não teria chegado até a editora dos meus sonhos sem a Agência Página 7, especialmente sem a Taissa Reis, que cuida do meu trabalho. Obrigada por me puxar pela mão e me mostrar que era possível. Nós conseguimos! Vitor Martins, muito obrigada por ter topado ler meu livro e falar com tanto carinho sobre ele.

Aos meus leitores, que aguardaram *Céu sem estrelas* com tanto carinho e paciência, espero que o livro tenha feito jus às expectativas de vocês. Suas mensagens diárias de motivação e apoio nas redes sociais me ajudaram em momentos difíceis. Vocês se tornaram meus amigos, e a cada abraço em eventos pelo Brasil, a cada lágrima, me sinto mais próxima de vocês. Retribuo da melhor forma que sei — contando histórias.

Agradeço a você, que leu cada palavra deste livro (inclusive os agradecimentos!). A você que se enxergou em algum ponto desta história, a você que já se sentiu sozinho (mas não está mais, porque já estabelecemos que somos amigos e ponto final). No meu fusca azul metafórico sempre vai sobrar espaço para mais um — só não posso garantir que você vai sair ileso aos meus socos, porque sou meio competitiva.

Obrigada por toda a experiência surreal que foi escrever e publicar este livro. Espero vocês ao longo da minha jornada.

1ª EDIÇÃO [2018] 8 reimpressões

ESTA OBRA FOI COMPOSTA PELA VERBA EDITORIAL EM BEMBO E
IMPRESSA PELA GRÁFICA BARTIRA EM OFSETE SOBRE PAPEL PÓLEN NATURAL
DA SUZANO S.A. PARA A EDITORA SCHWARCZ EM JUNHO DE 2023

A marca FSC® é a garantia de que a madeira utilizada na fabricação do papel deste livro provém de florestas que foram gerenciadas de maneira ambientalmente correta, socialmente justa e economicamente viável, além de outras fontes de origem controlada.